LA MO
DEL FAS

ROBERTA DE SANTIS

LA MOGLIE DEL FASCISTA

PIEMME

Questo romanzo è un'opera di fantasia. I fatti storici narrati sono liberamente interpretati dall'autrice. Personaggi e situazioni sono invenzioni dell'autrice e hanno lo scopo di conferire veridicità alla narrazione.

Pubblicato per

PIEMME

da Mondadori Libri S.p.A.

Pubblicato in accordo con Grandi & Associati, Milano

ISBN 978-88-566-9914-2

I Edizione giugno 2025

Anno 2025-2026-2027 - Edizione 1 2 3 4 5 6 7 8 9 10

Ai miei nonni, Francesca e Guido,
che hanno dato vita alla grande famiglia Di Matteo.
Gente buona, generosa.

A mio padre,
che mi ha tramandato questo bellissimo cognome,
la determinazione e il suo coraggio.

PRIMA PARTE

Nella mia testa solo la rivoluzione

Avezzano, 1927

1

In paese nessuno voleva una sede fascista.

Solo a guardarli, quei caproni, mi saliva una rabbia! Li sentivo ciarlare contro il partito mentre andavo a passo svelto verso il negozio di alimentari di Giulia.

«Fanno bene, fanno proprio bene i manifestanti, potesse investirla una frana seduta stante questa sede, con tutti i fascisti dentro!» brontolava Giannino «je quequero», il ridicolo, chiamato così per la sua abitudine fastidiosa di intervenire nelle altrui discussioni senza alcun motivo, zappaterra di professione e di sentimento.

Buzzurri, ignoranti e perditempo. Acceleravo il passo, cercavo di allontanarmi dalle loro voci.

«Speriamo che oggi riescano a dar loro una sonora mazziata!» esordì più avanti Del Pinto, il falegname del paese, duro di comprendonio come il legno che lavorava e con la testa piena di segatura.

Non stavo più nella pelle, ero colma di rabbia.

Erano lì, quei poveracci spaesati, a guardarsi negli occhi, visibilmente spaventati. Non sapevano se restare o scappare, ma erano pronti a dileguarsi in caso di pericolo. Vigliacchi senza fede e senza vergogna, sempre incerti, con il naso che spuntava dalle finestre ad accertarsi che nessuno si rivelasse ostile o maldisposto, sempre a fiutare anche la più futile minaccia. Cani da tartufo di politica velenosa e sterile.

«Ma tu che dici, sora Giacì, è meglio restare o andar via?» La moglie di uno dei contadini cominciava a tremare dalla paura.

«Dico che ci conviene tornarcene alle case, che qua tra un po' si mette male!» disse la signora Giacinta, zitella. Non per caso, evidentemente.

E chi se la prende una scimunita come lei, pensai dirigendomi decisa verso i contestatori.

Poi mi bloccai. Ferma al centro della strada di polvere e sassi, sentivo avvicinarsi passi forti come una marcia di martelli. I colpi non procedevano all'unisono. Era il fracasso di soldati inesperti, ma spavaldi. Si alzò un vento forte che passò tra i miei capelli, raccolti nel nastro rosa che mi aveva regalato mamma. Quel vento mi seguiva dalla mattina, mi aveva svegliato passando dalla finestra e incitato a uscire in fretta, spingendomi fuori come una mano salda sulla schiena. Guardando le facce rugose e livide di quel manipolo di poveracci desiderosi di farsi ascoltare dalla cittadinanza, intenti a infondere timore, pensai che quel vento dovesse venire senz'altro da Roma.

Qualche passo ancora e mi trovai davanti al piccolo alimentari della signora Giulia. Dalla strada principale, la colonna di manifestanti faceva capolino e si muoveva veloce verso di me, un'onda di braccia e bandiere rosse. Marciavano con determinazione ed entusiasmo. Il gruppo, formato da una trentina di elementi, procedeva rumoroso verso la sede del fascio appena costituita.

Io l'avevo vista nascere, quella sede. Mia madre mi mandava a far la spesa quasi ogni giorno e non c'era novità che mi sfuggisse.

I manifestanti si avvicinavano rimbombanti e già a distanza riconoscevo quelle teste calde.

C'era il padre della mia amica Maria; Carlo il barbiere, detto «la scure» perché quando tagliava i capelli era poco delicato; Vincenzo, marito della signora Palmira, la perpetua della chiesa, chiamato «je ruscie», il rosso, per il colore dei capelli; il vecchio dottore, Peppe De Angelis, detto «je caprone» in quanto non c'era verso di fargli cambiare idea su niente; e Carletto Proda, «je ventaccio» il vento forte, così soprannominato per il suo umore incostante e tremendo.

Che invenzione oculata, i soprannomi! Dicevano tutto della persona senza conoscere niente.

Il gruppo urlava a squarciagola: «Abbasso il fascio, no a Mussolini».

Si sistemarono un po' in cerchio e un po' alla rinfusa davanti all'entrata della sede fascista. Avrei voluto prenderli a sassate. Per evitare una rissa decisi di entrare nel negozietto di Giulia e comprare la tazza di zucchero e il caffè che mamma mi aveva chiesto di portare a casa.

«Buongiorno a tutti e buongiorno signora Giulia, come sta stamattina? Ha visto che giornata?»

Parlavo come camminavo, freneticamente, cercavo di nascondere l'interesse smodato per quella manifestazione. Ero sola nel marasma di quella giornata e rischiavo di destare la curiosità della signora Giulia. Quindi mi spostai in avanti e indietro, come una trottola, nel tentativo di confonderla. Ero fuori di me: nella mia testa, solo la rivoluzione.

Fossi stata a capo di un piccolo esercito li avrei sistemati in fila, posizionati con le spalle a un muro qualsiasi e avrei ordinato il fuoco. Stavano manifestando contro il fascismo, contro la nascita della nuova sede ad Avezzano, contro Mussolini. Ma non c'era un motivo per odiare il Duce. Che ne sapevano della sua vita, del suo credo, dei suoi propositi per il nostro futuro?

Vedevo le donne preoccuparsi per la presenza di certi personaggi poco raccomandabili e dentro di me sorridevo al pensiero del momento in cui sarebbero arrivate le milizie ad acquietare quei quattro scalmanati. Non aspettavo altro!

«Francesca, tuo nonno sa che sei qui?»

La signora Giulia si era accorta di me. Certo che no, nonno non sapeva niente, ma preferii non rispondere.

Nel negozio Pipina la mugnaia, Santina «l'asinara», Concetta «la fornaia» e Tonino «lo storpio» facevano capolino dalla porta, intenti a seguire la protesta e a controllare l'andamento della manifestazione.

«Oh mio Dio, c'è anche il Viola!» Pipina indietreggiò come se avesse visto il diavolo.

«E Vincenzo "je ruscie", l'hai visto?» chiese la fornaia.

«No, dove?» fece la mugnaia, avvicinandosi nuovamente alla porta.

«Là, guarda, dietro a "je crocchio" e a fianco c'è Di Silva!»

«Oh Madonna santissima, proteggici tu!» esclamò «l'asinara» mentre tutte si facevano il segno della croce e giungevano le mani in preghiera. Non potevo di certo conoscerli tutti, quei pecoroni, ma dal terrore sul viso delle donne capivo che anche i ribelli incutevano apprensione, soprattutto per quella manifestazione che in paese non s'era mai vista.

Affacciata come loro alla porta, anch'io osservai la milizia fascista arrivare finalmente con il compito di disperdere i rivoltosi. Poco più avanti, gli uomini della Pubblica Sicurezza. I fascisti impugnavano i manganelli, li agitavano con forza ai lati del corpo come per far capire che non avrebbero avuto alcun timore di usarli. La milizia procedeva veloce verso il piccolo gruppo e io me ne stavo a rimirarli. Come potevano quelle facce rosse andar contro a una fede profonda, a un credo eccelso come quello del Duce, così attento ai bisogni di tutti?

La milizia avanzava sotto lo sguardo disinteressato e distratto della Pubblica Sicurezza, e i miei battiti erano come i rintocchi del campanile della cattedrale. La milizia incedeva con passo feroce, insultando a squarciagola i malcapitati, e si abbatté spietata sul primo gruppo di rivoltosi.

«Viva il fascio! Viva il Duce» ruggivano i fascisti. I colpi di manganello facevano paura, spaccavano ossa e aprivano ferite, e dopo un ultimo tentativo di attacco i sovversivi furono costretti ad arrendersi, sparpagliandosi qua e là per non essere braccati e arrestati dalle forze dell'ordine, che per tutto il tempo erano state a guardare, senza muovere un dito per interrompere la zuffa. I socialisti avevano urlato ai quattro venti la loro urgenza di riforme per migliorare le condizioni di vita del proletariato, il loro bisogno di moderazione senza estremismi, ma ora scappavano come topi rincorsi dai gatti.

Con la busta di carta in mano, controllavo che fossero davvero andati via mentre attraversavo la strada e mi avvicinavo alla porta della Casa del fascio. Mi sentivo soddisfatta per la nascita di quella nuova sede. La costruzione, dall'aspetto imponente, tirata su in quattro e quattr'otto, era costituita da una struttura rettangolare, accompagnata dalla Torre Littoria che emergeva verticalmente, come il campanile di una cattedrale. A vederla da fuori, effettivamente, la Casa del fascio dava l'impressione di una chiesa.

Un foglio affisso alla porta rapì la mia attenzione:

Indispensabile è l'iscrizione
di ogni cittadino di Avezzano.
L'iscrizione è estesa ai minorenni
ove accompagnati dai genitori

Il mio cuore mancò un battito. Temevo che quel momento non sarebbe arrivato mai: finalmente anch'io avrei potuto far parte del fascio, gloriarmi d'immenso, compiacermi di fronte ai miscredenti e far parte di un gruppo unico, superiore per concetto e per cultura. Dovevo tornare subito a casa a parlarne con la mamma e con il nonno.

2

Correvo così forte che i pensieri mi si intrecciavano tra i capelli. Senza fiato e tutta sudata spalancai la porta di casa, proprio mentre mamma usciva per appendere sul filo in cortile i panni appena lavati. Quella mattina pareva più stanca del solito: era pallida come le camicie di nonno e gli occhi erano cerchiati da un alone scuro. Anche i capelli, che generalmente portava raccolti in uno chignon molto tirato, avevano l'aspetto di una matassa di lana che si stava smontando, con piccole ciocche ribelli che andavano via via sfilandosi. Con una mano teneva il bacile dei panni e con l'altra si teneva la schiena, a sorreggerla come per evitare che si piegasse in avanti.

«Oh, ma sei matta! Potevi farmi male, che modo è questo di aprire la porta?» mi rimbrottò, la cesta dei panni in mano.

«Scusa mamma. Scusa, non volevo!» piagnucolai un pochino solo per farmi perdonare. Affannata e impolverata l'abbracciai, colma di letizia per quella giornata importante.

«Mi dici che hai?» chiese mamma. Ci vedeva lungo, lei.

«Allora, siediti. Devo raccontarti mille cose.»

Raccontai l'avvenimento in paese con la stessa attenzione con cui le raccontavo i film del cinematografo quando a volte l'insegnante ci portava. Mamma era attenta e preoccupata.

«Mamma, hai capito allora? Stavano lì alla porta, quelle quattro oche, una sull'altra per cercar di vedere chi partecipasse alla manifestazione, e quando la fornaia pronunciò il nome del "crocchio" e di Di Silva, tutte a strillare "Oh Madonna Santissima", e a pregare col segno della croce.»

Mamma ascoltava facendo sì col capo e a tratti abbassava gli occhi. Probabilmente quell'avvenimento suscitava una certa ansia anche a lei. Ma non me l'avrebbe mai detto. Stava muovendosi come per alzarsi e continuare con le sue faccende.

«E poi, mamma, ho visto un'altra cosa grandiosa e sono sicura che sarai felice per me!» azzardai, ma dovevo provare. Mamma si fermò e si rimise a sedere.

«Di cosa si tratta?» La sua voce aveva cambiato tono, sentiva odore di guai.

«C'era un foglio attaccato alla porta della sede del fascio e diceva che tutti devono iscriversi e anche i minorenni possono, se accompagnati dai genitori.»

«Tu sei matta! Tu devi essere matta!» Si alzò di scatto urlandomi contro, fiondandosi poi fuori nel cortile. Era così infuriata che non si accorse dei calzini che perdeva per la strada. Io la seguivo, raccogliendoli.

«Ma mamma, tu lo sai quanto ci tengo! Perché non vuoi vedermi felice?» Era un azzardo, lo sapevo, con mamma a ribattere si poteva arrivare fino a un certo punto, poi erano solo sberle. E io quel punto avevo imparato a riconoscerlo.

«Facciamo una cosa» aveva assunto un tono di sfida. «Parla con tuo nonno. Se lui dice di sì anche io dirò sì.»

C'era l'inganno da qualche parte di sicuro, ma come potevo non tentare! In quel momento nonno stava lavorando nei campi e la sera non era il caso di parlargli di cose di tale delicatezza, stanco come tornava... Avrei atteso il giorno dopo.

L'indomani camminavo per strada mogia. L'idea che mia madre fosse totalmente contraria all'iscrizione mi metteva di malumore. La scuola non era molto distante, era proprio a due passi dalla piazza e ci volevano venti minuti di passeggiata da casa mia. Era un casermone gigantesco, solido, sicuro, ricostruito dopo il terremoto del 1915 con uno stile che di sicuro piaceva al Duce. Al piano terra si trovava la scuola elementare, al primo piano gli altri ordini di scuola.

Per ovvi motivi, il primo piano era quasi deserto. Era già tanto se i ragazzi riuscivano a terminare il corso inferiore. In fondo, la gran parte degli scolari aveva genitori contadini e i tempi critici, il disagio in cui vivevano le nostre famiglie, la necessità di braccia per il lavoro nei campi facevano interrompere molto presto gli studi. Nonno possedeva un terreno che produceva bene e riusciva a offrir lavoro anche ad altri braccianti. Mamma faceva la sarta e veniva pagata spesso a baratto: scambiava patate con orzo, o con zucchero o uova, riuscendo a metter da parte i soldi necessari per i miei studi. Quindi col risparmio di mamma e col sudore di nonno, contro l'abitudine, avevo raggiunto la scuola secondaria.

Camminai tanto adagio, quella mattina, che quasi rimasi chiusa fuori. La campana era già suonata quando, sempre lentamente, entrai in classe. Solo l'ingresso della mia insegnante poteva migliorarmi l'umore. Donna di gran classe, Elisabetta aveva grandi occhi neri e capelli corti biondo scuro. Era esile nella figura, elegante nei modi, austera nel vestire ma sanguigna, con un gran carattere. Una donna di polso, combattiva, forte, autoritaria, che poco si curava del suo unico «difetto», l'essere troppo alta per una donna, come dicevano le altre per sminuirla. Era tutto ciò che volevo essere.

Quando entrava in classe pretendeva il saluto romano, categoricamente in piedi... ma non si trattava di una vera pretesa. Eravamo felici di salutarla in quel modo. Sapevamo tutto della vita del Duce e dell'organizzazione del fascio. Quella mattina la professoressa ci aveva consegnato un foglio da far leggere in famiglia e restituire firmato. Ci aveva parlato dell'ONB, l'Opera Nazionale Balilla, e della suddivisione in corpi. Era tutto riportato nella circolare.

Molte insegnanti della scuola, compreso il direttore, disprezzavano il fascismo, eppure alla professoressa Elisabetta non interessavano i chiacchiericci alle sue spalle e men che meno le occhiatacce dei nostri genitori. Non a caso ci parlò dell'importanza dell'iscrizione al fascio quel giorno, dopo la manifestazione in paese.

«Io stessa ieri sono andata in sede a iscrivermi nel bel mezzo della manifestazione dei rivoltosi della nostra città.» Le ragazze davanti alla sua dichiarazione spontanea rimasero impietrite a fissarla, con gli occhi sgranati e lo sguardo colmo di meraviglia.

«Certo, potete immaginare come sia stata trattata da alcune colleghe dopo che hanno saputo della mia iscrizione. Tuttavia io vado per la mia strada, sono una brava persona e una buona insegnante. Ho un credo che è quello fascista, di cui vado fiera. Il mio comportamento è irreprensibile e la mia morale integerrima e più che mai ne sono orgogliosa.»

Scese il silenzio. In quel momento avrei voluto alzarmi per confessarle la mia ammirazione e dichiararle che dalla parte in cui lei si trovava c'ero anch'io, pronta a seguire il suo passo, e che dall'altra parte della barricata mai sarebbe stata sola. Poi ricominciò il discorso, dopo aver preso fiato.

«Mi disapprovano? Non mi interessa. Mi schivano? Peggio per loro. Mi denigrano? Provo pena perché sono degli ignoranti. Vi dico queste cose perché anche voi possiate comportarvi in questo modo, anche voi possiate rispondere a tono. Ne uscirete vittoriosi e forti nell'orgoglio, risoluti e determinati nel carattere. Viva il fascio, viva il Duce!»

Con l'animo in fiamme, tutta la classe applaudì al suo comizio.

Tornai a casa soddisfatta, piena di me e con il foglio tra le mani a sventolare.

Nonno e mamma stavano aspettando il mio rientro per iniziare il pranzo. Mentre mamma metteva la minestra nei piatti, io consegnai il foglio a nonno. Lui non aveva mai frequentato la scuola, erano tempi i suoi in cui tutti dovevano lavorare, anche i bambini. Mamma invece aveva seguito le lezioni fino alla terza elementare, e quando tornava a casa svolgeva i suoi compiti di scuola con nonno accanto. In questo modo, nonno aveva imparato l'alfabeto e poi a leggere.

Nonno lesse ad alta voce la circolare, incespicando sulle parole più lunghe:

Addì 15 febbraio 1927

Il direttore della scuola elementare, in persona del sig. Attilio Di Febo, rende noto alla popolazione che in seguito alla Legge del 3 aprile 1926 ove è stata istituita l'Opera Nazionale Balilla (ONB) creata per assistere e educare i giovani ai più alti valori fascisti, anche la nostra scuola si adeguerà alle necessità del sistema.

I due corpi principali della ONB sono costituiti dai corpi maschili e dai corpi femminili, a loro volta suddivisi in:
– *Figli della lupa dai 6 agli 8 anni;*
– *Balilla dagli 8 ai 14 anni;*
– *Avanguardisti: dai 14 ai 18 anni;*
per i corpi maschili;
– *Figlie della lupa dai 6 agli 8 anni;*
– *Piccole italiane dagli 8 ai 13 anni;*
– *Giovani italiane dai 13 ai 18 anni;*
per i corpi femminili.

L'educazione fascista costituirà il fondamento per formare il carattere dei nostri giovani.

Il direttore ringrazia i cittadini per l'incoraggiamento dei propri figli a partecipare ai loro gruppi stabiliti.

Saluti

il direttore Attilio Di Febo

Seguì un lungo momento di silenzio. In risposta alla circolare, nonno sputò sul foglio, lo accartocciò e lo gettò nel fuoco. Compresi il suo gesto, non era un uomo facile da convincere, ma eravamo solo all'inizio, e con un po' di pazienza gli avrei fatto cambiare idea. Ne ero certa.

3

In quella mattina gioiosa, l'insegnante ci propose di imparare l'inno fascista.

Nostra unica bandiera
sei di un unico colore,
sei una fiamma tutta nera
che divampa in ogni cuor.

Giovinezza, giovinezza,
primavera di bellezza,
nel dolore e nell'ebbrezza
il tuo canto esulterà!

Cercavamo di cantare mantenendo il tono basso per non indispettire il direttore e le colleghe della professoressa. Eppure a fine lezione eravamo tutte senza voce. Avremmo ripetuto la canzone forse cento volte, fino a impararla a memoria. Però che sensazioni! Mi venivano i brividi, tanto era il sentimento, l'ardore, la passione nel recitarla. Tutte sull'attenti, ripetevamo i versi cercando di andare all'unisono. C'era sempre qualcuna fuori tempo e ricominciavamo daccapo e daccapo ancora.

Bene, ero pronta, ora sì. Mi sentivo preparata a parlare con il nonno. Dopo il suono della campana che decretava la fine delle lezioni, mi avviai verso casa come un cadetto. Battevo i piedi a suon di inno che ripetevo nella mente, impostata e altera.

Mamma stava rivoltando una giacca. Le giacche rovinate solo in alcuni punti si rivoltavano, portando all'esterno la stoffa dell'interno, e tornavano non di certo nuove, ma almeno in buone condizioni. A volte i contadini portavano giacche che sembravano stracci, eppure mamma non rifiutava mai un lavoro e cercava come poteva di restituire a quegli indumenti un po' di dignità.

«Mamma, dov'è nonno?»

«Alla stalla, vai pure!» rispose, con tono di sfida.

Mentre mi dirigevo verso la stalla pensavo alle parole da dire per convincere nonno. Anche lui aveva la durezza dei sassi più o meno come mamma, anzi di più. Ma se lo prendevi in una buona giornata, potevi spuntarla.

Nonno sistemava la biada al cavallo e quand'era al lavoro neanche alzava gli occhi.

Per stare in stalla indossava i panni più logori che aveva. I pantaloni scuri erano talmente consunti che in alcune parti traspariva la pelle e la giacca, che mamma gli aveva ricucito mille volte, aveva degli squarci dietro le spalle di cui lui non si curava. La cosa che più mi inteneriva di nonno non era il viso, che nonostante gli anni, la guerra, il terremoto e la fatica, ancora manteneva una buona pelle, tirata e con solo qualche ruga profonda sulla fronte, ma le mani. Il troppo lavoro aveva rivestito i suoi palmi di uno strato di calli giallastri e le giunture delle dita erano circondate da strani bozzi e rigonfiamenti che a nonno dolevano, ma di cui mai si lamentava e che la sera si accarezzava da solo. A vederlo lavorare ininterrottamente come faceva, mi domandavo come riuscisse ancora a muoverle, quelle mani.

«Che c'è Francesca? Che ti serve?»

Non andavo mai da lui se non per necessità, aveva ragione a esser franco.

«Volevo riferirti di ieri, di cosa è successo in paese, ieri sera eri troppo stanco per ascoltare.» Mi accomodai su una balla di biada per non dare sfogo all'eccitazione che mi pervadeva saltellando sui piedi. Cominciai a raccontargli per filo e per segno tutto l'accaduto. Nonno continuava a sparpagliare la biada e a tratti si fermava a guardarmi stupito. Doveva essere proprio una cosa eccezionale, quella accaduta, per lasciar di stucco anche lui.

«Appena ristabilito l'ordine e la calma, mi sono avvicinata alla sede del fascio e sulla porta c'era un foglio. Parla dell'iscrizione, nonno. Dice che tutti devono iscriversi e possono farlo anche i minorenni, se accompagnati dai genitori.»

Silenzio, non una parola.

«Nonno, puoi venire con me a confermare la mia iscrizione?» provai a insistere con chiarezza.

«Torna in casa!»

«Ma nonno, ti prego, cerca di capire quanto è importante per me.» Non avevo molte possibilità di incalzarlo, con nonno due parole erano troppe... e una pure.

«Sai come la penso, non farmelo ripetere un'altra volta.» Sfioravo già il limite.

«Nonno, non dire no, continuerò a lavorare in casa, ad aiutare mamma e te, ma non dire no!»

«Francesca, sai perché è no? Perché quella del tuo Duce è una dittatura. Forse adesso non conosci bene questa parola, ma lo scoprirai a tue spese. Non sai quanta paura può fare. Il fascismo toglierà ogni libertà di essere uomo, distruggerà la dignità personale e costringerà il popolo a pensarla esattamente come vuole il tuo amato Duce. E tu che sei donna pagherai il prezzo più alto, calpesterà ogni tua volontà e farà in modo che neanche ce l'avrai più un pensiero tuo, perché tutto dovrà appartenere a lui. Capisci quanto è grave? Quindi no, Francesca. Mille volte no.»

Non potevo insistere ancora, avevo oltrepassato il suo limite. Non mi rimaneva altro che andar via e riprovare di nuovo con mamma. Magari riusciva a convincere lei il nonno.

Rientrai in casa come un asino stanco. Mamma continuava a cucire, io la fissavo. Lei continuava a cucire. A tratti alzava lo sguardo, poi lo posava di nuovo sulla giacca con uno strano ghigno sulle labbra, quasi una smorfia di piacere.

«Tu lo sapevi come andava a finire, vero mamma? Per questo mi hai mandata da lui, perché sapevi che avrebbe rifiutato. Volevi solo lasciarmi la speranza per un paio di giorni... Mamma, prova tu a parlare col nonno, ti prego!»

«Ma che dici? Tu lo sai com'è, quando dice no è no.»

«Va bene, però certe volte, se sei tu a chiedere... lui accetta.» Mamma sapeva che dicevo la verità, ma non voleva neanche provare, era contraria all'iscrizione.

«Non insistere ancora, Francesca. Ci sarà un tempo in cui potrai fare ciò che vorrai, ma non è questo!» concluse.

Tornai in camera con l'orgoglio sotto i piedi. Dov'era finito il mio amor proprio? Dove il coraggio, la determinazione, la risolutezza nel far valere il mio ideale?

Volevo piangere, avevo bisogno di straziarmi per sfogare la mia ira e il risentimento nei confronti di mamma e di nonno. Mamma mi faceva più rabbia perché lei mi conosceva da sempre, sapeva cosa desideravo davvero.

Nonno aveva parlato di Mussolini come di un dominatore assoluto, un dittatore. Ma non si comportava affatto come un dittatore! Un dittatore non vuole il bene di ciascuno, lui sì. Un dittatore non cerca il consenso del popolo, non gli interessa averlo. Nonno forse si riferiva a quel certo Hitler che guadagnava consensi in Germania, o a Stalin in Russia. Ma conosceva poco Mussolini, ne ero certa. Col tempo gli avrei fatto cambiare idea.

4

La notte era stata una tragedia. Ero andata a letto senza cena per protesta, ma a mamma e a nonno non era interessato più di tanto. Avevo dormito in tutto forse un'ora. Pensavo al fallimento del dialogo, al senso di umiliazione provato per il disinteresse di entrambi. Ciondolavo per casa tra la bacinella dell'acqua per sciacquarmi il viso e la ricerca di un vestito pulito.

«Francesca, sbrigati, vieni a fare colazione.» La voce di mamma mi urtava e non risposi.

Mangiai la mia fetta di pane inzuppata nel latte con gli occhi dentro la tazza per evitare il suo sguardo, anche se me lo sentivo addosso. Sapevo che nessuna delle due avrebbe parlato. Non aveva mai voluto che facessi parte di niente, figuriamoci dei fascisti. Sapeva che nonno avrebbe detto no, ma desiderava che fosse lui a darmi la batosta definitiva.

La strada per la scuola fu un calvario, non avrei mai immaginato di dover raccontare alla professoressa la loro contrarietà all'iscrizione. Qualche amica tentava di parlarmi del problema di matematica che la professoressa ci aveva assegnato per compito. Una compagna di classe mi aveva urtato per andare al suo banco e io avevo risposto con un calcio, senza proferire parola.

Dopo poco la professoressa fece il suo ingresso in classe.

In un altro momento sarei stata la prima a prendere posto e a salutarla come desiderava, ma quel giorno riuscivo a malapena a guardarla. Lei era bellissima come sempre, con i suoi capelli corti precisi, pettinati da un lato, e i pantaloni stretti alla caviglia come quelli dei soldati. Era l'unica in paese a indossare i pantaloni con assoluta noncuranza e sprezzo delle malelingue, un vero spettacolo di spavalderia. Certo l'invidia e la maldicenza delle donne adulte del paese era tangibile, non le erano state risparmiate occhiatacce e commenti a bassa voce, ma lei non se ne era mai lamentata.

Qualche minuto dopo, mentre eravamo tutte in piedi per il saluto romano, la vicina di banco mi spostò la sedia all'indietro, e mentre provavo a sedermi, sentendo il vuoto sotto, mi aggrappai a lei trascinandola a terra. Iniziai subito a dargliele di santa ragione, a testa bassa, fino a quando la professoressa non si precipitò a dividerci.

«Francesca, ma cosa ti prende oggi? Andiamo fuori un attimo!»

Mi portò in corridoio e mi guardò con stupore, cercando di capire che cosa stesse accadendo.

«Non so come dirglielo, professoressa.» Mi veniva da piangere, ma cercavo di trattenere le lacrime.

«Sai che puoi dirmi ogni cosa. Che cosa succede?»

Con i lacrimoni che mi bagnavano il viso come una pioggia calma, raccontai parola per parola il dialogo avuto con mamma e con nonno. La professoressa ascoltava comprensiva ed emozionata, e con il suo fazzoletto profumato mi asciugava il viso, dolcissima.

«Così i tuoi sono antifascisti... povera Francesca. Però basta piangere, una vera giovane italiana si riprende subito dopo la caduta. Su, va' a bagnarti il viso e torna in classe serena. Si sistemerà ogni cosa, te lo prometto» mi rassicurò con tenerezza di madre.

La mattinata procedette tranquilla, io ero più quieta dopo lo sfogo. Ero grata alla professoressa Elisabetta per la sua comprensione, perché la desideravo più di ogni altra cosa in quel momento, dato che in casa imperversava la guerra. Fuori da scuola, dopo il suono della campana, Elisabetta mi chiamò di nuovo e mi prese in disparte.

«Francesca, stai meglio?» mi chiese.

«Sì, professoressa, sto bene grazie a lei.» Lei sorrise e mi abbracciò amorevolmente.

«Ho grandi progetti per te, ma tu devi fare una cosa, un ultimo tentativo con il nonno.» Mi teneva la mano perché sapeva che avrei cercato di districarmi immediatamente, dopo quelle parole.

«No professoressa, no. Io il nonno lo conosco, so che la sua ultima parola è proprio l'ultima, non cambierà idea solo insistendo. Anzi, si innervosirà e me le darà di santa ragione.» Cercai di farle capire la mentalità del nonno, ma lei continuò.

«Devi provare un'ultima volta, devi farlo! Lui deve sapere che tu sei determinata e che sei pronta a qualsiasi cosa per raggiungere il tuo scopo. È una cosa estremamente importante. Promettimi che farai come ti dico.» Non mi dava opzioni di scelta e mi ritrovai ad accettare con mestizia e rassegnazione.

Tornai a casa con lo stomaco in fiamme. L'agitazione di dover parlare ancora con il nonno non mi permise di pranzare.

«Ma non mangi?» chiese mamma distrattamente, mentre raggruppava le stoviglie sporche nel bacile.

«No, mamma, scusami ma non ho fame. Dov'è il nonno?» Speravo non ci fosse, a dire il vero.

«Di sicuro nella stalla, oggi ha voluto pranzare prima per dedicarsi agli animali.» Aveva l'abitudine di parlare e fare cose, mi rispondeva mentre usciva in cortile per andare a lavare le pentole e io come sempre stavo dietro a raccogliere parole.

Mi avviai verso la stalla come un innocente alla ghigliottina. Dovevo trovare un modo per riprendermi da quell'accoramento. Nonno l'avrebbe senz'altro notato e gli avrei offerto il pretesto per massacrarmi ancor prima di parlare.

Battendo i piedi come per scaldarli, entrai nella stalla con la lingua impastata di sabbia. L'odore della stalla mi coglieva ogni volta impreparata. Non era mai uguale. Se nonno aveva portato dentro le balle di fieno la stalla profumava di sole, se invece fieno non ce n'era, l'odore del letame prendeva alla gola facendoti tossire. Quella volta entrai tossendo e nonno sorrise.

«Nonno, posso parlarti un attimo?» mi uscivano strane le parole, come rantoli che non capivo.

«Certo, ma non farmi perdere tempo.» E di nuovo aveva detto tutto, chiuso il discorso. Avrei potuto anche terminare il mio tentativo, perché con ogni probabilità sapeva già dove volevo andare a parare.

Ma con tutto il coraggio che avevo andai avanti, recitando un discorso che mi ero preparata con dovizia.

«Nonno, volevo chiederti di ripensare al tuo rifiuto. Dammi l'opportunità di iscrivermi al fascio, non te ne pentirai, prometto. Sarà un'esperienza di accrescimento personale, di completamento del mio carattere, di arricchimento di ideali, e te lo dimostrerò. Lo desidero da sempre, per favore.» Provavo con una vocetta da bambina mentre mi usciva infelicemente di bocca: «Tanto lo sai che lo farò comunque!» Quella potevo proprio risparmiarmela.

Nonno afferrò il forcone con entrambe le mani e lo sbatté a terra con tutta la sua forza.

«Fino a quando abiterai in questa casa non farai mai parte di quel gruppo di delinquenti, è chiaro, Francesca? Vuoi fare ciò che vuoi? Va bene, prendi le tue cose e vattene di qui! Non voglio più sentir parlare di fascisti in casa mia, hai capito bene?»

Aveva detto tutto in un sol fiato, cominciando da un tono basso e terminando da soprano.

Non mi rimaneva che annuire.

Mamma non era in casa e ringraziai il cielo per quella solitudine. Di nuovo sconfitta! Eppure ripetevo a me stessa che la professoressa Elisabetta forse un modo l'avrebbe trovato. Me l'aveva promesso. E una promessa è una croce sul cuore. Non avrebbe più potuto tirarsi indietro. Coccolata da quel pensiero mi addormentai a tarda notte, nella perfezione dei miei desideri e corteggiata dalla speranza di un domani pieno di sì.

5

La mattina sapeva di buono. Mi alzai battagliera, con ancora una dose di coraggio. Sperai solo di spenderla bene. Avevo pensato, tra un sogno funesto e un altro di burro, che potevo provare un'ultima volta.

O accetta o mi uccide!, ripetevo a me stessa. D'altronde la professoressa mi aveva chiesto di insistere per far capire a nonno quanto la causa per me fosse importante. Il nonno non riusciva ad accettare che avrei potuto far carriera politicamente all'interno del fascio, che sarei potuta diventare una persona migliore, matura, coraggiosa. Non poteva sapere con quanta ammirazione guardavo la foto del Duce. Non poteva immaginare quanta dolcezza mettevo nello scrivere il suo nome. Era una questione di parole, dovevo solo trovare quelle giuste.

Mamma e nonno sedevano vicino al fuoco per scaldarsi. Eravamo a fine marzo, ma quell'anno pareva che la primavera non volesse arrivare mai.

«Buongiorno nonno, buongiorno mamma, freddo stamattina, eh?» cercai con allegria di preparare il clima adatto.

«Tutto bene?» Nonno si rivolse a me con dolcezza e pensai che quello potesse proprio essere il momento giusto.

«No, nonno, veramente no. Andrebbe meglio se tu venissi con me alla sede del fascio.» L'avevo lanciata lì, come una manciata di spiccioli di fortuna. Nonno si alzò di scatto avventandosi come una belva verso di me e mi piazzò improvviso un ceffone in piena faccia, un manrovescio, a far male davvero. Rimasi ferma, impietrita, non sapevo se volesse darmene ancora. Sentivo la guancia bruciare per il colpo, cercavo un po' di sollievo coprendomi il viso con le mani fredde.

«Ora basta! Va' in camera tua e non uscire per nessun motivo, neanche per andare a scuola, ci resterai una settimana. Vediamo se ti faccio cambiare idea.»

Le parole giuste... Eppure pensavo di averle trovate. Ma con certe persone non si parla. Le mie parole non potevano cambiare il corso degli eventi. Di certo con nonno nessuna parola avrebbe funzionato. Non potevo essere io a convincerlo, questo ormai era stato dimostrato. Me ne andai in camera mia e chiusi la porta. Non sarei potuta andare a scuola, neanche uscire di casa, né per la spesa né per le faccende di mamma. Non mi rimaneva che pulire, sistemare e aiutare mamma a cucinare.

La sera portavo a nonno le ciabatte, lui si sfilava gli stivali e li lanciava in cortile. Io dal cortile li prendevo e li pulivo, nel tentativo di farmi perdonare. Ma da lui non una parola.

All'alba andavo fuori a prendere la legna, che quasi ogni giorno trovavo gelata. Rientravo in casa e accendevo il fuoco prima che nonno e mamma si alzassero, poi preparavo la colazione. Mettevo le fette di pane di taglio, davanti al fuoco, e diventavano croccanti, proprio come piacevano a lui. Ma non una parola.

A mezzogiorno pelavo le patate e le immergevo nell'acqua del paiolo. Se ce n'erano, mettevo anche i fagioli insieme a qualche verdura e appendevo il paiolo al centro del camino, fino a cottura. Ero brava a cucinare, anche con poco riuscivo a dar sapore alle minestre. Sistemavo la tavola e aspettavo che tornasse il nonno e che mamma smettesse di cucire per fare i piatti. Dopo la prima porzione mi alzavo e riempivo la seconda al nonno, che la maggior parte delle volte gradiva. Finito il pranzo prendevo la sua pipa: lui aveva il vizio di sputare quando fumava, spesso non centrava il camino e finiva per sputare per terra. Io mi alzavo e raccoglievo lo sputo con lo straccio. Ma nessuna parola.

Una mattina, mentre lavavo un pantalone di nonno fuori in cortile, bussarono alla porta. Io non mi ci potevo neanche avvicinare, e mamma andò ad aprire, con in mano ago e camicia. Davanti a lei trovò due gendarmi alti due metri in divisa, cappello, pistola nella fondina appesa a un fianco e nelle mani il manganello. Mamma sgranò gli occhi come davanti alla morte.

«Buongiorno signora.» Educatamente i due fecero il gesto di chinare il capo in segno di rispetto

«Buongiorno a voi, come posso esservi utile?» Mamma, apparentemente calma, rispondeva garbata ai due.

«Veramente siamo venuti per parlare con il capofamiglia, signora, è in casa?»

«Sì.» Mamma tirò fuori quel «sì» come dovessero strapparle i denti. E fece un gesto che mi sarebbe rimasto impresso per tutto il resto della vita: da terra alzò lo sguardo verso di me, dato che aveva immaginato che la colpa della loro venuta fossi io, e sempre fissando me disse ai due: «Andiamo!»

Il suo sguardo mi aveva incenerito, e io con l'anima in fumo rimasi alla finestra a guardare.

Di che cosa stavano parlando? Che cosa dicevano al nonno? Il mio cervello ustionato non ragionava. Pregavo solo che non gli facessero del male. Ero ancora in mezzo alle domande quando nonno uscì per primo dalla stalla e si diresse verso il cortile, con i due gendarmi al seguito e mamma dietro di loro. Rientrarono in casa mentre in ansia aspettavo che qualcuno parlasse.

Non una parola.

«Buongiorno signora, e grazie.» Chiusero il discorso, mamma annuì senza rispondere al saluto.

Gli uomini andarono via e io subito mi avvicinai per sapere.

«Mamma, racconta, cos'è successo? Perché volevano parlare con il nonno?» La curiosità mi stava sbranando. Eppure mamma non rispondeva. Sentivo il suo odio in quel momento, lo sentivo perché non riusciva neanche a guardarmi, perché nella spinta che mi diede per allontanarmi da lei aveva impiegato una tale forza da spostarmi di due metri. Probabilmente se avesse potuto mi avrebbe scaraventato fuori. Proprio in quel momento rientrò nonno. Aveva il diavolo in corpo, non riusciva a star fermo. Chiudeva la porta e poi la riapriva, forse incerto se restare o andare. Decise di restare e di togliere gli stivali sporchi di fango e sassi. Li sfilò con entrambe le mani come a imbracciare un'accetta, e con tutta la forza che aveva in quel momento li scaraventò fuori più lontano che poteva, quasi a infilarli nella recinzione del pollaio davanti.

Preferivo tacere, tanto ero certa che a parlare in quel momento ci avrei guadagnato solo scappellotti. Mamma aveva ripreso il suo posto vicino al camino a cucire e nonno cercava di sbollire la rabbia sospirando cento volte.

Mi allontanai per evitare di farli star male. Era ormai chiaro che la causa della loro tribolazione ero io. A guardarmi gli causavo supplizio, starmi vicino era una pena. Meglio eclissarmi per un po'.

Leggevo il mio sussidiario di italiano quando mamma d'un tratto venne a chiamarmi.

«Vieni di là, nonno ha da dirti una cosa.» La sua voce, fredda e distaccata, mi bloccò. Dovevo andare eppure tentennavo, il tono di mamma non prometteva niente di buono. Decisi di alzarmi e andare da lui, svuotata.

«Dimmi, nonno.» Un filo di voce era tutto ciò che mi rimaneva.

«Domani andremo tutti alla sede del fascio a fare l'iscrizione.» Mi scagliò addosso quella frase con la potenza di un calcio nella pancia.

Ora il mio cervello si incastrava di nuovo tra ipotesi e congetture.

Di una cosa ero certa: la professoressa ci aveva messo lo zampino. Forse non vedendomi tornare in classe per alcuni giorni aveva immaginato la reazione dei miei alla richiesta di iscrizione al fascio. In fondo lei, facendo già parte dei fascisti, poteva richiedere un «aiuto» per favorire l'iscrizione.

Chiusa in camera non potevo credere a quanto era accaduto. Non mi pareva vero che l'indomani saremmo andati tutti e tre a fare l'iscrizione. Avrei voluto urlare la mia gioia abbracciando forte nonno e riempiendo mamma di baci. Avrei desiderato saltare, ballare, correre e buttarmi tra l'erba, e sporcarmi di verde a costo di riprendere sberle da mamma per aver rovinato i vestiti. Ma l'avrei fatto comunque, tale era la gioia per la vittoria, tale la sorpresa del sì di nonno, tale il trionfo del mio volere.

Sentivo sbocciare all'improvviso il mio orgoglio, la mia fierezza, come un amore giovane.

Niente più punizioni, si tornava a scuola, fuori casa e a far la spesa. Era finito il periodo di reclusione. Magari nonno col tempo avrebbe dimenticato l'accaduto. Magari col tempo avrebbe imparato di nuovo a volermi bene.

6

La mattina successiva mi svegliai sicura di poter tornare a scuola. Iniziai a prepararmi: due dita nell'acqua fredda per poi bagnarmi gli occhi, la ricerca di un vestito pulito. Ne avevo tre, ma mamma stendeva i miei panni ogni volta in un posto diverso, e io dovevo girare tutta casa per trovarli.

Andai in cucina per la colazione. Nonno e mamma avevano già mangiato, lo vedevo dalle scodelle messe nel bacile. Nonno non era in casa, e mamma era fuori in cortile a dar da mangiare ai polli. Sul tavolo mi aspettavano il filone di pane e la brocca del latte. A volte le piccole cose dicono moltissimo: erano arrabbiati con me. Dovetti tagliarmi la mia fetta di pane e riempirmi la scodella. Piccole cose, certo, ma indizi chiari. Avrei dovuto cavarmela da sola, adesso. Poco dopo entrò nonno: «Se sei pronta, possiamo andare a fare l'iscrizione». Esordì così, senza neanche salutare.

«Ma ho la scuola adesso, nonno...»

Ma lui non vedeva l'ora di togliersi quel dente. Arrivammo alla sede del fascio in pochi minuti col carretto, il sole aveva appena disteso i suoi raggi e il paese cominciava a svegliarsi lento. Nonno era conosciuto da tutti come persona dal carattere un po' burbero ma di assoluta integrità morale e politica. Tra i contadini aveva fama di lavoratore indomito, e veniva stimato per la sua grande esperienza.

«Buongiorno Anto'!» Terenzio «je terramut», uno che non stava mai fermo, salutò nonno dal suo carretto, curioso di scoprire perché si fosse recato davanti alla sede del fascio.

Nonno rispose alzando appena la mano. Intuii che si vergognava di essere lì. Percepivo la sua rabbia, sputava a terra continuamente e stringeva forte le briglie del cavallo.

«Buongiorno Anto'!» Venne Filippo «je padretern». Si poteva ben capire dal soprannome che tipo fosse il signor Filippo: saccente, borioso, presuntuoso, sempre pronto a dare aria alla bocca. Nonno si limitò a un cenno del capo e si girò dall'altra parte. Voleva evitare che attaccasse bottone.

«Buongiorno Anto'!» La signora Agnese sbucò dall'angolo e salutò nonno. Lui in risposta intrecciò tutte e due le mani tra i capelli, come un capretto nel filo spinato. Ora tutti in paese avrebbero saputo della sua visita alla sede. Agnese «la vocca», la boccaccia, non veniva chiamata così per caso.

Non si vedeva ancora nessuno all'interno.

Dalla strada principale arrivò un uomo brizzolato, sulla cinquantina, vestito in giacca e pantaloni grigi. Aveva un'aria vagamente aristocratica.

«Di sicuro è lui che apre!» bisbigliò nonno, che l'aveva già preso in antipatia. L'uomo si avvicinò tirando fuori dalla giacca un mazzo di chiavi, confermando la sua intuizione. Dopo due minuti, eravamo dentro anche noi.

«Buongiorno signori! Piacere di fare la vostra conoscenza. Del Beato, Quinto Del Beato, segretario del partito.» L'uomo ci accolse con un sorriso e allungò una mano a nonno per stringerla. Nonno fece finta di non vederla, guardandosi intorno.

«Siamo venuti per l'iscrizione mia, di mia figlia e di mia nipote» rispose nonno, serissimo.

«Bene, da chi vogliamo partire?» l'uomo provava di nuovo con il sorriso.

«Prima le donne, poi io» e il nonno concluse biascicando un «purtroppo» che per fortuna l'uomo non sentì.

«Cognome di famiglia?» chiese Del Beato, rimanendo gentile nonostante l'atteggiamento sgarbato di nonno.

«Antonini è il cognome di famiglia. Io sono Antonio, il padre, lei è mia figlia Maria Teresa e lei mia nipote Francesca.»

Nonno, essendo il capofamiglia, aveva dovuto firmare sia per me che per mamma. Tre firme che aveva siglato con estrema lentezza, e con rimorso. Mentre l'uomo consegnava a mamma i talloncini di iscrizione, nonno si rimetteva sul carretto senza neanche salutare. Non vedeva l'ora di uscire di lì. Tornammo a casa in un perfetto silenzio che faceva comodo a ciascuno di noi. Io meglio se tacevo per i miei prossimi trent'anni, nonno probabilmente sarebbe rimasto muto per il resto della vita. Mamma stava in silenzio, divisa tra dolore e rabbia.

I giorni successivi furono testimoni di una famiglia che arrancava con le mani e con i piedi in una dura risalita verso la pace, verso un nuovo assestamento e la costruzione di una calma fragile.

A scuola era tornato il sereno. Cercavo di comportarmi in modo impeccabile, di portare a termine ogni compito in modo da non dover pesare, con ulteriori richiami, sui pensieri di nonno e mamma. La professoressa mi vedeva serena, e di ciò era soddisfatta. Non avevamo parlato della spedizione di «incoraggiamento» dei gendarmi, che pure, ne ero convinta, era nata da un suo intervento.

L'ingresso da sola tra le mura della sede era un sogno che diventava realtà. L'avevo immaginato e rivisto mille volte nella mente, ormai mi ero quasi convinta che fosse già avvenuto: la mano sulla porta, la mia entrata quasi trionfale. Era il momento.

«Buongiorno a tutti!» Non riuscivo a contenere l'eccitazione. Quasi lo urlai, quel buongiorno.

«Buongiorno a te.» Il segretario del partito mi salutò distrattamente. Poi, guardandomi più attentamente, riprese a parlare.

«Ma noi ci conosciamo già, hai fatto l'iscrizione insieme a tuo nonno, vero? Sì che mi ricordo! Antonini, giusto?»

Era di nuovo vestito elegante, in giacca e cravatta, come fosse la sua uniforme. Si dimostrò ancora una volta cordiale, amichevole, ed ebbi l'impressione che fosse davvero felice di vedermi. Si alzò per venirmi incontro e mettermi a mio agio ma, alto com'era, mi sovrastava e finii col sentirmi in imbarazzo. Aveva la gentilezza di chi ha perduto il cuore strada facendo e quindi ne conosceva il valore. Chissà, magari era il segno di una giovinezza scheggiata, o più semplicemente del tempo che aveva cercato di rincorrere inutilmente. Rimaneva il fatto che il suo sguardo, forse un tempo pieno di luce, si spegneva davanti ai colori del giorno.

«Giusto, signor segretario! Può chiamarmi Francesca, signor segretario.»

«Va bene, Francesca. Sei sola?» chiese perplesso.

«Sì, e sarà così sempre, signor segretario. I miei sono molto impegnati tra il lavoro nei campi e gli animali da accudire, mamma poi cuce e ha tutto il giorno occupato tra giacche, camicie e pantaloni da rammendare. Io sono l'unica a casa ad avere un po' di tempo da dedicare al partito.»

Proponevo una scusa plausibile per le assenze di nonno e mamma, che sarebbero state permanenti.

«Ma tu quanti anni hai, Francesca?» Sembravo più piccola, me lo dicevano tutti.

«Quindici, signore» confermai orgogliosa.

«Ah però, non l'avrei mai detto... Sei già una signorina

da marito, allora!» Il segretario voleva soltanto scherzare, ma la frase mi creò un certo imbarazzo.

«Solo se il Duce mi vorrà» scherzai anch'io. Lui rise.

«Sei simpatica Francesca, coraggiosa a venir sola, e ciò ti fa onore. Conferma il tuo interesse nel partito, la tua fede nel fascio, il tuo desiderio di primeggiare nei confronti di tutte le amiche e le compagne di scuola che non hanno questo ardore e la stessa audacia. Complimenti.» Si alzò intanto dalla sua sedia. «Il partito, nella persona del segretario Quinto Del Beato qui presente...» e fece un piccolo inchino, per farmi sorridere «ti dà il benvenuto nella sede del fascio!»

«Grazie, signor segretario.» L'emozione mi accese gli occhi.

7

Ogni pomeriggio mi recavo a salutare il segretario e ad ascoltare novità sul partito e sul Duce. Alle donne non era concesso partecipare alle attività, ma io avevo ottenuto un lasciapassare speciale come premio e come sprone per gli altri minorenni iscritti. A quella data, io e la professoressa Elisabetta rimanevamo le uniche due donne nel partito.

La sede constava di tre stanze, due di medie dimensioni, una grande per i congressi. La direzione del partito aveva scelto quel posto e quell'edificio simile a un capannone, prima della ristrutturazione, per la Casa del fascio in virtù delle grandi stanze, nella convinzione di dover ricevere prima o poi almeno un centinaio di uomini o più. All'interno regnava un odore stucchevole: il profumo di nuovo si mischiava al sentore di calce fresca, di uomini e fumo. Le finestre erano sempre spalancate, eppure nulla cambiava: gli uomini non s'accorgevano che il fetore era ingigantito dal loro fumo. Io riuscivo a stento a non tossire, ma era pur sempre «casa», una casa tutta nuova in cui ritrovare i camerati, in cui organizzare il futuro che avevamo già negli occhi, in cui condividere i ricordi aggrovigliati sulla paglia delle sedie. Avevo avuto il piacere di fare la conoscenza del vicesegretario, Giovanni Di Fabio, del fiduciario, Stefano Del Fosso, del caposettore, Ignazio Bove, e del caponucleo, Pino Faenza. Venivano chiamati con l'appellativo *signor*: nonno avrebbe detto che tutti, lì, si davano un tono, «dal capoccia allo scarparo». E poi gli altri iscritti: Di Cintio, Di Carlo, Frattaro, Testone, Mosca, Tavazi, Priamo erano i più assidui, ma gravitavano intorno alla sede una sessantina di persone.

Nonno mi mancava.

Quando andavo alla sede, stavo via di casa poco più di un'ora. Mamma sembrava non farci molto caso, eppure nonno continuava a non rivolgermi la parola.

«Gli passerà» me lo dicevo quotidianamente, volevo crederci con tutta me stessa.

Un pomeriggio giunsi in sede, come al solito, dopo i compiti di scuola e le incombenze in casa. Gli uomini del partito erano tutti intorno al tavolo dei congressi, quello importante, dove si prendevano le decisioni più gravose. Da ciò intuii che l'argomento all'ordine del giorno presentava delle difficoltà. O doveva finire a manganellate... col tempo avevo imparato che la seconda era l'opzione più plausibile.

Gli uomini presenti, in tutto una decina, parlottavano tra loro, e io, che avevo un buon orecchio, origliai i discorsi di tutti.

«Allora uomini, attenzione!» Il segretario riportò ordine e silenzio in sala. «Ci è giunta voce di una riunione che si terrà nella cooperativa socialista.» Si alzò un brusio di contrarietà. «L'ex sindaco la presiederà al cospetto di circa cinquanta persone.» Il brusio diventò fracasso.

«Un minuto camerati, per favore, fatemi finire!» esclamò il segretario cercando di calmare le voci.

«Una talpa ci ha informato che la riunione si svolgerà con ogni probabilità alla fine del mese, il giorno 30 maggio.» I camerati si alzarono in piedi, eccitati. Tra di loro già partiva l'idea di un'offensiva.

«Camerati, per favore!» Il segretario alzò il tono per cercare di terminare il discorso.

«Risulta lampante che dobbiamo impedire lo svolgimento di questa riunione» confermò a nome di tutti il vicesegretario.

«Chi vorrà partecipare all'assalto alla cooperativa dovrà firmare sul registro delle presenze» stabilì il segretario con la chiara approvazione di ciascun camerata.

«Io propongo di vederci quotidianamente fino al 30 per organizzare i particolari dell'incursione» decretò il vice con il benestare di tutti.

In questo modo terminò l'assemblea, e gli uomini abbandonarono la sede discutendo tra loro anche sulla strada di casa.

«Posso domandarle una cosa, segretario?» chiesi dubbiosa quando tutti lasciarono la sala.

«Certamente Francesca, dimmi pure.» Il segretario Del Beato zampillava gentilezza.

«Posso parlare dell'offensiva alla professoressa Elisabetta?»

«Sì, è ovvio Francesca, ogni iscritto ha diritto di sapere. Tu hai fatto il giuramento dei Balilla, vero cara? Quindi hai giurato non solo fedeltà alla causa ma anche un assoluto silenzio su fatti di tale importanza con chicchessia, a meno che non si tratti di un camerata.»

«Grazie segretario, arrivederci a domani!» Lo salutai in fretta perché desideravo passare a casa della professoressa Elisabetta per raccontarle quanto avvenuto e decretato.

L'abitazione della professoressa Elisabetta si trovava a cinque minuti di cammino dalla sede. Era una casetta minuta, stretta, e disposta in altezza. Aveva una camera per piano e il bagno esterno, come la maggioranza delle case, d'altronde. Solo le nuove palazzine per i signorotti benestanti del paese possedevano il bagno all'interno. A volte mi chiedevo come fosse il bagno di quei ricconi, in fondo il mio era costituito solo da un foro centrale. Magari un giorno l'avrei scoperto.

«Professoressa Elisabetta!» La chiamai ad alta voce, non sapendo che si trovava dietro la casa, nel piccolo cortile antistante il bagno.

«Sono qui, Francesca» disse lei, riconoscendomi dalla voce.

La trovai che appendeva due abiti sul filo del bucato.

Avrei voluto abbracciarla in quel momento, tanta era la tenerezza che provavo nel vederla sola. Mi chiesi se fosse proprio una sua scelta quella di non avere un compagno, o se si fosse messa da una parte ad aspettare qualcuno. A me raramente capitava di rimaner sola in casa, e non mi piaceva. Magari lei aveva avuto un amore e l'aveva perduto a causa del suo carattere battagliero.

«Allora che succede, dimmi.» Riusciva sempre a mettermi a mio agio, anche soltanto con uno sguardo.

«Volevo parlarle di ciò che è successo in sede oggi.» Le raccontai nei dettagli l'accaduto, e lei mi guardò con un'eccitazione e un'irrequietezza sempre maggiore.

«Ma allora dobbiamo tornare subito in sede» camminava avanti e indietro per il cortile, come alla ricerca di un pensiero caduto a terra.

«Ma professoressa, ora non c'è più nessuno, sono andati tutti via, e poi è già tardi per me» cercai di convincerla, ma con scarsi risultati.

«Certo, tu vai pure, io farò una scappata, magari riesco a trovare ancora il segretario.»

Non potevo fare nient'altro che accettare e andare via. Sarei rimasta all'oscuro di quanto si sarebbero detti i due e morivo dalla voglia di sapere, ma non potevo fare altrimenti.

L'indomani a scuola non vedevo l'ora di chiedere alla professoressa se avesse poi incontrato il segretario. Così, terminata la lezione, mi avvicinai curiosa come una volpe.

«Professoressa, posso domandarle se poi è riuscita a trovare qualcuno in sede?» Man mano che le mie compagne di classe uscivano restammo solo noi due.

Sorrise.

«Ho domandato al segretario se avremmo potuto far parte dell'incursione anche noi.»

Mi illuminai all'improvviso, sorridendo a mia volta.

«No, non ci posso credere! Davvero anche noi parteciperemo all'assalto?» Non stavo più nella pelle. L'idea di scendere in prima linea mi elettrizzava.

«Aspetta Francesca, siamo donne. Capisci? Non ci permetteranno di partecipare materialmente all'assalto, ma di sicuro all'organizzazione, e con un po' di fortuna potremo anche assistere.»

«Oddio, non ci credo!» Mi pareva la cosa più bella che avessi mai sentito. Andava bene così, era abbastanza per me, per noi.

«Non ci resta che andare in sede domani nel pomeriggio e firmare sul registro.» Ancora non potevo credere che tutto quello stesse accadendo proprio a me.

Tornai a casa. Sembrava che fossi appena uscita dal cinematografo dopo un film d'amore.

Con l'aria ancora sognante apparecchiai per la cena. Mamma mi teneva d'occhio, stranita dal mio comportamento. Ci aveva sempre visto lungo, lei.

«Bentornato nonno, sei stanco? Ecco le ciabatte.» Ormai al suo mutismo ero abituata. In più, se solo avesse saputo cosa stava accadendo, mi avrebbe rinchiuso nel pollaio e avrebbe gettato la chiave nel fosso.

Il giorno successivo decidemmo di incontrarci, la professoressa e io, alle cinque del pomeriggio.

«Ti senti pronta?» La professoressa si riferiva alla firma sul registro, chiaramente.

«Sono nata pronta, professoressa, che ci posso fare!» Lei sorrise alla mia sciocca battuta, ma si sentiva soddisfatta di avermi accanto, lo sentivo.

Insieme entrammo in sede, accolte dal sorriso del segretario. Mi ero accorta che in presenza della professoressa Del Beato dava il suo meglio per apparire un uomo perfetto. Ma perfetto per cosa?

«Come sono contento di vedervi, accomodatevi pure!» Si alzò di scatto dalla sedia per venirci incontro. Diede a me un buffetto su una guancia e fece il baciamano alla professoressa. Davanti alla sua scrivania c'era solo una sedia. Mentre il segretario proponeva la sua sedia alla professoressa, io aspettavo in piedi.

Apponemmo le nostre firme sul registro come a un matrimonio.

Il segretario ci tenne a ribadire il concetto che le nostre firme fossero solo pro forma.

«Ma saranno preziosissime ai fini della propaganda!» esclamò, soddisfatto di noi.

8

Per almeno un'ora della mia giornata, germogliavo e fiorivo fino a sentir sbocciare la ragazza che davvero volevo diventare. Partecipare quotidianamente alle riunioni in sede mi appagava. Mi trovavo nel posto giusto al momento giusto, proprio io che avevo vissuto fin lì con la sensazione di star perdendo tempo. Mi trovavo tra camerati ribelli, turbolenti e pronti all'azione immediata. Avevo trovato l'angolo di mondo dove tirar fuori la parte migliore di me. Tornavo a casa sempre alla stessa ora, puntuale, per non creare ulteriori malumori in famiglia. Mamma mi dava ordini sui lavori in casa mantenendo lo sguardo su ciò che stava facendo in quel momento, senza mai tradire affetto.

A volte rimanevo a guardarla. A quarant'anni, nonostante avesse vissuto una vita colma di tragedie, era ancora bella. Nel terremoto di Avezzano del 1915 aveva perso suo marito e sua madre. Le rimanevamo solo io e nonno, eppure non si era mai lasciata andare. In fondo, tutti i suoi conoscenti avevano perso dei familiari: noi, almeno eravamo restati in tre. Il suo tono di voce era dittatoriale e lei, nel tempo, si era abituata a rivolgersi a me in maniera perentoria. Si addolciva solo quando si perdeva nei suoi pensieri davanti al camino e poi tornava come da un viaggio. Quando mi accorgevo della sua assenza, la chiamavo all'improvviso apposta. Lei si girava di scatto e mi rispondeva con la prima cosa che le veniva in mente... e la voce era di miele.

Il tono rispecchiava egregiamente la persona. Alta, impettita, formosa il giusto, non mangiava molto; teneva i capelli raccolti in una rete, indossava lunghi vestiti neri e aveva un piglio sempre severo. La foto di mamma, appesa a un chiodo in camera sua, di fianco al letto, per assurdo mi faceva pensare al Duce... se l'avesse saputo!

Alle cinque del pomeriggio uscivo di casa, raggiungevo la professoressa Elisabetta e insieme percorrevamo la strada del paese fino alla sede. Anche il tragitto mi pareva diverso, da qualche tempo. Avezzano non splendeva di castelli, cattedrali o edifici bellissimi, tutto quello che esisteva era stato ricostruito dopo il terremoto. Le nostre case avevano l'aspetto di baracche, solo la «Avezzano bene» poteva permettersi il lusso di ricostruire con qualche accortezza in più, cercando di badare all'estetica delle case, non soltanto all'utilità. Senza dubbio il centro di Avezzano aveva un aspetto migliore, anche se molti edifici erano in costruzione da anni.

Nella prima parte del percorso incontravamo baracche arrangiate su sterpaglia, fili tirati nei cortili incolti, pollai maleodoranti, strade di ciottoli, nessun marciapiede. Man mano che ci avvicinavamo alla piazza, invece, le baracche diventavano casette e palazzine, salvo qualche eccezione, le sterpaglie si trasformavano in giardini, le strade erano nuove e cementate, i marciapiedi intercalati da alberi, per la maggior parte tigli.

«Buongiorno signora professoressa, buongiorno Francesca, come sta tuo nonno?» La voce della signora Palma, una compaesana che si serviva di mamma per i piccoli lavori di cucito, risuonava stridula e fastidiosa. Non conoscevo il perché di quella domanda. Se qualcuno non stava bene in paese tutti venivano a saperlo in un giorno, direttamente dal dottore.

«Buongiorno signora Palma, stiamo bene, grazie!» Cercai di essere gentile.

«Dove ve ne andate di bello?» Sarcastica, inopportuna e ficcanaso. Sapeva che eravamo dirette alla sede. Io non avrei neanche risposto, ma la professoressa s'inserì nel discorso.

«Ci aspettano alla sede del fascio. Viene anche lei, signora Palma?»

«No, per carità... No!» Avrebbe voluto farsi il segno della croce, lo immaginai dalla faccia che fece, ma per decenza evitò.

«Siamo diventate il diavolo, Francesca!» fece per gioco la professoressa, con tono da mostro delle fiabe e le braccia bene in alto, come per braccarmi.

Poco più in là un gruppetto di signore parlottava davanti al negozio del ciabattino. Ci additavano proprio per far capire che parlavano di noi. Ormai ci eravamo fatte una fama. Per la gran parte dei cittadini eravamo la vergogna del paese, perché con il nostro modo di comportarci, più adatto a uomini con le braghe, davamo scandalo. Ma noi avevamo la certezza che sarebbe stato così ancora per poco.

Dopo la riunione tornavo a casa sempre esagitata. Cercavo di trattenere la mia concitazione, ma discutere del piano d'assalto mi metteva di buonumore. Mamma da un paio di giorni mi teneva d'occhio. Non capiva il motivo della mia euforia.

«Francesca, vieni un po' qui!» fece a un certo punto. Speravo non avesse parlato con qualcuna di quelle rane dalla bocca larga.

«Dimmi, mamma» cercai di apparire il più disinvolta possibile.

«Alcune voci in paese parlano di un'incursione alla sede dei socialisti. Tu ne sai qualcosa?»

Porca miseria, chi aveva fatto la spia?

«Io, mamma? No di certo. Lo sai che noi donne non

abbiamo voce in capitolo su niente, figurati su certe cose.» Dovevo risultare assolutamente credibile, altrimenti sarei andata incontro a guai seri.

«Chissà come mai proprio non ti credo!» E faceva bene, ma non potevo dirlo. «Tu e quel manipolo di falliti... ma cosa pensate di fare? La rivoluzione? Sì, può darsi che ora abbia un po' di fortuna, il partito, ma tanto prima o poi il tuo dittatore capitolerà e rimarrai con un pugno di mosche in mano.» Mamma cercò di farmi capire meglio il concetto, mostrandomi il pugno vuoto. «Sai che succede ai dittatori? Nella stragrande maggioranza dei casi sono proprio i loro seguaci a farli fuori. Vuole conquistare il mondo, il tuo Duce! Ha manie di grandezza, il tuo Duce!» Si era alzata dalla sedia per mostrarmi grandi cerchi con la mano. Era arrabbiatissima. «Ti dico una cosa, e cerca di fare molta attenzione. Mi stai ascoltando, Francesca?»

«Sì mamma, sì.» Volevo tranquillizzarla, ma non c'era modo.

«Se dovessi avere il minimo dubbio che tu possa partecipare in qualche maniera all'assalto, io ti rinchiudo in casa e butto la chiave. E guarda, te lo sto dicendo io per evitare di metterci in mezzo nonno, perché lo sai come andrebbe a finire, vero?»

Certo che lo sapevo, ancora sentivo gli effetti della nostra ultima «discussione» sul viso. «Sì mamma, stai calma!»

Mi guardava strizzando gli occhi, per niente convinta.

«Non mi dire di star calma, non c'è da star calmi quando si tratta di te.» Quest'ultima frase non l'avevo ben capita. In fondo mi ero sempre comportata bene: chissà a cosa si riferiva. Meglio evitare di proseguire il discorso, comunque.

D'altronde come avrebbe potuto capire le sensazioni che provavo in sede, mamma? Come avrebbe potuto immaginare che per me il fascismo significava il mio presente, il mio futuro e tutta la mia vita? Eppure un giorno avrebbe gioito dei miei risultati. Ne ero certa.

9

I giorni proseguivano sereni e pieni di cose da fare. Mi dividevo tra scuola, compiti, faccende in casa e la sede. Quando mamma mi assegnava un'incombenza come la spesa, riconsegnare abiti o imbastire un pantalone cercavo di portarla a termine in modo impeccabile per renderla soddisfatta. A volte mi ordinava di badare agli animali, richiesta che senz'altro proveniva da nonno... ma lui non mi parlava. Io desideravo solamente che tornasse la pace in famiglia. Pensavo di essere sulla buona strada, ma poi venne il ventisette.

Tornai da scuola di buonumore, come al solito, immaginando gli adempimenti del pomeriggio e già pregustando una delle ultime riunioni per la preparazione dell'assalto. Mamma era in casa, intenta a cucinare.

«Eccomi mamma, sono tornata, dimmi pure che cosa posso fare per aiutarti.»

Mamma neanche mi guardò.

«Ora te ne vai nella stalla e ci rimani per qualche giorno, fino a quando ti dirò io di uscire.»

Mi sembrò subito una delle cattiverie gratuite peggiori di mia madre. Neanche riuscivo a credere a quelle parole.

«Mamma, perché? Non ho fatto niente per meritarmi una punizione del genere, sono stata sempre brava, ubbidiente, servizievole. Ma cos'ho fatto?»

«Lo sai, quindi che ne parliamo a fare?»

Proprio non immaginavo a cosa si riferisse.

«Non è vero che lo so, per favore dimmi cos'ho fatto.» Cercavo di ingoiare il pianto, ma non sapevo per quanto ancora sarei riuscita a trattenermi.

«Le voci in paese sono sempre più forti circa l'incursione alla sede del partito socialista, Francesca!»

«Mamma, ti ho già detto che non mi farebbero mai partecipare materialmente all'assalto, quindi puoi rimanere serena, che bisogno c'è di rinchiudermi?»

«Perché non ti credo. Non credo che non ti farebbero partecipare e non credo che tu non voglia partecipare. Quindi per dissipare ogni dubbio l'unica cosa da fare è costringerti a rimanere in casa.»

Quando si infervorava, mamma mi sembrava più alta che mai: mi sovrastava con la rabbia e con il rancore che nutriva nei miei riguardi, mi dominava. Eppure eravamo alte uguali. Sapevo che si stava preoccupando per la mia incolumità, ma non potevo tollerare un'altra reclusione.

«Ti prego, mamma, non lo fare! Ti do la mia parola che non parteciperò, deve pur valere qualcosa!»

«Se non fossi una fascista sì, però lo sei, e questo cambia ogni cosa. Vuoi provare a chiedere al nonno se è d'accordo?» Lo disse sorridendo, quasi godendo di avere il coltello dalla parte del manico.

Non c'era bisogno del sarcasmo, non riuscivo a farla franca con mamma... figurarsi con nonno, che neanche voleva guardarmi!

Era meglio finirla lì, continuare non avrebbe avuto senso. Mamma avrebbe ribadito il suo «non ti credo» e io avrei continuato a spergiurare che non l'avrei tradita. In fin dei conti, a me andava bene così. Se prima, pur cercando di metterlo a tacere, il tarlo di partecipare o no all'attacco mordeva mille volte al giorno, ora il problema l'avevano risolto loro per me, con quell'ingiusta costrizione.

«Da oggi pomeriggio te ne rimani chiusa dentro la

stalla. Ti porterò da mangiare e da vestire. Lavoretti non te ne servono, perché in stalla avrai certamente mille cose da fare.»

Neanche risposi. Presi giusto il sussidiario, il quaderno degli appunti, il cappotto e la sciarpa. Senza dire una parola, attraversai il corridoio, la cucina dove lei stava sistemando le verdure e uscii in cortile, andando dritta in stalla. Entrando ebbi l'impressione che anche gli animali, guardandomi, si chiedessero che cosa ci facessi là dentro.

La mattina nonno mi svegliava a colpi di accetta, senza mai un buongiorno. Tagliava e sistemava la legna mentre io davo da mangiare agli animali. In effetti c'era molto da fare nella stalla, e quei giorni di clausura passarono veloci. Una mattina, poi, intuii che c'era qualcosa di strano dal nervosismo degli animali. Si sentiva un vociare in lontananza, inusuale per la nostra zona sempre calma. Gli schiamazzi si facevano più nitidi e vicini e realizzai che i miei camerati avevano senz'altro preso d'assalto la sede socialista. Sorrisi emozionata.

«Forza camerati, forza!» Non ero presente, ma almeno potevo inviar loro tutto il mio coraggio.

Sentii qualcuno avvicinarsi alla stalla. D'altronde la nostra casa era l'ultima in quella zona e a soli pochi minuti di cammino dal punto in cui doveva iniziare la sommossa. Dopo di noi solo prati e terra sconfinata. Chiunque avesse avuto intenzione di scappare, sarebbe dovuto passare da là.

Cercai un modo per vedere chi stesse arrivando, però i muri della stalla avevano solo delle strettissime fessure. Mi avvicinai alla finestra, anch'essa ricoperta di legni a formare una schermatura. Proprio là riuscii a trovare la fessura più larga che mi permise di avere un minimo di visuale sul prato dietro la stalla. Riconobbi la voce dell'ex sindaco.

«Lasciatemi stare e andate via, maledetti.» Era lui senza dubbio, ma non vedevo chi lo inseguisse.

«Andate via ora o sarete puniti severamente, con un provvedimento drastico e inclemente!»

Il poverino indietreggiava e minacciava, ma con scarsi risultati.

«Nessuna pietà per te, sindaco corrotto.» Qualcuno gli si avvicinò e lo colpì. Io sentivo solo urla, gemiti e una serie di colpi infiniti e altre urla di dolore e bastonate nei campi limitrofi. Avevo il terrore che i miei camerati potessero avere la peggio. Dovevo assolutamente far qualcosa per uscire di lì.

Presi a controllare palmo a palmo la stalla alla ricerca di un punto di fuga, ma niente. Andai di nuovo alla finestra e mi appoggiai alla prima tavola con entrambe le mani. La sentii muoversi appena: forse potevo insistere. Cominciai a scuotere forte la tavola avanti e indietro, fino a quando parte di essa si staccò di netto. Con un po' di fatica mi arrampicai sulla finestra e riuscii a uscire da quell'apertura. Cominciai a correre in direzione della piazza centrale. Molti si erano rintanati in casa, altri scappavano per tornarci, altri correvano come me verso la sede fascista. Vidi un corteo di un centinaio di persone muoversi veloce lungo la strada parallela a quella che stavo percorrendo io e mi diressi verso di loro. Il corteo si stava dirigendo esasperato e nervoso verso la sede del fascio. I miei camerati erano dall'altra parte e stavano aspettando di raggiungere un numero sufficiente per l'offensiva. Dopo qualche minuto, tutto ebbe inizio. I camerati assalirono il corteo con manganelli e bastoni rimediati. Era evidente, i socialisti non avrebbero mai avuto la meglio; armati solo di qualche bastone, delle bandiere e di tanto coraggio, si difesero come meglio poterono. Ma prendevano botte da ogni dove, i manganelli creavano un rumore sordo, come un tonfo a contatto dei loro corpi già doloranti per i calci. Proprio di fianco all'entrata della sede, vidi un gruppo di una decina di socialisti in ginocchio. Baciavano i bastoni che i camerati gli facevano sentire sulla groppa.

Il polso duro ci vuole, questo pensai. In fondo anche nonno diceva che certe cose si insegnano solo con le maniere forti.

Fuori dalla porta del suo negozio, la signora Giulia guardava la guerriglia. A un tratto mi vide e sgranò gli occhi. Immediatamente mi nascosi dietro il primo angolo, sperando con tutta me stessa che tenesse per sé di avermi visto. Se nonno avesse saputo che ero lì, mi avrebbe rinchiuso nella stalla per sempre. Cercando di non farmi vedere, ripresi la strada verso casa e con estrema attenzione me ne rientrai nella stalla.

10

Il giorno seguente venne mamma a svegliarmi alle sei. Il cielo aveva appena dato il suo benvenuto al sole.

«Francesca, svegliati. Stamattina torni a scuola!» Quella sì che era una bella notizia.

«Sì, mamma, e posso anche rientrare in casa?» Mi parve legittima la domanda, d'altronde non conoscevo la loro intenzione a riguardo.

«Ora sì, tanto è tutto finito per adesso» ci tenne a sottolineare quel «per adesso» come se da quell'istante in poi dovessi vivere con l'ansia di venir rinchiusa da un momento all'altro.

Tornai in casa, intraprendendo i soliti movimenti della mattina. Due dita a sciacquare gli occhi, la ricerca del vestito pulito e la colazione che ormai preparavo da sola. Feci ritorno in stalla a prendere i libri e poi via, di corsa verso la scuola. Arrivai in classe che il fiato mi mancava. Ero felice di rivedere la professoressa dopo tanti giorni.

«Francesca, che bello, sei tornata finalmente!» Elisabetta mi strinse a sé come di ritorno da un viaggio lontano.

«Oh professoressa, se sapesse quante ne ho passate...»

«Immagino sai, non devi raccontarmi niente. Li conosco ormai i tuoi. Io invece ho moltissime cose da dirti. Ci vediamo nel pomeriggio a casa mia, poi mentre andiamo alla sede ti racconto.»

Suonò la campanella: saluto romano e ciascuno al proprio posto.

«Ragazze, oggi devo parlarvi dell'avvenimento di ieri e di un fatto molto grave accaduto in questi giorni.»

La professoressa ci illustrò in breve l'assalto dei fascisti alla sede dei socialisti e la successiva manifestazione dei socialisti davanti alla sede del fascio.

Mi immedesimai nel suo racconto e rivissi gli eventi con i suoi occhi e con il suo sguardo, che era lo stesso mio. «Inoltre, ragazze, voglio che conosciate la mia versione dei fatti su ciò che successe qualche anno fa al nipote di Gabriele d'Annunzio. Un socialista sparò due colpi di rivoltella e lo ferì alla testa. Fortunatamente si salvò, ma riuscite a capire la gravità del fatto? I socialisti sono degli assassini, adesso questo è assodato. Hanno puntato alla testa anche ieri, davanti alla sede del fascio, assaltando i nostri camerati. Ma hanno avuto la peggio, non si aspettavano di affrontare un gruppo unito come il nostro. Perciò state lontani dai socialisti assassini e state in ugual maniera lontani dai comunisti mangiabambini. Sono bugiardi, raccontafrottole, traditori, banderuole senza pensiero e senza vergogna.»

La professoressa era portata per la propaganda. Il Duce sarebbe stato fiero di lei... ma anche di me.

All'uscita di scuola alcuni ragazzi si riunirono in gruppo a parlare. Li vidi dalle scale, li riconobbi. Si trattava dei compagni di una classe maschile seguita dalla professoressa Elisabetta, gli stessi che avevo ritrovato alla sede fascista per l'iscrizione insieme ai loro genitori. Decisi di andare a informarmi. Si stavano organizzando per un'azione dimostrativa.

«Certo non possiamo andarci di notte, i nostri genitori ci punirebbero all'istante» commentò Giancarlo, figlio di «je cinciaro», di soprannome e di mestiere, visto che raccoglieva vestiti vecchi.

«Però potrebbe essere più facile nel tardo pomeriggio» rispose Ferdinando, figlio del «tracanna», l'imbianchino del paese.

«Sul retro della loro sede c'è una finestra sempre aperta, nessuno baderà a noi a quell'ora perché sarà vuota da un pezzo.» Affermò Nicola, figlio de «je fumone», ombrellaio e «raccontafrottole» diceva nonno. I ragazzi furono d'accordo con lui.

«Oh, mi dite che avete intenzione di fare?» mi intromisi. I ragazzi si guardarono, presi tra la sorpresa e la diffidenza.

«Sei una ragazza tu, ma che vuoi sapere!» replicò Pietro, figlio di «dudu», uno poco intelligente, arrotino e degno figlio del padre.

«È una di noi, possiamo parlare» intervenne Gaetano, figlio di «grillitt», maniscalco di professione. Nonno diceva che gli attrezzi che «grillitt» usava sopperivano alle sue carenze fisiche, ma io l'avevo guardato diverse volte e non mi sembrava avesse qualche deformità.

Dinanzi alla fermezza di Gaetano gli altri ragazzi sembrarono accordarmi fiducia.

E mi illustrarono i loro intenti. I socialisti avevano ricevuto la loro dose di legnate, quindi sarebbe stato inutile infierire, era il loro ragionamento. I comunisti, d'altro canto, non avevano ricevuto ancora alcun castigo.

«Saranno loro a pagare questa volta!» esclamò Antonio, emozionato e agguerrito, figlio di «mazzabbottata», il contrario di «grillitt», spazzacamino di cui nonno sorridendo diceva che poteva anche fare a meno di usare l'asta per lavorare, ma non avevo mai capito perché.

Nonno pensava che i soprannomi dicessero ogni cosa sulla persona. Lui conosceva tutti in paese e ne sapeva i soprannomi. Nonno veniva soprannominato «je pinc», che in realtà è un sasso, una testa dura, forse a causa del suo caratteraccio.

Decidemmo di incontrarci davanti la scuola alle cinque di quel pomeriggio.

Avevo ricevuto il compito di stirare subito dopo il pranzo, aspettavo che il ferro si scaldasse sulla brace e mi sembrava ci impiegasse un'eternità. Non mi resi conto dei miei movimenti rapidi e nervosi fino a quando mamma non me li fece notare.

«Hai intenzione di ucciderli quei panni?»

Caddi dal pero, non avevo capito lì per lì. A volte per intuire le prese in giro ci mettevo tempo.

Riordinati tutti i panni, mi defilai in fretta, accomiatandomi con un «Torno presto» che mamma poco gradì.

Ci ritrovammo tutti e sette, me compresa, davanti la scuola.

«Andiamo ragazzi, è ora! Ferdinando e Gaetano, voi sapete cosa fare, tu Pietro fai il palo insieme a Francesca, così non desterete sospetti, Nicola e Antonio verranno con me nel retro.» Giancarlo aveva assegnato a ciascuno di noi un compito ben preciso.

Giocando con un fondo di bottiglia arrivammo davanti la sede comunista. Come Giancarlo già ci aveva anticipato, la sede era chiusa, quindi Pietro e io continuammo a giocare là fuori per tenere sotto controllo i passanti. Ferdinando e Gaetano si diressero nel retro della sede, controllarono che la finestra fosse aperta e tornarono indietro facendo segno che tutto stava andando secondo i piani. Era il mio turno. Dovevo entrare dalla finestra, rubare la loro bandiera e fuggire. Riuscii a entrare senza difficoltà, in fondo magra com'ero potevo infilarmi in una rete di venti centimetri, figuriamoci in una finestra. Stava andando tutto bene, quando a un tratto Pietro cominciò a chiamare Pippo, il suo cane, e urlò quel nome... quasi si faceva scoprire, il degno figlio di «dudu».

«Francesca, nasconditi, c'è qualcosa che non va» mi bisbigliò dalla finestra Giancarlo.

Non sapevo dove infilarmi, la sede aveva solo una stanza e il bagno. Decisi di chiudermi in bagno. Qualcuno entrò e lo sentii frugare tra le carte poste sul tavolo. Se fosse entrato in bagno mi avrebbe trovato dietro la porta e di sicuro l'avrebbe chiusa per non farmi uscire. Presi la scopa lì all'angolo... alle brutte gliel'avrei tirata in testa.

Dopo qualche minuto sentii sbattere il portone d'ingresso e una voce che chiedeva: «L'hai trovato il cane?»

Presi a cercare la bandiera in tutta fretta e la scovai tra un armadio e il muro, infilata nel pennone.

«L'ho trovata!»

«Sbrigati, vieni via da là!» Giancarlo cominciava a spazientirsi. Gli consegnai la bandiera e oltrepassai la finestrella.

Dopo qualche minuto uscimmo di corsa dal vialetto con la bandiera accartocciata tra le braccia di Giancarlo. Ce l'avevamo fatta, eravamo riusciti a rubare la cosa più importante in possesso dei nemici. Correvamo come appresso a una stecca di cioccolato.

«Silenzio, ragazzi, calmatevi. Adesso ce ne torniamo a casa e non una parola con nessuno, mi raccomando, deve essere il nostro segreto. La bandiera la custodisco io fino a domani.» Seguimmo alla lettera le indicazioni di Giancarlo.

Io tornai a casa eccitata forse più che nel giorno dell'assalto, eppure riuscii a ingoiare la mia frenesia senza che mamma s'accorgesse di niente. Invece, la mattina seguente, lei riuscì a leggermi nel pensiero.

«Francesca, qualsiasi cosa tu abbia in mente cancellala, perché se dovrò rinchiuderti stavolta non basterà un mese... bada bene a ciò che fai.» Ma come aveva capito che nascondevo qualcosa?

«Mamma, sta' tranquilla, sono solo contenta di esser tornata a scuola.»

Potevo continuare a insistere anche fino a sera, non m'avrebbe creduto mai. E come darle torto?

Il giorno dopo a scuola non vedevo l'ora che arrivasse la professoressa. Decidemmo di aspettarla in corridoio.

«Chissà che penserà la professoressa di noi?» Nicola

era piuttosto incerto su questo argomento. Lui immaginava che la professoressa si potesse arrabbiare.

«Non preoccuparti Nicola, sarà orgogliosa di noi.» La mia sicumera lasciava gli altri interdetti.

Finalmente vedemmo la professoressa venirci incontro.

«Ragazzi, che cosa sta succedendo?» chiese lei incuriosita.

A Giancarlo tremava la voce.

«Professoressa, abbiamo un regalo per lei» e le porse il pacco chiuso con una carta di giornale rimediata. La professoressa, visibilmente emozionata, aprì il pacco e si ritrovò tra le mani una bandiera rossa che srotolò davanti a lei come una stola preziosa. Impallidì all'istante perché aveva già capito da dove proveniva. L'accartocciò come meglio poteva e se l'infilò sotto la giacca.

«Ma... ma come avete fatto?» Non era arrabbiata, era sorpresa, invece, quasi commossa, lo sapevo già.

Giancarlo e io le spiegammo velocemente come si erano svolti i fatti. Lei ci guardava interessata e confusa, come una bimba in una casa che non è la sua, però contenta di esserci.

«Sicuro che non vi ha visto nessuno?» Era giustamente preoccupata.

«Nessuno ci ha visti, professoressa, siamo stati attenti, facevamo finta di giocare, non abbiamo destato curiosità. E poi in strada non c'era anima viva.»

«So cosa fare» ci riferì la professoressa. «La porteremo in sede e la mostreremo come trofeo.»

La professoressa ci chiese di tornare tra i banchi, ciascuno nella propria classe, e la mattina continuò come da copione.

Rientrai a casa. Mamma col suo fare da sentinella mi teneva d'occhio, fortunatamente la notizia del furto della bandiera non era ancora arrivata da quelle parti, quindi come al solito alle cinque del pomeriggio uscii per andare dalla professoressa, che però non era in casa.

In sede fui accolta come una veterana di guerra.

Il segretario si alzò in piedi: «Prostratevi, camerati, al coraggio di questa ragazza» i presenti fecero burlescamente il gesto di inchinarsi a me «che con indomito eroismo e senso dell'onore si appropriava insieme ai suoi amici della bandiera comunista e con ardimento, lei, prode valorosa, la consegnava nelle nostre mani.»

La professoressa aveva già raccontato ogni cosa e anche lei applaudiva, felice della nostra impresa.

Fu un pomeriggio di quelli che rimangono impressi nella memoria per una vita. Dopo le congratulazioni dei presenti, il segretario del partito tornò serio.

«Bene, miei cari camerati, è giornata di grandi notizie. Presto sarà inaugurato il nuovo edificio del Palazzo Municipale e si vocifera che l'evento verrà presenziato dal Duce in persona.» Ci alzammo in piedi per l'emozione. «L'inaugurazione verrà fissata al 15 dicembre, abbiamo tempo per l'organizzazione, ogni cosa dovrà essere perfetta. Quindi da domani tutti al lavoro, siete d'accordo?» Un sì generale e vigoroso tuonò nella stanza.

«Ci sarà un compito anche per me, segretario?» Non potevo starmene con le mani in mano.

«Certamente Francesca. Ti occuperai degli inviti insieme a Elisabetta, sei contenta?»

«Sì, e saremo bravissime, grazie!»

11

Quella settimana fu ricca di avvenimenti. Di certo il coordinamento per l'inaugurazione del Palazzo Municipale rimaneva l'argomento principale delle nostre riunioni pomeridiane. Eppure, un altro avvenimento creò scompiglio in paese: il distaccamento del fascio femminile cittadino dalla nuova sede fascista alla struttura precedente.

Abbiamo una sede tutta nostra!, mi dissi con gli occhi colmi di stupore dopo la comunicazione. Sapevo qual era. Si trattava di una splendida palazzina rivestita in marmo bianco situata a fianco del castello Orsini-Colonna. Su due piani, con il corpo centrale poco più alto degli altri due laterali, e un magnifico ingresso con tre arcate di marmo e pochi scalini. La struttura era rimasta sfitta da quando la sede fascista era stata spostata nella nuova. Fu il segretario del partito a comunicarlo alla riunione del mercoledì. Era già nell'aria che dovesse parlarci di qualcosa di importante. Le persone col tempo impari a conoscerle e a riconoscerle da certi atteggiamenti: se sei abbastanza attento, puoi riuscire ad anticiparle. Dal lunedì il signor Del Beato pronunciava frasi a metà e, distratto com'era, non riusciva più a ritrovare il filo del discorso.

«Signori, oggi abbiamo una nomina importante. Proprio per far capire all'Italia quanto il Duce tenga alle donne, noi abbiamo creato un distaccamento del fascio tutto al femminile.» Un applauso festoso e sentito dai partecipanti risuonò in sala. «Cosa posso dire al riguardo... nei millenni, le donne sono state sottovalutate, trascurate, sottomesse e sfruttate, ma hanno continuato a essere il fulcro delle nostre famiglie. Ora hanno modo di partecipare attivamente alle organizzazioni dei nostri eventi con un dislocamento tutto loro. Ora hanno una via preferenziale per far arrivare alle dirigenze le loro necessità, le lamentele, le urgenze. A me viene in mente solo un nome di donna che possa fare da responsabile, da traino, e che fin dal suo ingresso in sede si è dimostrata archetipo della donna fascista di domani: Elisabetta D'Amore!»

Un boato di emozione e sorpresa si elevò nella sala. Eravamo tutti in piedi a congratularci con lei per la sua importante nomina. Ecco perché il segretario era così emozionato, peraltro: forse solo Elisabetta non aveva ancora percepito i sentimenti di Quinto, e mi chiedevo come potesse ignorarli. Anche i sassi se n'erano accorti.

Io mi congratulai abbracciandola.

«Tu sarai la prima iscritta della nuova dislocazione dell'associazione, Francesca» mi bisbigliò all'orecchio stringendomi forte.

Quando tornai a casa mamma e nonno erano seduti in cucina. Mi accorsi subito che stavano aspettando me, la posa di mamma era inequivocabile. Aveva i gomiti poggiati sul tavolo, le dita incrociate, lo sguardo severo. Non ebbi neanche il tempo di salutare.

«Posso sapere, Francesca, quando la smetterai di farci vergognare delle tue azioni e decisioni?»

«Mamma, non è mai stata mia intenzione farvi vergognare di me... Anzi, vorrei che foste orgogliosi di me.»

«E come puoi pretendere il nostro orgoglio se stai diventando esattamente il contrario di come ti abbiamo sempre desiderato, tuo nonno e io?»

«Perché il contrario, mamma? Io sono la stessa ragazza

che fino all'anno scorso portavi sul palmo della mano, cos'è cambiato?»

«Il partito, Francesca. Possibile che non ti rendi conto di quanto questa scelta cambierà la tua vita?»

«E come posso rendermi conto di una cosa che per me non esiste?»

«Francesca. Non saremo mai d'accordo con le tue idee, e le tue scelte ci allontaneranno. Se pensi di poter andare avanti senza l'appoggio della tua famiglia, fai pure. Sappi che noi saremo qui ad aspettare fino a quando ti renderai conto del contrario.»

Non risposi. Me ne andai in camera frastornata dai tanti pensieri. Da una parte, ero addolorata dalla certezza che mai li avrei avuti dalla mia parte, dall'altra ero arrabbiata e convinta di essere nel giusto. Seduta sul letto cercavo una soluzione che potesse accontentare entrambe le parti. Come conciliare la mia ansia di nuovo, il desiderio di emancipazione, la realizzazione dei miei sogni e un futuro che già vedevo costruito sulla libertà di pensiero, di movimento, la mia scelta di far politica con il loro unico bisogno di casa, stalla e orto, la necessità antica di trattenere la donna tra le mura domestiche, il loro gretto modo di unire religione e politica? Ero affranta, con lo sguardo fisso davanti al nulla, umiliata dai miei pensieri e disincantata da ogni orizzonte di armonia e pace.

L'indomani fui svegliata da un raggio di sole brillante che pareva volesse indicarmi la via per la serenità. Mi sentivo meglio, la notte aveva cucinato le inquietudini rendendole digeribili, tutto sommato. Pensavo di aver speso tutte le energie tra gli incubi della sera prima, invece mi ritrovai una dose di ottimismo che mi permetteva di vedere oltre i mille «no» conclamati di mamma e nonno, oltre il loro cieco scetticismo, e di credere in una nazione in cui la donna avrebbe smesso di dimostrarsi solo un gancio da traino, una sguattera o una fattrice, e avrebbe visto la mente in grado di studiare, prendere iniziative e governare al pari del Duce. Il

Duce prima o poi avrebbe permesso che questo accadesse, ne ero convinta. Mi vestii e corsi a scuola senza neanche fare colazione, avevo poca voglia di vedere mamma. La professoressa si accorse immediatamente che qualcosa mi turbava e volle parlarmi al termine delle lezioni.

«Che hai, Francesca?»

«Professoressa... è sempre la stessa storia, i miei sono contrari a qualsiasi cosa io faccia all'interno del partito. Non so come riescano a informarsi su ogni novità prima che io rientri in casa.»

«Non devi permettere che le ostilità con i tuoi rallentino la corsa verso il nuovo. Ogni volta che torni a casa, il giorno successivo è come se avessi raccolto il grano di un campo intero da sola in una notte. Se lasci che le loro antiquate idee annebbino le tue, impediranno la tua crescita morale, intellettuale e politica. Ora basta tenere il broncio: da oggi in poi saremo occupate con gli inviti.»

Conosceva le parole giuste, la professoressa. Ogni volta che parlavo con lei, mi sentivo traboccante di autostima.

Approfittando di qualche giorno a casa per un forte raffreddore, appena terminati i miei impegni con le faccende di casa e gli animali da accudire, mi rinchiudevo in camera per scrivere gli inviti. Il segretario mi aveva rifornito di carta, pennini, inchiostro e buste, e avevo degli ordini precisi: grafia elegante, ortografia esatta, senza alcuna sbavatura. La sera che rientrai in casa con l'occorrente in mano, mia madre si incuriosì e dopo cena venne in camera.

«Che fai?»

«Qualcosa che di sicuro non ti piacerà.» Valeva la pena essere sinceri, tanto lo avrebbe scoperto ugualmente.

«Cioè cosa?»

«A breve ci sarà l'inaugurazione del Palazzo Municipale e mi è stato assegnato il compito di preparare gli inviti. Saranno presenti le più alte cariche della politica e si vocifera che ci sarà anche il Duce.»

«Non verrà, non darti pena.»

«Perché lo pensi?»

«Perché l'illusione fa lavorare meglio, è questione di tattica.» Effettivamente il suo discorso non faceva una grinza. Ma io avevo un'altra idea.

«Dovrai consegnare tu stessa gli inviti?»

«Sì, mamma, però ti prometto di non togliere tempo né alle faccende di casa né alla cura degli animali.»

«Non è questo, lo so che te ne occuperai. Sono solo dispiaciuta per te.»

«Perché dispiaciuta, mamma?»

«Neanche immagini quante ignominie e infamie ti butteranno addosso, ti investiranno di vergogna.»

«Mai mamma, sta' tranquilla, mai nessuno ci riuscirà!» e lo dissi con un tale ardore che lei tacque e se ne tornò in cucina.

Cominciai a scrivere gli inviti dalla famiglia Accorsi:

Gentilissimo signor Accorsi,
giovedì XV – XII – MCMXXVII,
anno V dell'era fascista, alle ore 16
si terrà l'inaugurazione del nuovo Palazzo Municipale.

Le autorità, i fascisti, i sodalizi, i cittadini tutti sono invitati ad assistere alla cerimonia con cui si intende festeggiare il nuovo pregiatissimo palazzo.

Certo della sua partecipazione all'evento, così cercata e richiesta, la saluto cordialmente.

Il podestà Orazio Cambise

Scrissi ben centottanta inviti in quella settimana, nonostante gli obblighi in chiesa per le messe di preparazione al Natale. Rimanevano da consegnare soltanto gli inviti personali e in questo mi avrebbe aiutato la professoressa. Facemmo un giro iniziale di consegne proprio la prima domenica di dicembre, certe che avremmo trovato la gran parte degli invitati a casa. Dalla sede del partito la casa più vicina era quella dell'ex sindaco, l'uomo che era stato picchiato dietro casa mia i giorni dei tafferugli, così decidemmo di cominciare da lui. Dovetti subito tornare con la mente alla predizione di mamma.

«Buongiorno signora Palumbo, mi chiamo Francesca Biffi e la mia camerata è Elisabetta D'Amore.»

«So chi siete» disse lei con tono acido.

«Veniamo a consegnarle l'invito per l'inaugurazione del nuovo Palazzo Municipale, sarà un evento...»

Non mi fece nemmeno terminare. «Non mi interessa di che tipo di evento si tratta. Certo la mia famiglia e io verremo perché non esiste alternativa, ma se fossi in voi mi vergognerei di andare in giro come cani sciolti a obbligare le persone a partecipare alle vostre spregevoli iniziative.»

Non potevo non rispondere.

«Non ci si vergogna per un credo così profondo e radicato come il nostro, piuttosto proverei vergogna del contrario, poverina lei. Moglie di uomo pavido, pusillanime e piagnucoloso.» Anch'io avevo risposto a mia madre il vero: nessuno ci avrebbe infangati, non impunemente. La signora sgranò gli occhi, incenerendomi. Elisabetta mi strinse il braccio.

«Arrivederci signora Palumbo» tagliò corto lei « siamo certe di incontrare lei e la sua famiglia giovedì 15 all'inaugurazione.

Mi spinse frettolosamente via. Temevo volesse sgridarmi, chissà magari avevo esagerato. Invece...

«Sai qual è la parte di te che mi piace di più, Francesca? Proprio questo tuo carattere audace, a tratti bellicoso. Sei una condottiera nata, e la tua capacità di dar fuoco alle polveri per una parola di traverso è davvero invidiabile. Se tutte le donne del fascio si comportassero anche solo lontanamente come te, avremmo già in mano il Paese intero.»

Sentii sbocciare il mio orgoglio d'un tratto, come un prugno chiuso nei suoi germogli colto da un'estate improvvisa e caldissima.

12

Il 15 dicembre era alle porte e fervevano i preparativi per l'inaugurazione del nuovo Palazzo Municipale. Gli inviti erano stati tutti consegnati tra il benestare e il chiacchiericcio dei compaesani, non senza frecciatine e male parole rivolte a me, a Elisabetta e al fascio tutto. Il palazzo, dotato di un raffinato rivestimento in marmo e mattoncini, pareva uscito da un dipinto del Quattrocento. Costruito su due piani, si presentava con due eleganti altane scenografiche posizionate ai lati della struttura, finestre rotonde e bifore e trifore di gran classe che adornavano la parte centrale. Al piano terra si trovava un grande porticato su pilastri e l'interno era un vero spettacolo di pitture e rifiniture in legno.

Gli ultimi dettagli, la pulizia del pavimento e la sistemazione dei fiori spettavano a noi donne. Eravamo io, la professoressa e altre cinque da poco iscritte al fascio femminile grazie alla nuova sede, e per noi questo lavoro era un onore.

Le nostre prime guerriere, giovani ma col viso già segnato dal lavoro e dalla stanchezza, con la pelle tenera e le mani ruvide, erano uno spettacolo. La prima iscritta fu Marina, figlia del maestro Giovanni Di Luzio, per niente fascista, ma con un'intelligenza tale da permettere alla figlia di seguire il suo credo; Clara, moglie del notaio Paolini, spinta da lui a far parte dell'associazione; Milena, moglie di un contadino; Domenica, figlia di un fattore, Carlo Carolli, già iscritto al fascio; e Tiziana, moglie del contadino Paolo Teramani, un simpatizzante comunista, impavida, audace, incurante del fango che le veniva scaricato addosso.

Ed eccole, sette donne bambine, con i visetti puliti e i vestiti lerci, con gli occhi ammantati di cielo e il sorriso splendente del giorno, ridere di gusto anche del loro lavoro scomodo, innamorate del fascio, del futuro sognato, del Duce.

Le nuove iscritte si offrirono di prestare servizio anche la mattina. Purtroppo, io ed Elisabetta avevamo a disposizione solo un'ora o due nel pomeriggio. La frenesia e l'eccitazione si insinuavano, serpeggiavano dovunque.

«Forza, ragazze, su. Non perdiamoci in chiacchiere e mettiamoci al lavoro. Ogni cosa deve sfavillare di pulito, dovete immaginare che il Duce camminerà su questo lastricato, toccherà gli oggetti, stringerà le maniglie, spingerà le porte che noi stiamo pulendo, abbracciando, lucidando, guardando!»

La professoressa ci incantava con le sue parole e la nostra immaginazione creava il resto della storia. Il Duce si sarebbe complimentato per tanto ordine e tanto fulgore, si sarebbe avvicinato a noi abbracciandoci con affetto.

Camminava sul bagnato la professoressa e non s'accorgeva. Le donne la guardavano in cagnesco... temevo che quelle orme potessero diventare i passi della discordia: «Questa finestra è ricolma di aloni, la vogliamo pulire o no? E questa maniglia? Vi rendete conto che qualsiasi cosa potrebbe essere notata dal Duce?»

Lei si muoveva in lungo e in largo e io le stavo appresso con lo straccio in mano, pronta a eliminare quelle ombre nere.

«Che cosa pensi di metterti per la cerimonia?» mi domandò Marina, una delle nuove donne del fascio, mentre strusciavo il panno per terra. I suoi occhi brillavano di trepidazione.

«Di certo il vestito più bello che ho, vorrei i capelli con qualche boccolo, scarpe tirate a nuovo, guance rosse e labbra lucide di grasso.»

Marina rise nascondendo il sorriso in una mano. «Ma no, cosa dici, ti prenderanno per sfacciata!» Le sue guance, rosse di vergogna, rendevano l'idea di ciò che mi poteva capitare.

«E chi se ne importa, farei qualsiasi cosa per lo sguardo del Duce.» Marina non finiva più di sogghignare, probabilmente già immaginava quanto sarei stata chiacchierata.

Mancava solo il nastro per il taglio, ma ci avremmo pensato il giorno stesso.

Giovedì 15. Era tutto pronto per l'evento.

Dopo il pranzo sistemai un po' i capelli cercando di abboccolarli e indossai il vestito migliore che avevo. Era il secondo da festa: il primo era per tutte le domeniche, il secondo per le feste d'eccezione, come Natale e Pasqua. Lucidai le scarpe di ogni giorno col grasso, lo stesso che passai sulle labbra per renderle brillanti, e poi tornai in cucina a vedere se mamma avesse bisogno di aiuto per vestirsi. In casa regnava un silenzio surreale. Nonno in camera si abbottonava la camicia e mamma in cucina stirava il suo vestito della domenica.

«È inutile che ti fai bella, tanto non verrà.» Mamma insisteva e io cominciavo a infastidirmi sul serio. Certo, ero determinata a non parlare: non volevo farla arrabbiare, non avrei mai voluto finire chiusa nella stalla. Mi limitai a guardarla dritto negli occhi e dovevo averle trasmesso qualcosa, perché abbassò lo sguardo e si allontanò.

Stancamente, nonno uscì dalla camera. Fui felice di notare che indossava gli stessi indumenti della mattina, non si era cambiato. Cattiva io che l'avevo pensato.

Si diresse in silenzio verso la porta. Pareva dovesse partecipare al funerale di un parente amatissimo.

Mamma uscì appresso a nonno.

Aveva tolto il vestito della domenica e aveva indossato

quello di sempre e forse pensava di indispettirmi, ma la verità era che non faceva gran differenza, mamma indossava il nero quotidianamente, e un merletto in più non cambiava la sostanza.

«Andiamo col carro così facciamo prima?»

«No» ribatté subito mamma «nonno vuole andare a piedi, tanto non c'è fretta, e poi si rischia di avere dozzine di carretti ammassati da una parte.»

Cominciammo ad avviarci verso la stazione, dove la cittadinanza e le autorità avrebbero accolto il Duce e i suoi ministri per poi accompagnarli al palazzo. Cercavo di far accelerare il passo a nonno e a mamma che invece bighellonavano. Avevo l'impressione di dover accompagnare i miei figli a scuola, molto mal volentieri.

Ci impiegammo un secolo, ma quando arrivammo i miei camerati parlottavano ancora fuori e i compaesani lentamente si avvicinavano all'entrata della stazione.

«Tutti dentro, concittadini, il treno del Duce sta arrivando!» annunciò il segretario del partito.

Mamma e nonno rimasero fuori. Io invece mi scapicollai all'interno: pur di accaparrarmi il posto in prima fila proprio vicino le mie amiche di fatica, rischiai persino di cadere a terra.

«Oh, sei arrivata per fortuna, a momenti mancavi l'arrivo del Duce!» Elisabetta mi redarguì.

«Lo sai che non è colpa mia... Oggi i miei volevano passeggiare.»

«Come ti senti?»

«Non lo so, ho mille sensazioni. Certo è che non vedo l'ora che scenda dal treno.»

Dietro di noi Marina e le altre donne ci fecero da mantello.

Il fischio del treno diventò sempre più nitido e vigoroso, fino a mischiarsi al rumore assordante dei freni.

«Eccolo, arriva... Arriva!» Avevo il cuore a mille, sembrava volesse farsi strada attraverso il petto per vedere anche lui il Duce.

La banchina era invasa: braccia e bandiere erano pronte ad accoglierlo.

Il treno si fermò.

Il capostazione immediatamente allontanò le persone che impedivano alle porte di aprirsi.

«Scenderà per primo?» chiese Tiziana.

«Non saprei» rispose Elisabetta. «Immagino di sì.»

Scese un ministro per primo, non ne ricordavo il nome, elegante in giacca e pantalone in tessuto gabardine costosissimo, che riconobbi all'istante perché il più amato da mamma.

La platea espresse tutta l'emozione e l'impazienza di quei momenti con un'esplosione di applausi e un boato di meraviglia.

Poi scese un secondo politico e subito dopo un alto ufficiale, di sicuro un generale, con divisa verde grigia ricolma di stellette militari, fregi e distintivi. Ciascuno fu accolto da applausi fragorosi, saluto romano e sventolio di bandiere.

Poi non scese più nessuno.

Le porte del treno si richiusero, con lo strepitio netto dello scatto di chiusura. Lo scatto mi diede la sensazione di una mannaia che decapitava il mio sogno di vedere il Duce, vero, reale, e magari di arrivare a sfiorargli le mani.

Il treno riprese la sua corsa. Rimanevo sola a guardarlo sulla banchina, mentre portava via la mia speranza che il Duce scendesse per ultimo. Rimasi con lo sguardo fisso su quella carrozza che, lenta e inesorabile, si allontanava da me, dai miei boccoli, dalle scarpe tirate a nuovo e le labbra lucide.

Sui binari giaceva quel mio grande desiderio. Indolente, si trasformava via via in una profonda tristezza.

Rientrai in stazione mogia e delusa.

Nel frattempo le autorità avevano già scortato con le

auto i ministri al palazzo e io mi avviavo a piedi mal volentieri. Arrivai con un ritardo ragguardevole.

Elisabetta mi stava cercando.

«Francesca, dov'eri? Il segretario reclama le forbici, le hai tu?»

«No, vado subito a prenderle.»

Corsi a prendere le forbici in segreteria e mi posizionai a fianco del segretario del partito. Il podestà Cambise prese parola, scusandosi prima con i presenti per la ricerca del silenzio e ringraziando i due politici e il generale per la loro tanto agognata presenza.

Il generale prese posto a fianco del podestà per rispondere.

«Concittadini, camerati e famiglie qui presenti, buon pomeriggio. Il mio nome è Guido Di Matteo, vi porto il saluto del nostro amatissimo Duce, il quale per ragioni di sicurezza non ha potuto presenziare a questo importante evento. In particolar modo, desidero comunicarvi quanto il Duce tenga a questa città, distrutta dal terremoto prima e dalla guerra poi: è orgoglioso di voi popolo marso col cuore grande, capace di aiutarsi nella ricostruzione di case, strade, scuole e chiese. Siamo oggi qui, per inaugurare questo nuovissimo Palazzo Municipale e per augurare a voi, miei camerati, ogni bene e ogni fortuna. Ora lascio la parola al nostro eccellentissimo ministro.»

Che voce autorevole, pensai.

Si scostò un poco per lasciare spazio al ministro, il quale si congratulò con tutte le autorità locali presenti per la costruzione ineccepibile del Palazzo Municipale e per la riuscita di quella magnifica occasione di festa. I politici e il generale si avvicinarono al portone d'ingresso, scortati dal podestà e dai membri del partito.

Il segretario mi chiamò per consegnare le forbici al ministro.

Le consegnai, ma non al ministro. Istintivamente andai dritto dal generale, porgendogli le forbici nella mano destra. Nel gesto, le nostre dita si sfiorarono. Lui mi guardò tra il sorpreso e il curioso, io ritirai la mano in fretta, rossa di vergogna.

«La ringrazio delle forbici, signorina...?» stava parlando a me. Mi girai dietro, davvero parlava a me!

«Biffi, Francesca Biffi.»

«Molto gentile da parte sua, signorina Biffi.»

Non so se in quel momento qualcuno lo spinse o lui fece finta di cadere, sta di fatto che si avvicinò e quasi mi venne addosso.

«Il rosso sulle guance ti dona» riuscì a dirmi mentre si tirava su.

Io mi accesi di vergogna. Davanti a tutto il paese si era accostato a me, sfiorandomi le mani in modo ineducato, sgarbato e dandomi del tu!

Rimasi sconcertata da tanta mala creanza e comunque ingoiai l'accaduto per non alimentare chiacchiericci.

Il generale tagliò il nastro mentre il ministro proponeva la sua dissertazione.

Io cercavo di seguire il discorso, ma il generale mi distraeva.

Aveva qualcosa, qualcosa che non riuscivo a capire. Era bello, senza alcun dubbio: aveva un viso che mi sembrava perfetto, non ce n'erano di simili in paese; non aveva meno di quarant'anni, era tra i quaranta e i cinquanta probabilmente; capelli sale e pepe, occhi lunghi e chiarissimi, naso dritto e stretto. Con un certo rammarico dovetti ammettere il suo eccesso di virtù. Anche Antonio «soldo bucato», il figlio del fabbro, era bello ma il generale aveva qualcosa in più.

Finito il rinfresco il generale, prima di accomiatare i presenti, chiese di nuovo la parola. Spiegò che a breve avrebbe ricevuto un importante incarico e che nel mentre sarebbe rimasto in paese per supervisionare il lavoro dei partiti e del Comune, lavoro da relazionare e riferire ai ministri al fianco del Duce. Dopo i ringraziamenti gli ospiti furono scortati in stazione e il generale fu accompagnato dal segretario alla locanda Italia.

Evitai di incontrarlo, non avevo alcuna intenzione di incrementare le chiacchiere su di noi.

Rimasi nel palazzo fino a quando non andò via con l'auto del segretario. Non mi ero neanche accorta dell'assenza di mamma e nonno, assenza che durava chissà da quanto.

Tornando a casa mi domandavo che tipo di incarico avrebbe ricevuto il generale e per quanto tempo sarebbe rimasto.

Speriamo per poco, pensai.

13

I mesi che seguirono la cerimonia d'inaugurazione furono insoliti. La mia mente era come un otre gonfio, una ghirba che conteneva la delusione dell'assenza del Duce e le bizzarre sensazioni che il generale aveva destato in me. Avrei voluto vedere il Duce, guardarlo negli occhi, consegnargli le forbici e sfiorargli le mani così come era successo col generale.

Mi muovevo agitata per casa, la mia era un'inquietudine che sfiorava il nervosismo, una smania come quando hai appena mangiato e ti alzi da tavola affamato.

Le domande si accatastavano nella mia mente l'una all'altra, come i sassi in un burrone: «Da dove viene il generale? Ha famiglia? È sposato? Quanti anni ha?» e soprattutto: «Come si è permesso?» «Perché s'è preso tanta confidenza?». Avrei voluto sapere di lui, avrei voluto conoscere di più l'uomo, non il generale. Ragionavo su quanto vicino fosse al Duce, se aveva l'abitudine di parlargli prima di un evento importante, se qualche volta aveva cenato con lui. Persa nei miei pensieri galleggiavo come bolla in una pozza. Mi tornavano negli occhi le immagini di lui che si avvicinava a me, come diapositive di un film audace. Il dubbio che fossi stata proprio io a permettergli quell'intimità, la libertà di avvicinarsi a me davanti a tutti, mi rodeva il cervello. E poi, a parte il gesto troppo amichevole, tornavo anche alle parole che aveva pronunciato mentre mi era quasi addosso, vergognandomi: «Il rosso sulle guance ti dona». Si consolidava in me il convincimento che il mio rossore e le mie labbra umide l'avessero reso così ardito e sconsiderato da gettarmi in faccia quel pugno di parole sconce.

Non sapevo che cosa farne di me.

L'arrivo del generale aveva inequivocabilmente scosso la mia quotidianità. Avevo impegni gravosi, la scuola che giungeva al termine e i mille impegni con il partito, eppure finivo sempre per pensare a lui. Eravamo a giugno 1928, avevo sedici anni eppure mi sentivo adulta da una vita. A scuola la professoressa spesso ci parlava di quanto fosse stato unico e memorabile l'evento dell'inaugurazione della nuova stazione, così una mattina proruppi.

«Professoressa, lei conosce gli ospiti d'onore?» ebbi coraggio, come sempre.

«Sì certo, di fama, non personalmente.»

«Del generale che pensa?»

«Che è qui per tenere sotto controllo il Comune, i partiti e le associazioni.»

Chiaro che la professoressa non sapesse niente più di quello che era a conoscenza di tutti. Avrei tanto desiderato parlare con lei di quella mia strana effervescenza che non conoscevo affatto, una nuova sensibilità a cui non ero abituata. Volevo strapparla da me, gramigna indesiderata che mi aveva infestato il pensiero. Non mi piaceva quel punto fisso, quella distrazione involontaria.

Però sapevo di non poterlo fare. Chi mai avrebbe avallato anche solo un'amicizia tra me e il generale! La differenza d'età era un fossato. Nelle mie lunghe elucubrazioni venne fuori l'idea che l'unico al quale potevo chiedere notizie fosse il segretario del partito, ma il mio enorme imbarazzo mi rivestiva come un abito nero e mai avrei spiccicato parola. Una mattina, però, mi svegliai con un piano bell'e fatto e sgranai gli occhi per tanta perspicacia.

Sapevo dove alloggiava il generale.

Potevo star lì vicino fino al momento di vederlo uscire e, facendo finta di passar di là, avrei potuto scambiare con lui qualche parola. Desideravo le sue scuse e volevo vederlo. Così, in una mattina con una luce diafana e non particolarmente algida, decisi di saltare la scuola e appostarmi nei pressi della locanda Italia. Avrei dovuto giustificare la mia assenza a scuola in qualche modo e nasconderla a mamma e a nonno, ma a questa cosa avrei pensato dopo. Decisi di indossare uno scialle ampio ma leggero sopra il grembiule, perché mi rivestiva interamente e mi faceva sembrare più alta, più matura della mia età, e il mio cappello preferito, che aveva la falda larga sul davanti, a coprirmi gli occhi.

La locanda Italia apparteneva alla signora Adelaide Di Ponzio, una tirchia che si era arricchita grazie a quello strozzino del padre. Erano soltanto le otto e lei era già sveglia e arzilla: passava la scopa davanti l'entrata della pensione. La locanda prendeva proprio l'angolo della stazione.

Io mi ero fermata su via Montello, lanciando un'occhiata ogni tanto per vedere la signora rientrare.

La signora allontanò la polvere e le foglie dal suo marciapiede a quello successivo e rientrò dopo aver pulito la scopa sulla ringhiera del vicino, passandola verso destra e verso sinistra.

Rimasi all'angolo.

Intorno a me le piccole attività cominciavano a svegliarsi. Il bar di Enea «je quaquaraqua», l'alimentari di Ninetta «la roscia», il forno di Giacinto «je saltinbanc» e il negozio di fiori di Nino «je pagliaccio». Le attività locali erano concentrate in parte in piazza e in parte proprio nei pressi della stazione, là dove transitavano più persone. Io temevo l'affollamento, così avrei sicuramente incontrato qualcuno di mia conoscenza.

Il portone d'ingresso della locanda si aprì d'improvviso

e il bel viso del generale apparve sulla soglia. Mi sembrò un angelo in purgatorio.

Mi ritirai indietro, spiaccicata alla parete, ma dovevo uscire. Era il momento.

«Buongiorno generale!» Un paio di secondi di attesa in più e mi avrebbe trovata a far da pittura alla parete.

«Buongiorno! Signorina... Biffi se non sbaglio, vero?» Si ricordava eppure erano passati mesi dal nostro incontro, e questo in un'altra situazione mi avrebbe intenerito, ma non in quel momento in cui dovevo mantenere il mio tono altezzoso, da donna offesa nell'onore.

«Sì, e sono stupita che ricordi il mio nome!»

«E perché mai? Ho bene a mente il suo gesto di consegnare le forbici a me anziché al ministro e ricordo le sue belle guance rosse.»

Mi infuriai.

«A questo proposito, generale, vorrei farle notare che si è avvicinato a me, mi ha parlato quasi bisbigliando, mi ha sorriso, ringraziato... Tutto ciò si chiama "confidenza" e tra noi non ce n'è. È un tipo di libertà che appartiene alle coppie.»

«Capisco... Dobbiamo provvedere, allora!» disse sorridendo forse in modo sarcastico. Non ero brava con le frasi beffarde, era difficile per me riconoscere quel filo sottile, il limite tra il reale e l'ironico. Non risi.

«Guardi, sono costernato, signorina Biffi, non era affatto mia intenzione metterla in difficoltà davanti ai suoi compaesani. Le chiedo scusa, cosa posso fare per farmi perdonare?»

Avevo appena ottenuto ciò che desideravo, eppure chissà perché dentro di me si faceva spazio la sensazione che avesse vinto lui la battaglia. Ancora una volta.

«Grazie generale, desideravo solo le sue scuse, è tutto.»

Di nuovo si accostò a me, sfiorandomi l'orecchio.

«Peccato» disse, e proseguì per la sua strada.

L'aveva fatto ancora, ancora una volta si stava prendendo gioco di me. Io rimasi ferma, incapace di reagire, nuovamente scioccata dal suo atteggiamento derisorio.

Tornai a casa con la testa in fumo. Entrai, salutai frettolosamente mamma e mi rintanai in camera, cercando di appendere con un certo ordine le mie idee imbrunite al filo incerto della calma. La porta si riaprì dopo poco.

«Francesca, è successo qualcosa?» La voce di mamma, forse raddolcita dalla preoccupazione, mi commosse non poco.

«No, mamma, sta' tranquilla, son tornata perché non mi sento bene oggi.» Mentii ma non del tutto, e d'altronde come avrei potuto raccontarle di quella mattina! Lei si avvicinò e mi poggiò la mano sulla fronte. Tranquillizzata dall'assenza di febbre, non disse altro e uscì dalla stanza.

Da quell'ammasso di pensieri ridondanti e contorti venne fuori una decisione chiara. Non mi sarei più interessata al generale.

Il partito, da quel momento in poi, sarebbe stato il mio unico centro, la mia rivalsa, la cura alla mia ira e al mio senso di inadeguatezza.

E fui fortunata, perché l'occasione si presentò circa un anno dopo.

Si profilò l'opportunità di un'operazione straordinaria.

Quel giovedì il segretario ci introdusse l'argomento del giorno.

«Camerati, oggi ho bisogno di parlarvi di un altro evento di pulizia eccezionale, diciamo un avvertimento alla sede del giornale *Abruzzo*. È necessaria una punizione per ogni articolo irriverente, sfacciato, offensivo nei confronti del partito.»

Il segretario aveva lanciato l'idea dell'avvertimento come il sasso che rimbalza tre volte nello stagno, in un pomeriggio in cui l'aria era dolce, il cielo benevolo e io non sapevo davvero cosa fare.

«Allora ditemi, chi ha desiderio di partecipare a questa operazione?»

«Io!» risposi senza alcuna esitazione. «Lo faccio io» e mi alzai in piedi.

A un tratto il silenzio divorò la sala.

Il segretario mi guardò tra il sorpreso e l'orgoglioso.

«Francesca, ti giuro che mai nella mia vita ho conosciuto una ragazza come te, altera, sprezzante del pericolo, audace, decisa, sempre in prima linea. Mi sento di parlare a nome del partito intero: siamo fieri di te.»

Altri quattro uomini si fecero avanti per la vendetta.

«Bene, miei prodi camerati» il segretario continuò, estasiato dai suoi commilitoni. «Vi ritroverete in cinque domani davanti la sede del giornale, intorno alle undici di sera. A quell'ora la gran parte della cittadinanza dormirà. Non dovreste aver problemi a scardinare la porta, entrare e portar via quante più copie potete. Tutto chiaro?»

Un «sì» determinato e forte risuonò nella stanza.

A fine riunione il segretario si avvicinò: «Francesca, stavo pensando che forse potrebbe essere un problema serio per te uscire a quell'ora. Credo sia meglio fare a meno della tua presenza per questa volta, che ne dici?» Non capivo proprio di cosa si preoccupasse: io non me ne preoccupavo.

«Segretario, davvero non c'è problema, non deve temere per me, ho dato il mio impegno e lo manterrò.»

Il segretario preferì non insistere. Gliene fui grata.

Il giorno seguente, quando il sole perse la sua gara con l'orizzonte, mi trovai in cortile a sistemare polli e pollaio. Mangiai poco, mi sentivo piena di vita, non potevo attendere. Sistemai la tavola, lavai i piatti e salutai mamma, che rispose, e nonno, che non rispose.

Prima o poi tornerà a parlarmi, mi convinsi chiudendo la porta della camera dietro di me.

Certo non potevo riposare. Nell'attesa avrei studiato.

Mezz'ora alle undici. Mi preparai coprendomi il più possibile, indossai anche la sciarpa e il cappello per non farmi riconoscere. Nonno e mamma dormivano già da un paio d'ore. Io aprii piano la finestra, che fece un leggero scricchiolio, e poi sgattaiolai fuori come il più abile dei ladri.

Correndo a perdifiato arrivai vicino alla sede del giornale, un paio di traverse più su della piazza. Due uomini passeggiavano lì accanto e riconobbi Antonio e Filiberto. Dopo qualche secondo, ecco arrivare anche Marco e Sergio.

«Siamo tutti quindi, che dite andiamo? Non c'è tempo da perdere.»

Giungemmo davanti all'entrata dell'*Abruzzo*. Il giornale aveva l'aspetto di un capanno che si estendeva in lunghezza e Sergio scardinò la porta con un cacciavite e una tenaglia. La porta si lasciò dischiudere una quarantina di centimetri senza forzature.

Riuscii a introdurmi senza difficoltà, il mio fisico asciutto rendeva l'operazione agevole. Entrai in una stanza piuttosto disordinata, con un tavolo lungo straripante di carte e giornali, delle sedie intorno, scaffali ricolmi di faldoni alle pareti. La stanza di sicuro serviva da segreteria ma era anche un luogo di primo smistamento. Andai dritta all'angolo della sala, dove vidi le pile di giornali accatastate.

Ne presi quanti potevo tra le mie braccia e li portai all'entrata, poi tornai indietro. Feci quell'andirivieni per una decina di volte, fino a quando Antonio mi disse basta.

Caricai tra le braccia la mia parte di giornali e ci dirigemmo in piazza.

Il paese sembrava deserto a quell'ora e così decidemmo di sistemare i giornali al centro della piazza e dar loro fuoco. I redattori si sarebbero accorti solo l'indomani dell'accaduto e sarebbe stato troppo tardi.

«Forza, tutti a casa ora! A domani, camerati!» esclamò

Sergio dopo aver appiccato il fuoco. Saluto romano e via di corsa.

Mentre tornavo dai miei, mi seguiva l'odore acre dei giornali in fumo. Ogni tanto mi giravo per vedere il riverbero del fuoco sui muri alti. Quella notte, lungo la via verso casa, sentii solo l'abbaiare di qualche cane rinchiuso malamente, il mio passo svelto e il cuore a mille per il compiacimento di essermi imposta sugli uomini, di aver brillato per un coraggio mai visto e una determinazione che tutti avrebbero notato.

14

La notte che seguì fu memorabile. Non riuscivo a dormire, mi beavo di me e della mia audacia. Canticchiavo al buio canzoni con parole inventate con cui deridevo i quattro ubriaconi del giornale e insultavo apertamente il generale, oltraggiando i suoi gradi, così come davvero avrei voluto fare mesi addietro. Ridevo della mia sfrontatezza, poi tornavo seria e una dolce malinconia mi cingeva come un innamorato al pensiero che quegli avvenimenti ormai appartenessero al passato. In fondo il generale sarebbe andato via presto, se davvero il suo lavoro consisteva soltanto nel riferire al Duce l'andamento del partito, del Comune e degli organi più illustri, e io avrei dimenticato anche il suo viso. E così, mentre ripetevo a me stessa che non era proprio più il caso di scervellarmi a causa del generale, chiusi finalmente gli occhi e la notte mi rapì abbracciandomi forte, accompagnandomi su vette sconosciute, al fianco di daini acrobati, equilibristi, saltimbanchi e cervi con i loro palchi proiettati verso il cielo, come degli altoparlanti volti a Dio.

Mi trovavo ancora sul bordo di un fiume a prendere il sole col rumore dolce dello sciabordio dell'acqua, quando fui svegliata dalle grida di mamma. Urlava e mi chiamava e io, con i pensieri ancora impastati di sonno, mi alzai di scatto, cercando di immaginare il motivo di tanto baccano.

In cucina trovai nonno steso lungo a terra e mamma al suo fianco che piangeva.

«Mamma, che è successo?»

«È colpa tua» mi urlava addosso «è colpa tua» e piangeva più forte.

«Mi dici che è successo, per favore?»

«È venuto Linuccio "cipolletta" e ci ha raccontato di averti visto in piazza ieri notte, mentre bruciavi un mucchio di giornali dell'*Abruzzo*. Ti ha riconosciuta attraverso le finestre socchiuse, ma è pronto a giurare che si trattava di te e di altri quattro uomini del fascio. Appena è andato via, nonno s'è accasciato per terra. »

Oddio il cuore, pensai.

«Vado subito a chiamare il dottore.»

«È colpa tua se muore, è colpa tua!» mi urlò dietro mentre sistemavo in cortile il carretto, in modo da agevolare il cavallo con i vari legacci.

«Va' dentro, stai col nonno!» le dissi. Ci mancava pure lei.

«S'è sentito male dopo aver saputo quello hai fatto, ma cos'hai al posto del cuore?» continuava a seguirmi in tutti i movimenti tra carretto e cavallo.

«Va' dentro col nonno!» ripetei meccanicamente. Ma niente, era un fiume in piena.

«Ma ci vuoi un po' bene? Ci vuoi un po' di bene? Ci farai morire, a tutti e due!» Ormai ero sul carretto. Lei decise infine di mollarmi e tornò indietro da nonno.

Cercai di spingere il cavallo il più possibile. Arrivai a casa del dottore in brevissimo tempo, tanta era la preoccupazione per nonno. Bussai. Il dottore non rispose, certo era presto, forse le sette appena. Presi a calci il portone e qualcuno all'interno della casa si agitò.

«Ma chi è?» La voce stridula della moglie del dottore risuonò anche al di fuori della casa, come lo scampanellio di una mucca.

Venne ad aprire proprio lei, una signora piuttosto scorbutica, diventata la sposa del dottore dopo averlo «incastrato», almeno così dicevano le voci in paese.

«Ma chi è a quest'ora?» La signora praticamente mi urlò in faccia, mezza nuda, con una vestaglia che appena le copriva un seno, i boccoli arruffati, e un fiato che sapeva di notte e di vino.

«Buongiorno signora, chiedo scusa per l'ora, ma mio nonno s'è sentito male, può chiamare il dottore, per favore?»

La signora si sistemò meglio la vestaglia e senza dire una parola sparì all'interno della casa, lasciandomi fuori, con la porta sul naso.

Intanto risalii sul carretto ad aspettare.

Dopo qualche istante spalancò la porta il dottore, che si catapultò sul carretto.

«Forza Francesca, andiamo, lo sapevo che si sarebbe sentito male prima o poi!» Bastò una frustata al cavallo che iniziò la sua corsa verso casa.

«Perché lo pensa, dottore?»

«Già nell'ultimo controllo avevo sentito il cuore un po' affaticato e gli avevo fatto promettere di non stancarsi molto durante il giorno.»

Mi ammutolii. Non sapevo nulla della visita. Ero abituata a vederli forti i miei, scogli saldi sui quali rilassarsi e riprendere fiato nel corso di una traversata a nuoto, non pensavo potessero col tempo diventare più fragili. La roccia cominciava a sgretolarsi.

Giungemmo a casa velocemente, il dottore scese con un balzo dal carretto e si precipitò dentro. Nonno era a terra, non parlava e non si muoveva. Faceva un certo effetto vederlo così, inerme, povero nonno, un vulcano secco che aveva perduto la sua lava.

Il dottore lo visitò accuratamente, poi si alzò e parlò con mamma. Aiutai il dottore a mettere nonno sul letto.

«Dottore, cos'ha nonno?»

«Ha avuto un attacco di cuore, ma è forte tuo nonno,

per fortuna, e ce la farà. Se riposerà per il giusto periodo di tempo, si rimetterà presto, vedrai.»

Mamma ringraziò il dottore e gli preparò un canovaccio arrotolato a caramella pieno di patate, verza e cavoli.

Riaccompagnai il dottore a casa con più calma.

Davanti casa sua, rigirai il carretto. Per il dottore non fu necessario bussare, la moglie già aspettava sull'uscio. Neanche lo salutò, si limitò ad allungare le braccia per accogliere il canovaccio pieno.

Trotterellavo col carretto con calma verso casa. Sapevo già cosa mi attendeva.

Mamma era una gigantesca onda che aspettava me, piccolo scoglio, per infrangersi.

A casa sciolsi il laccio del cavallo e sistemai il carretto nella stalla. Cambiai l'acqua al secchio del cavallo. In ogni movimento cercavo la precisione, non volevo che mamma s'arrabbiasse con me anche per qualche dimenticanza: chissà perché, quando c'era di mezzo la precisione, mi veniva in mente il generale.

Entrai in cucina.

«Mamma!» Non c'era, la chiamai ancora.

«Sono in camera di nonno.»

Rimasi sulla porta, mi affacciai appena, non sapevo se nonno volesse vedermi. Ma lui dormiva, così mi avvicinai.

«Tranquilla, mamma, si riprenderà.» Lei gli teneva la mano, il viso ancora solcato dalle lacrime della mattina.

«Che ne sai tu, eh? Che ne vuoi sapere? Combini solo guai.» La mareggiata era arrivata. Rimasi in silenzio, non aveva finito. Infatti ricominciò: «Vieni di là» praticamente mi trascinò a forza in cucina, prendendomi per mano.

«Sì, mamma, vengo, ma non tirare.» Forse neanche si rendeva conto di quanto stringeva.

«Ora mi devi promettere una cosa.» Immaginavo dove volesse andare a parare, ma cosa potevo fare io per contrastarla?

«Ti ascolto.»

«Devi promettermi che non parteciperai mai più alle azioni punitive, né verso cose né verso persone, mai più. Me lo devi giurare sulla cosa che hai di più caro.»

Era stata precisa mamma, avrebbe potuto puntare più alto, invece no. Desiderava solo che non partecipassi alle azioni punitive, non mi stava proibendo il partito. Forse per un po' avrei potuto anche accettare. Dovevo essere più attenta, purtroppo avevo trascurato il loro volere e le ripercussioni delle mie azioni sull'animo di nonno e di mamma. Avevo lasciato tutto al caso, che fossero gli eventi ad agire anche per me. Era necessario recuperare, dovevo fare in modo che nonno si riprendesse tranquillo, senza più nervosismi a causa mia. Lo dovevo a lui e a mamma.

«Va bene mamma, te lo giuro.»

Per lei fu sufficiente, non insistette oltre e si girò per tornare da nonno.

«Mamma...»

«Sì, dimmi.»

«La cosa più preziosa che ho siete voi.»

Mamma accennò appena un sorriso, forse perché non era propriamente convinta delle mie parole, forse perché provava ancora rabbia nei miei confronti.

Non andai a scuola quella mattina. Sistemai casa, preparai il pranzo e mi dedicai agli animali. Se nonno aveva bisogno di riposare qualche giorno, mi sarei occupata io di tutto. Di tutto tranne che dell'orto, con l'orto non ero proprio capace. Nonno mi aveva tenuta sempre lontana da lì. Un giorno mi aveva detto: «Se hai a che fare con la terra, diventi terra».

Ancora ignoravo il significato di quella frase, ma nonno mi aveva spiegato che un giorno, con l'età, avrei capito. Forse non avevo ancora l'età. E comunque non doveva avere un contenuto positivo quella frase, altrimenti nonno avrebbe lasciato che frequentassi l'orto con lui. Così pensavo. Dovevo parlare con mamma: l'orto era diventato un problema.

«Non c'è molto da fare, Francesca. Siamo ad aprile e la terra è già stata preparata, concimata, arata e seminata. Dobbiamo solo aspettare che le piantine crescano e tenerle lontano dalla gramigna. Fortunatamente nonno ha una persona che l'aiuta, Orazio "je patanar", quindi porterà lui avanti il lavoro. Domattina ci penserò io a comunicare a Orazio il malessere di nonno.»

Per molto tempo evitai anche di andare in sede. Mamma non mi aveva proibito di frequentarla, però non mi sentivo di lasciarla da sola con nonno.

Mentre davo la biada agli animali, immaginavo quanto il segretario fosse soddisfatto di me, pensavo a Elisabetta che forse si preoccupava della mia assenza. Riflettevo su quanto forte fosse l'eco di quel mio gesto e quanto in alto poteva arrivare la notizia di quel regolamento di conti.

Senza che me ne accorgessi, intanto, avevo sparso la biada ovunque nella stalla.

15

Dopo quasi un anno, nonno iniziò a stare bene. Il suo cuore ricominciò a battere forte. A detta del dottore, che passava a visitarlo di tanto in tanto, correva come il cavallo che avevamo in cortile. Sapevo che l'attacco di cuore di nonno non era dovuto soltanto al mio comportamento, eppure cercavo in ogni modo di farmi perdonare da lui. Aiutavo mamma in casa, andavo in cortile a lavare i panni, li stendevo al filo e una volta asciutti li stiravo col ferro scaldato sulla brace. Badavo agli animali, pulivo la stalla e cercavo di mantenere l'ordine delle cose. Spazzavo il pollaio, liberavo i polli di giorno e li chiudevo di notte. Strigliavo il cavallo e lisciavo il suo pelo meglio di quanto facessi con i miei capelli. La sera passavo da Orazio all'orto a controllare che fosse in ordine come desiderava nonno. Preparavo sempre da mangiare, ma era mia madre a portargli il piatto. Cominciavo a dubitare che nonno mi avrebbe mai perdonato. Stava meglio, eppure non mi aveva rivolto una parola. Quando mamma lo aiutava a mangiare lasciava la porta aperta, io mi sistemavo all'angolino e sporgevo appena la testa per vedere se gradiva il cibo. Lui sapeva che ero io a prepararlo, mangiava ma non mi parlava. Neanche potevo offendermi per questo comportamento: l'avevo portato io a tanto e poi, a dirla tutta, mi somigliava terribilmente. Questo mio carattere determinato, cocciuto, puntiglioso, permaloso, dovevo pur averlo preso da qualcuno.

Era ancora bello, nonno. Non so con precisione quanti anni avesse, non usavamo festeggiare i compleanni, ma probabilmente era vicino ai settanta. Aveva ancora tutti i capelli, bianchi per lo più, e a destra più lunghi che a sinistra, a seconda delle forbici di mamma. Ci vedeva bene, anche a distanza, e leggeva senza occhiali, semplicemente allontanando un po' il foglio dagli occhi. Magro da sempre, magro quasi scavato sulla pancia, ma non molto alto. Anche il viso era scavato, con lineamenti duri, mascella forte, occhi infossati, il naso con una gobbetta appena accennata, simile alla mia, guance rientrate e labbra fini, secche. I suoi tratti mostravano la parte più arida di lui, ma nonno era anche altro, sapeva essere pieno. Non tornava mai a mani vuote. Spaccava la legna e la portava in casa a mano, perché dovevamo stare al caldo. Con la pioggia, di domenica, si sporcava senza lamentarsi: preparava cavallo e carretto per andare in paese e lo avvicinava alla porta della cucina, in modo da non farci bagnare neanche le scarpe. Quand'ero triste mi faceva sedere vicino a lui davanti al fuoco, e spalla a spalla mi preparava la bruschetta con l'aglio, «il rimedio a ogni tristezza». Nonno era sempre presente e questa è una qualità che non si scambia con niente nella vita.

Speravo che tutto quel mio darmi da fare fosse notato anche da mamma, e che in qualche modo l'addolcisse.

«Mamma, nonno migliora, vero?»

«Di certo non grazie a quello che combini tu!»

Continuava a essere arrabbiata con me.

La notte che seguì fu popolata di incubi. Sognai un cavallo, quello di nonno, che correva e correva, inseguito da qualcosa, una corsa come una gara, a perdifiato, senza mai rallentare, sempre dritto, con un orizzonte che pareva più vicino, un percorso insidioso, tra sterpaglie, buche e ciottoli, e poi il nulla, un salto inaspettato e improvviso, inatteso e fulmineo, uno schiaffo in pieno viso, un salto eterno che non finiva mai. Mi svegliai con un'ansia che veniva da lontano, il fiato corto per la corsa infinita. Pensai che quel giorno sarebbe stato perfetto per fare una visita in sede e rivedere volti gentili e amichevoli. Nel pomeriggio dovetti far prima la spesa all'alimentari di Giulia.

«Buon pomeriggio, signora Giulia.» All'interno del negozietto due donne che non conoscevo. La signora Giulia aveva il portamento di una regina e la stazza di una botte. Accompagnava elegantemente i suoi fianchi di qua e di là nel negozio, a volte portandosi dietro le stoffe al metro che uscivano un po' dallo scaffale, i contenitori in plastica e gli stivali di gomma. Il compito del marito, poverino, era risistemare tutta la confusione della moglie senza che lei se ne accorgesse.

«Cara Francesca, che piacere vederti. Come sta il nonno?» La signora Giulia era sempre gentile.

«Si sta riprendendo, grazie, va meglio. Ecco la lista di mamma» e le porsi il pezzo di giornale sul quale mamma aveva scritto ciò che serviva. La signora Giulia cominciò solerte a prendere quanto scritto nella lista. Girandomi verso le due signore, mi resi conto che stavano ciarlando proprio di me: al mio sguardo smisero immediatamente di parlare e guardarono altrove. La voce dei giornali dati alle fiamme al centro della piazza rimaneva un argomento su cui spettegolare nonostante il tempo ormai trascorso.

Salutai e uscii in fretta, non vedevo l'ora di abbracciare la professoressa.

La sede era a pochi passi dal negozio di alimentari di Giulia, sul marciapiede opposto, tre case più in là. Entrai, ma la segreteria era vuota. Un vociare maschile si alzò in sala conferenze. Bussai.

«Avanti!» disse il segretario.

«Buon pomeriggio a tutti!»

«Francesca!» Il segretario si alzò per primo e mi abbracciò paterno. Dopo di lui, Elisabetta e gli uomini presenti vennero a salutarmi circondandomi, felici di rivedermi.

«Come sta tuo nonno? Abbiamo saputo dal dottore del suo malore.» Il segretario mi strinse le spalle.

«Ha avuto un attacco di cuore, ma ora sta meglio, si sta riprendendo.»

«Francesca... non ho più avuto modo di congratularmi con te per l'incursione nel giornale. Parlo a nome di tutti chiaramente, siamo fieri di te.» Un applauso caloroso mi investì e mi sciolse di compiacenza. «Non potevi scegliere giorno migliore per venire a trovarci. Abbiamo una sorpresa per te. Una persona speciale teneva a congratularsi di persona.»

Gli uomini che mi avevano circondato sciolsero il cerchio e dal fondo della sala, spostando la sedia a destra del tavolo, mi venne incontro il generale. Il battito all'istante improvvisò un'accelerata del tutto indesiderata.

«Francesca, posso chiamarti per nome anch'io, vero? Desidero congratularmi con te per il coraggio, per l'operazione perfettamente riuscita e per la grande risonanza che questa incursione ha avuto nelle sfere più alte.» Prese la mia mano e avvicinò le labbra, simulando elegantemente un bacio.

«La ringrazio generale, è molto gentile da parte sua.» Ritirai la mano lentamente. Mi rimase la sensazione dolce di quel tepore.

Il generale si allontanò per parlare con il segretario e io ne approfittai per scambiare due parole con Elisabetta.

«Cara, sapessi quanto m'hai fatto preoccupare. Pensavo che tua madre t'avesse di nuovo rinchiuso da qualche parte e avesse ingoiato le chiavi.»

Ridemmo dell'idea, e le spiegai quanto il malore di nonno avesse ingigantito il mio senso di colpa.

Il generale chiese la parola e salutò i presenti, doveva andar via per ricevere una telefonata importante. Avvicinandosi alla porta approfittò per salutare anche me e mi prese in disparte.

«Arrivederci Francesca» disse. Poi, parlando con un filo di voce, continuò: «Da quando ti ho conosciuta devo confessarti che ho un motivo in più per rimanere».

Se ne andò portandosi via l'allegria del pomeriggio, il mio buonumore e quella serenità duramente riacquistata.

Poco dopo anch'io salutai i miei camerati e tornai velocemente da mamma, che aspettava la spesa per cena.

«Dove sei stata? Ci hai messo un secolo.»

«Dopo la signora Giulia son passata in sede a salutare.»

«Ricordati la promessa, Francesca.»

«Mamma, ho salutato e sono andata via, tutto qua.»

Mamma pareva convinta e io, dopo aver messo in ordine, preferii andare a letto saltando la cena.

La camera di nonno era aperta, sporsi un po' il capo per vedere come stava. Era sveglio, ma lontano col pensiero.

«Buonanotte, nonno» gli dissi con amore. Non rispose.

Sul letto, con le braccia dietro la testa, e la mia matassa di congetture al fianco, riflettevo sul generale.

Mi ero riproposta di non pensare più a lui, ma diventava difficile se me lo ritrovavo davanti a ogni occasione. Le sensazioni che avevo dentro si accavallavano l'una all'altra come il gioco che fa la marea con le onde. Non aveva ecceduto nella confidenza stavolta, anzi, si era posto nei miei confronti in modo gentile ed elegante. Forse ciò che mi infastidiva di lui era la consapevolezza che fosse sempre un passo avanti a me. Sì, era questa la sensazione: immaginavo che potesse vincere ogni battaglia grazie alla dose di coraggio e avventatezza in più che ostentava orgogliosamente.

Scelsi così di rimanere lontana dalla sede il più possibile.

Passarono altri infiniti giorni, come stelle che apparivano di notte e poi finivano nell'oblio, in cui mi occupavo solo di pulire, far da mangiare e badare agli animali. Tre giorni di duro lavoro, tre giorni in cui cercavo ancora un perdono che tardava ad arrivare, tre giorni di silenzio assoluto da parte di nonno e ordini precisi da parte di mamma. Un pomeriggio in cui davo la biada agli animali e pensavo che certi ordini di mamma erano troppo precisi perché venissero da lei, mi sentii chiamare: «Francesca, c'è la professoressa alla porta. Mi dici perché stai portando in giro questa biada?»

«La professoressa hai detto? Arrivo subito.» Mi guardai intorno, mamma aveva ragione, ma io non stavo badando alla biada, e la spargevo ovunque nella stalla.

Posai gli attrezzi e mi sciacquai le mani.

«Francesca, ciao!»

«Professoressa cara, ti sto facendo preoccupare di nuovo, vero?»

«No tesoro, questa volta no, so che devi aiutare nelle faccende.» Intanto mamma era tornata da nonno.

«Vuoi accomodarti? Facciamo l'orzo, probabile che lo desideri anche nonno.»

«No grazie, devo proprio andare. Sono venuta solo perché avevo il desiderio di parlarti. Ho come la sensazione che le cose intorno a me stiano per cambiare.»

La cosa mi preoccupò non poco, l'angoscia di Elisabetta non lasciava presagire nulla di buono.

«Cercherò di trovare un po' di tempo per te, presto.»

La professoressa andò via con gli occhi lucidi e la mia ansia sulle spalle.

SECONDA PARTE

Il cielo era pronto a disperarsi

Avezzano, 1930-1931

16

Il dottore aveva preso molto a cuore nonno dopo il suo malore e passava a fargli visita spesso. Spariva nella sua camera per una decina di minuti e poi riappariva con il canovaccio a caramella, o con una busta di carta tra le braccia.

«Dottore, come sta il nonno?»

Io facevo sempre la stessa domanda.

«Meglio, sempre meglio, Francesca. Gli ho detto che appena se la sente può uscire, anche già da domani se vuole.»

«Che bella notizia, grazie dottore!» La salute di nonno stava migliorando e io ero sempre più serena. Potevo allontanarmi con il cuore in pace un'oretta nel pomeriggio e ascoltare le novità in sede.

Il cielo era triste, sembrava volesse disperarsi. Quel grigiore rendeva l'aria pesante, opprimente. Non amavo l'esasperazione del tempo. Mi piaceva il caldo, ma non il caldo torrido; sopportavo il freddo, ma non le temperature rigide; tolleravo la pioggia, anche forte, ma non la cupezza del cielo e la malinconia che portava con sé. Nonno diceva: «Quando un giorno comincia male, finisce peggio». E quella giornata non preannunciava niente di buono.

Entrai in sede in punta di piedi, volevo fare una sorpresa al segretario.

«Francesca! Entra, abbiamo appena cominciato la riunione.»

Mi colpì l'atteggiamento del segretario. Normalmente aveva un carattere mite, affettuoso, allegro, quasi burlone. Quel giorno mi stupì la sua condotta accorata, la voce malinconica, afflitta, da uomo infelice.

Gettai un'occhiata alla sala e una decina di uomini seduti intorno al tavolo mi salutò.

Fuori dal coro, una voce mi arrivò solitaria e decisa.

«Buon pomeriggio, Francesca, ben arrivata!»

Avevo preso una sedia per posizionarmi accanto al segretario e ancora non avevo alzato lo sguardo. Ma ormai la sua voce la riconoscevo tra mille. Era il generale.

«Grazie generale, sempre gentile lei.»

Lo guardai. Mi fece pensare all'orizzonte, a quella linea di confine tra cielo e terra, dove sai cosa c'è fino a che arriva lo sguardo. Era avvolto dal mistero, da un manto di colore indefinito che lo rendeva bello e oscuro. Anche lui mi guardava.

Indossava la divisa di sempre, da generale. Gli apparteneva una forza antica, una presenza che si percepiva anche in sua assenza.

Mi venne sarcastico quel saluto e il tono era quasi acido. Eppure pensavo davvero che fosse stato gentile.

L'aria all'interno della sede era rarefatta, pesante, come se la riunione durasse già da ore. Il segretario mi lasciò pensierosa, ancora avvilito: era come se avesse perso la cosa più importante.

«Segretario, che succede?» azzardai, avvertendo la stranezza di tutti.

«C'è una cosa che devo dirti. Il generale e io ne stiamo già parlando da ore e siamo affranti per questa notizia. Io, in particolar modo, ne sono devastato.» Il segretario aveva gli occhi lucidi. Non sapevo davvero cosa pensare.

«Per favore segretario, mi stai facendo preoccupare!»

«Sì, hai ragione, ma la persona più indicata a parlarci di

questa cosa è senza dubbio il generale. Generale, le chiedo di prendere la parola e spiegare ai camerati la missiva di stamattina.» Lui si limitò ad annuire e cominciò a parlare guardando me, seduta di fronte a lui, dall'altra parte del tavolo.

«La ringrazio, segretario. Veniamo al punto. In seguito all'inasprimento della politica di repressione verso le organizzazioni non a diretto controllo del regime, proprio per evitare tafferugli di ogni genere, il ministro dell'Interno ha indirizzato a tutti i prefetti una circolare, con l'ordine di farla leggere ai dirigenti locali del partito fascista. La circolare riporta: la chiusura di tutti i circoli ritenuti non idonei al regime in quanto di nessun supporto al partito e lo scioglimento di tutte le organizzazioni femminili. Ciò significa che la sede maschile fascista deve rimanere unico centro di adunanza.» Quasi sussurrò l'ultima frase.

Sentii subito in bocca un sapore amaro, mi sembrò d'improvviso d'aver camminato giorni e giorni per arrivare a niente. Rimasi in silenzio, seduta sul vuoto.

«Questo» presi un attimo per riflettere «questo significa che dobbiamo chiudere l'associazione femminile, vero?» Sentii freddo all'improvviso.

«Non solo, Francesca» continuò il generale. I presenti mantenevano lo sguardo basso, come per chiedere scusa. «Questo significa che le donne non potranno più né partecipare, né accedere alla sede maschile.»

Un silenzio inverosimile, irreale, fagocitò la sala. Io mi sentii inaspettatamente sola in una stanza di finti amici. Povera me.

«Ma... ma voi vi rendete conto della bastonata che sto ricevendo? Vi rendete conto che state perdendo due donne, Elisabetta e me, che hanno coraggio da vendere, più di certi uomini qui dentro? Senza parlare poi delle cinque donne che completano la squadra, attive e coinvolte dal primo giorno. Hanno offerto il loro poco tempo e la loro disponibilità alla causa. Anche loro senza dubbio riceveranno un colpo durissimo.»

Avvertivo quanto fosse costernato, mortificato il segretario. Eppure non ebbe il coraggio di parlare, di dire qualcosa a nostro favore, di esprimere la sua rabbia che era la mia, quella di Elisabetta e di tutte le donne che credevano nel partito.

«Francesca!» il generale decise di parlare. «So che ora ti senti confusa e amareggiata, ma sarai tenuta al corrente sempre delle novità, è una promessa.» Sorrise cercando di farmi sorridere, ma che ne sapeva lui di come mi sentivo. Lui poteva restare, era un uomo. E improvvisamente provai odio per quegli uomini, che tutto potevano per il solo fatto di essere uomini, e provai rabbia per un popolo di pecore capeggiate da bugiardi, anch'essi uomini. Come aveva potuto il Duce fare a me uno sgambetto di questa entità?

«Grazie, generale.» Sentivo la lingua intirizzita, non riuscii neanche a dire una parola in più.

«Elisabetta lo sa?» chiesi al segretario.

«No, non è venuta oggi» mi rispose. «Ma voglio essere io a dirglielo, andrò a trovarla appena finita la riunione.»

Andai verso la porta.

Il generale si alzò in piedi, visibilmente addolorato, e mi venne incontro.

«Francesca, vedrai che si tratta solo di una misura preventiva. Questo brutto periodo passerà e tornerà meglio di prima. Permettimi di accompagnarti.» Fu avventato, ma coraggioso.

«Grazie, ma davvero non ce n'è bisogno.»

«Insisto, Francesca. Hai fatto così tanto per il partito che il minimo che possa fare è accompagnarti in modo onorevole.»

«Va bene generale, allora accetto.»

Il generale mi camminava a fianco, stando solo un poco più dietro di me. Pensavo a Elisabetta, a quanto avrebbe sofferto per quella notizia; ai miei pomeriggi trascorsi in sede a organizzare manifestazioni, eventi e incursioni; alla mia felicità quando nacque la sede e a quanto avessi penato per riuscire a ottenere l'iscrizione; a mamma e a nonno, a quanto loro avessero tribolato per colpa della mia cocciutaggine. Pensavo infine a me, a tutto ciò che non avrei più programmato, preparato, coordinato nel partito.

Mentre prendevamo la strada verso casa, ero così immersa nei miei pensieri da non badare alle occhiatacce dei compaesani al nostro passaggio. Mi resi conto dell'umore di quei cialtroni quando, passando davanti casa di comare Assuntina, la moglie di Pipino «je caprone», il fruttivendolo, dissi: «Buongiorno comare e buona giornata, salutami Renato». Renato era il figlio, che aveva la mia stessa età.

Non sapevo cosa significasse *comare*, sapevo soltanto che mamma chiamava *comari* un sacco di donne, forse per una lontana parentela, forse solo per rispetto. La comare, donna piccola di statura ma tutta forme, come la gran parte delle donne a quei tempi, di mestiere faceva la sarta, e quando mamma aveva molto lavoro mi chiedeva di andare da lei a portarne una parte, così mamma aveva anche il tempo di riposare un po' e la comare guadagnava qualcosa. Al nostro passaggio, la comare stava separando le foglie secche da quelle buone di una pianta del giardino. Infilava quelle secche nello spazio in mezzo al seno.

Al mio saluto, comare Assuntina si limitò a guardarmi arcigna, quasi sdegnata, e continuò a staccare foglie e a infilarsele tra i seni, in quell'interstizio che era come un pozzo. In quel momento realizzai che stavo preparando il terreno per la coltivazione di pettegolezzi e chiacchiericci, perlopiù malignità e maldicenze. Ciò che mi dava pensiero non erano le dicerie di quei poveracci, ma ciò che avrebbe pensato nonno. Dopo lungo tempo, si stava appena rimettendo.

«Generale, devo chiederle di salutarmi qui.»

«Francesca, desidero davvero accompagnarti fino a casa. Vorrei tanto congratularmi con i tuoi per aver cresciuto una figlia così intelligente, coraggiosa e altera.»

«No, per carità... Grazie, generale, ma non è proprio il momento. Le chiedo di credermi sulla parola.»

«Certo che ti credo. Allora devi promettermi che ci sarà un'altra occasione per conoscerli.»

«Sì, volentieri.» Tra me e me pensai: sì, tra almeno dieci anni. Se nonno m'avesse visto col generale, chissà cosa sarebbe accaduto.

Lo salutai porgendogli la mano. Lui la strinse tra le sue e avvicinò la mano alle labbra, come se baciarla fosse troppo, poi si allontanò. Dopo qualche minuto, rincasai.

Sentivo una voce metallica e lontana, come se qualcuno parlasse da un megafono, e veniva dalla camera di nonno. Mi avvicinai lentamente, senza far rumore, e spinsi un poco la porta solo accostata. Nonno aveva risistemato la sua radio. La voce di Radio Roma si sentiva lontana, ma chiara. L'uomo alla radio stava parlando dell'inasprimento delle leggi fascistissime. Non sapevo a che cosa si riferisse l'aggravamento, ma davo per scontato che fosse giusto e necessario.

Cercai di avvicinarmi il più possibile alla voce, schiacciando l'orecchio tra lo stipite e l'apertura di dieci centimetri della porta. Ma il volume basso mi impediva di ascoltare in modo chiaro. Frustrata e col cuore devastato, come avesse subito un bombardamento, me ne andai in camera. Il segretario sarebbe passato da Elisabetta a riunione finita. Dal sole ormai dietro le montagne dovevano essere le otto passate, quindi Elisabetta aveva già ricevuto notizia della tragedia. Per ognuna di noi si trattava di una tragedia diversa, in base alla quantità di aspettative che avevamo riversato sul partito. Sicuramente Elisabetta e io vi avevamo investito il nostro presente e futuro, più di chiunque altro. Questa notizia avrebbe segnato in modo indelebile la certezza dell'oggi e la fiducia del domani. Non vedevo l'ora di parlare con lei.

Desideravo non pensare, desideravo dormire e svegliarmi in un'altra epoca, un'epoca in cui le donne venissero considerate uomini di sesso diverso, tutto qua. Desideravo dimenticare quel giorno appena passato, le parole del generale. Quella sede mi aveva dato un ruolo, mi aveva restituito una dignità, mi aveva regalato il sogno di un avvenire migliore e infuso coraggio, determinazione e forza. Che me ne facevo da quel momento in poi di tutto quell'ardire? Che me ne facevo del sangue freddo, della bravura, del valore e di tutta quella forza d'animo?

Stetti accartocciata su me stessa in una coperta di speranze folgorate da incomprensibili decisioni di politica feroce, a respirare un'aria intrisa della cenere del mio cuore scoppiato, lacero di disinganno.

La notte passò lenta tra immagini distorte e mostri spaventosi. Affamata e triste, mi spiccicai a forza dal letto per la colazione. In cucina mamma stava cucinando le uova, e seduto a tavola c'era nonno, cominciava a farlo sempre più spesso.

«Nonno, ti sei alzato. Che bello vederti qui.»

Nonno mangiava le sue uova guardando il piatto e non mi rivolse parola alcuna, ma io ero davvero felice di vederlo lì seduto, in forze.

Andai a vestirmi in gran fretta, il mio umore era leggermente migliorato. Desideravo vedere Elisabetta.

A scuola i ragazzi attendevano la professoressa già da circa mezz'ora, ma di lei non c'era traccia. A un tratto la segretaria disse che un'altra professoressa avrebbe fatto lezione al posto suo. Capii immediatamente che aveva ricevuto un colpo senza pari alla notizia della chiusura del fascio femminile. Lei per prima mi aveva iniziato alla devozione verso il partito fascista e insegnato ad amare i nostri ideali. Seguimmo una lezione per gli alunni di terza. Noi quelle cose le sapevamo già, ma ci adeguammo. A fine lezione decisi di andare a casa di Elisabetta, non riuscivo a reggere la tensione di non sapere come stesse. Con una corsa a perdifiato arrivai in fretta a casa sua e bussai con fermezza.

«Sì, sì, eccomi. Ma chi è?» A momenti le smontavo il portone.

«Sono io, Elisabetta, sono Francesca.»

Aprì la porta e l'abbracciai forte. Cercai di trasmetterle tutto l'affetto che avevo per lei e il dolore per quell'amara notizia, la rabbia per essere state escluse, la comprensione per il suo stato d'animo ferito, che era il mio.

«Cara, sei proprio un tesoro di ragazza. Ma vi siete messi d'accordo per complottare contro di me?»

«Ma di cosa stai parlando?»

«Vieni, vieni in cucina.»

Seduto al tavolo, il generale teneva tra le dita il manico di una tazza d'orzo. Appena mi vide si alzò di scatto.

«Buongiorno, Francesca, sapevo che saresti venuta.»

«Buongiorno, generale, come mai qui?» Fui indiscreta e forse indelicata, eppure quell'acidità mi salì spontanea.

«Mi sono preoccupato. Il segretario mi ha molto parlato di Elisabetta, di quanto importante fosse per la propaganda, di quanto avesse speso per l'organizzazione di eventi e incursioni fin dall'inizio.» Elisabetta tirò fuori tutto il rossore che custodiva gelosamente. Era la prima volta che la vedevo in difficoltà con un uomo.

«Grazie, generale!» le venne fuori una vocetta da bambina scema davvero esilarante. Di colpo mi sentii di troppo, una sensazione che non avevo mai avvertito con lei.

«Elisabetta, tu stai bene e volevo premurarmene, ora vado a pranzo. Magari ci sentiamo più tardi, va bene?»

«Sì, certo. Francesca, grazie della tua visita.» Ancora quella stupida vocetta.

«Arrivederci, generale, è sempre un piacere vederla.» Bugiarda quanto Pinocchio, forse più.

«Aspetta, Francesca, ti accompagno!» Elisabetta sbiancò tutt'a un tratto.

«No grazie, generale. Devo fare una corsa per arrivare in tempo a pranzo, altrimenti mia madre mi fa digiunare.» Sembrava essersi convinto ed Elisabetta pareva più tranquilla.

«Stavolta passi, ma non accetterò mai più un no da te» disse lui, con il solito tono imperioso.

Uscii e respirai a pieni polmoni, mi mancava l'aria là dentro. Non avevo mai visto la professoressa così in difficoltà con un uomo. Certo non lo era in presenza del segretario del partito, che cercava i suoi occhi continuamente e che palesemente si era invaghito di lei.

Tornai a casa correndo a perdifiato. Trovai mamma e nonno che già pranzavano.

«Ciao mamma. Ciao nonno, hai davvero un bel colorito oggi» ci provavo sempre, magari prima o poi mi avrebbe risposto.

«Francesca, la prossima volta salti il pranzo, sia ben chiaro!» Sapevo che mamma avrebbe reagito così.

Stavamo ancora pranzando quando sentimmo bussare.

«Chi è?» Andai alla porta.

«Comare Maria Teresa, sono comare Nannina.» Aprii la porta e la comare Nannina si scaraventò all'interno.

«Francesca, tesoro... madonnina mia quanto sei bella!» Comare Nannina mi strizzò le guance come si fa con i bambini e poi si trascinò la gamba che era inchiodata come un tronco fino alla prima sedia utile vicino al tavolo. Nonno, intanto, era tornato in camera zitto zitto.

«Comare Nannina, vieni. Accomodati e mangia qualcosa.» La comare si era già sistemata con un gomito sul tavolo e con l'altra mano aveva agguantato una fetta di formaggio.

«No grazie, non ho fame in questo periodo» disse lei. Eppure stava addentando quella fetta come un'ossessa.

«E come mai comare? Non ti senti bene?»

«Ho un dolore allo stomaco che neanche immagini.»

Ma di cosa stanno parlando?, pensavo io mentre la comare mangiava a due mani e mamma la guardava. «Però dovevo proprio venire per dirti una cosa importante, assai interessante.»

La comare Nannina parlava con le fette di formaggio in bocca e le guance erano così piene che a ogni parola ne partiva un pezzetto. Mamma cercò di allontanarsi, tirandosi indietro con la sedia a piccoli saltelli per non essere colpita. Io me ne stavo in piedi, dietro mamma, e decisi di andare a fare l'orzo per defilarmi.

«Dimmi comare, di cosa si tratta?» Mamma mi lanciò un'occhiataccia, come se si stesse organizzando per punirmi di qualcosa.

«Allora» Nannina si avvicinò a mamma come per parlarle all'orecchio, ma tenne un tono di voce ragguardevole «si dice che a sostituire Cambise arriverà un podestà designato dall'alto» sussurrò forte quelle ultime tre parole, come stesse parlando di una suora che aveva abbandonato i voti.

«Ah, davvero? Non c'è da scandalizzarsi, sai, questo Duce chissà ancora quante ne avrà in serbo per noi!» Quasi urlò la frase per essere ben sicura che io la sentissi.

Comare Nannina continuò a cianciare fino a finire il formaggio, il pane e la frittata. Dopodiché si alzò e salutò.

«Grazie, tesorine mie, grazie. Ora vado a riposare, questo mal di stomaco non mi dà tregua, sicuramente salterò anche la cena!»

E vorrei ben vedere!, pensai.

17

Quella mattina spalancai gli occhi prima del sorgere del sole. Un'agonia aspettare la luce. Per sconfiggere il chiodo che mi premeva sul cervello, mi lavai e vestii in fretta e uscii in cortile. Il pollaio aveva bisogno di cure, le cinque galline dovevano mangiare e mi misi subito al lavoro. Feci uscire le galline in cortile, col rastrello avvicinai in un punto tutto lo sporco del pollaio e con la pala lo raccolsi in un secchio. Con lo straccio ormai ridotto a brandelli per quante volte era stato usato, fradicio d'acqua, raschiai forte le pareti perché nonno aveva il terrore dei pidocchi e degli altri animaletti che potevano infestare il pollaio. Col forcone avvicinai la paglia mista al fieno e la sparsi ben bene sul pavimento e lasciai le galline libere. Di sicuro non avrebbe piovuto, tanto, il cielo brillava come un diamante, nemmeno una nuvola rovinava quella splendida veduta. Controllai il lavoro svolto e ne fui soddisfatta, ci si poteva mangiare nel pollaio per quanto era pulito. Mi sarei occupata anche della stalla, in fondo avevo tutto il giorno, la scuola era ormai finita per me, non avevo più l'impegno pomeridiano in sede e potevo dedicarmi totalmente a compiacere nonno e mamma, e poi avevo bisogno di stancarmi fino a crollare esausta la sera. Prima di cominciare con gli animali, decisi di rientrare per la colazione. Pulivo gli scarponi con uno straccio, appoggiata con la schiena alla porta della cucina, quando sentii mamma parlare.

«Tu sei preoccupato, papà?»

«Per cosa, per questo podestà? Non potrà essere peggio del Duce.»

Entrai.

«Buongiorno mamma, buongiorno nonno. Nonno, ho già pulito per bene il pollaio, sai? Dopo colazione sistemo gli animali in stalla.»

«Francesca, tu sai qualcosa del nuovo podestà?» chiese mamma disdegnando totalmente ciò che avevo appena detto.

«No, mamma, non so niente.»

Mamma e nonno continuarono a fare supposizioni sul nuovo podestà, io mi accorai tutt'a un tratto. Non era mai successo che non sapessi cosa stesse accadendo nel partito o in società. Senza far colazione tornai in stalla. A quel pensiero la rabbia salì, superandomi in altezza e rivestendomi come un cappotto. Com'era accaduta quella disfatta? Come avevano potuto immaginare un futuro senza donne? Come aveva potuto il Duce accettare un'inversione di marcia di quel genere? Com'era potuto succedere, dopo aver tanto dato e tanto fatto, che fossi cacciata fuori come una talpa, come una di troppo, come un'ospite indesiderata? Io che avevo il Duce nel cuore e il fascio sempre in testa, io che iniziavo la mia giornata col saluto romano. Ogni cellula del mio corpo ribolliva.

Realizzai in quel momento che solo il lavoro duro m'avrebbe regalato qualche minuto di serenità. Se avessi riposato, il dolore m'avrebbe devastato.

Mentre davo la biada agli animali, mamma mi chiese di riportare i pantaloni al signor Ernesto, un maestro della scuola, che abitava proprio di fianco al negozio della signora Giulia. Cambiai il vestito e dopo aver rinfrescato il viso e legato i capelli uscii con passo svelto.

Arrivai dal signor Ernesto in pochi minuti e bussai. Davanti l'entrata del negozio di Giulia un gruppetto di signore stava cercando di indovinare il nome del nuovo podestà.

«Per me è il segretario Del Beato.»

«No, ma che dici, secondo me è il fiduciario Del Fosso.»

«Io dico che è il dottore.»

«Ma no, di sicuro qualcuno di fuori.»

Le voci del gruppetto di donne si accavallavano l'una all'altra.

Il signor Ernesto venne ad aprire e riprese il pantalone. Mi ringraziò e mi consegnò una busta con dentro i soldi.

La sede distava un centinaio di metri, era dall'altra parte del marciapiede. Ci passai vicino, mi mancava così tanto passarci i miei pomeriggi. Più mi avvicinavo e più vedevo persone accalcarsi davanti alla porta d'ingresso.

«Scusate, chi aspettate?» chiesi all'ultimo della fila.

«Ah, non lo sai? Il nuovo podestà è stato nominato!»

La cosa mi incuriosì non poco, anche se arrabbiata com'ero facevo bene a rimanere a distanza, non volevo rischiare di farmi vedere per poi discutere con qualche membro del partito.

«Eccolo, ora esce» disse l'uomo che mi era di fianco.

Effettivamente alla porta lo schiamazzo aumentò fino a diventare un applauso.

La porta si aprì, uscì il segretario.

«Camerati, ho l'onore di presentarvi il nuovo podestà. Facciamogli un grandissimo applauso di benvenuto.» Un primo, energico applauso si fece boato.

«Signori... il generale Guido Di Matteo!»

La busta con i soldi che stringevo tra le mani cadde.

Rimasi a bocca aperta, con le braccia lunghe e lo sguardo da cretina.

Nella mia mente i pensieri cominciarono ad aggrovigliarsi.

Non mi ha mai parlato di questa eventualità, possibile che il ministro glielo avesse comunicato all'ultimo secondo? Mi aveva promesso che m'avrebbe tenuta al corrente di ogni novità, come ha potuto nascondermi un'informazione di tale rilevanza?

I pensieri si intrecciavano alla confusione e al rancore che nutrivo nei confronti del generale. In quel momento pensai a nonno, l'unico uomo presente nella mia vita. Avevo imparato a conoscerlo tra mille difficoltà. Nonostante la sua testardaggine, la puntigliosità, la caponaggine oltre ogni misura, nonno era un uomo semplice, parlava solo se necessario e quanto diceva corrispondeva sempre al vero. Una promessa di nonno equivaleva a un contratto scritto e firmato. Il generale invece era un tipo d'uomo assai contorto. Il mistero che lo avvolgeva lo rendeva imperscrutabile, e mentre sapevo cosa avrebbe fatto nonno prima e dopo cena, il mistero suo rimaneva tale, e io restavo inquieta. Ero ancora attorcigliata nel groviglio delle mie riflessioni, quando il generale dall'alto del suo metro e novanta mi vide e mi chiamò.

Cercai di avvicinarmi il più possibile, ma la folla mi impediva di farmi più avanti.

A fianco del generale apparve uno sbarbatello che mi fece pensare molto al soldatino di piombo delle fiabe. Si trattava di un soldato effettivamente posto a protezione e cura del generale. Mi intenerì la sua figura singolare: era magro da far paura, alto più del generale, e aveva una faccetta buffa, gli occhi neri che catturavano lo sguardo, distraendolo dal viso pallido, etereo, un naso fino e stretto tanto che mi soffermai a pensare come potesse respirare con un nasetto sottile come quello, gote scavate e mento sporgente. Le spalle quasi ricurve. Mi dissi che era un soldato troppo delicato per far la guerra, forse per questo l'avevano posto al fianco del generale.

Il generale, piuttosto stizzito dalla calca, riuscì a farsi spazio, strattonando, spingendo con forza chi gli bloccava il passaggio. Afferrava i malcapitati per le spalle, spostandoli di lato come i manichini del sarto Genesio. Arrivò a me piuttosto in fretta, considerando che ero l'ultima della fila. Impaziente, mi prese la mano prima ancora che fossi io a dargliela e la tenne stretta come un trofeo.

«Congratulazioni generale, è stata davvero una notizia inaspettata.»

«Grazie, Francesca. In verità lo so da un po', ma volevo che fosse una sorpresa per tutti.» Ecco, aveva risposto in parte alle mie domande, contribuendo a sbrogliare di poco la matassa dei miei pensieri.

«Vedrai che diverse cose si sistemeranno, se rimarrai al mio fianco.»

«Non vedo come, generale.»

«Non sottovalutare il mio potere, Francesca.» Mentre cercava di parlarmi, il generale veniva acclamato e tirato dai presenti da ogni parte. Lui alzava gli occhi al cielo come fosse infastidito da quel clamore. Teneva ancora la mia mano e sembrava non avesse intenzione di lasciarla.

«Generale, la prego, venga dentro.» Il segretario lo reclamava all'interno della sede e lui dovette cedere a quella richiesta.

«Francesca, devo andare, ma ci vedremo presto.»

Tenne la mia mano fin quando non si trovò nella condizione di doverla lasciare.

E di nuovo mi ritrovai con quella strana sensazione addosso: pensai che fosse solo lui a muovere i fili del nostro rapporto. Mi dimostravo determinata nelle mie scelte, nei no che gli proponevo in continuazione, eppure c'era sempre un «ma». Ogni volta scardinava la mia fermezza con la sua, e ne uscivo convinta che la sua risolutezza fosse in qualche modo più forte della mia. Mi faceva pensare alle giornate grigie, quando non sai mai se verrà a piovere o se il sole avrà la meglio.

Il generale fu risucchiato all'interno della sede e alcuni uomini respinsero piuttosto brutalmente i compaesani che ancora desideravano congratularsi con il nuovo podestà e sbarrarono la porta.

Scoppiai d'invidia. Avrei pagato per stare lì con loro a festeggiare, a parlare del nuovo, a proporre riforme e mutamenti. Mogia, triste come non mai e profondamente delusa pensai di tornarmene dai miei.

La strada di casa mi sembrò piena di dettagli a cui non avevo mai fatto caso. In verità, il tragitto fino alla sede e ritorno era sempre stato compiuto con aria sognante, sguardo perso, cuore al Duce. Presa dai miei sogni di attivista fascista non mi ero resa conto di quanto i lavori della costruzione della nuova cattedrale di San Bartolomeo fossero andati avanti. La prima cattedrale era stata distrutta, completamente sventrata, dal terremoto del 1915 e da allora era stata la chiesa di San Giuseppe a rivestire il ruolo di cattedrale. Passando per la piazza, vidi le transenne a delimitare il nuovo spazio, e dal perimetro recintato immaginai una chiesa mastodontica, dalle enormi proporzioni in lunghezza e in altezza.

Mi tornarono in mente i racconti di nonno sul terremoto.

Nonno si lacerava a ogni ricordo, sembrava seduto su un'altalena che non finiva mai di dondolare.

La memoria amplificava il vuoto dentro, tanto che ormai aveva una voragine incolmabile. Nessuno avrebbe potuto restituirgli ciò che aveva perduto, ma lui sembrava rincorrere una quotidianità che, ahimè, non gli apparteneva più. Dopo qualche passo in piazza, tornando verso casa, mi accorsi che due donne stavano parlando fitto, vicino a me, guardandomi in malo modo. Realizzai che ancora una volta il saluto «speciale» del generale non era passato inosservato.

18

Rientrai e mamma stava rammendando delle camicie. A volte gliele consegnavano con enormi strappi, anche tre o quattro squarci sulla stessa camicia. Venivano utilizzate e lavate mille volte e il cotone diventava logoro, frusto come un cencio. Eppure mai si era tirata indietro da un lavoro e a ognuna aveva restituito la sua dignità. Un giorno le chiesi perché accettava lavori che prendevano tanto tempo per due soldi.

«A te piacerebbe che nonno andasse a lavorare con una camicia tutta rovinata?» così mi rispose, lei immaginava che ogni povero cristiano fosse nonno.

Misi sul tavolo la busta con i soldi del signor Ernesto e sperai in quel momento di poter andare in camera mia in tranquillità. Guardai mamma che cuciva davanti al camino spento e in quell'attimo mi germogliò un sorriso dall'anima. La nostra casa era stata ricostruita dopo il terremoto insieme a tante altre. Le chiamavano «baracche». Avevano il tetto spiovente in legno, mura sottili in mattoncini, trenta o cinquanta metri quadrati di casa senza bagno e senza pavimento, costruite proprio per dar rifugio ai terremotati. Nonno nel tempo e con qualche risparmio aveva comprato le mattonelle per il pavimento che aveva posato da solo. Con l'aiuto di mamma, che sapeva cucire e lavorare l'uncinetto, era riuscito ad abbellire la baracca non poco.

La nostra casa inizialmente era composta da cucina, due camere e uno stanzino, poi nonno allargò lo stanzino e io ebbi la mia stanza. Avevamo il camino in cucina e nonno aveva costruito una madia e due scaffali alti poco più di un metro che mamma aveva rifinito con orli di uncinetto. Uno conteneva il necessario per cucinare – l'olio, il sale, lo zucchero, qualche conserva, e i sacchetti con i fagioli secchi e le patate – l'altro custodiva i piatti, i bicchieri, due pentoline e qualche tazza per il latte o per il caffè. La mia camera e quella di mamma avevano due casse di legno ai piedi del letto dove riporre i vestiti e la biancheria, e un piccolo mobile per il catino dell'acqua. Nonno nella sua camera aveva solo una sedia per le camicie e le giacche. Mamma aveva creato delle tende per le finestre con delle stoffe di seconda mano, e aveva pensato anche a coprire le casse con un bel panno colorato e cucito gli asciugamani per i catini di acqua che avevamo nelle camere.

Eravamo tra i più fortunati della povera gente. Nonno lavorava la terra e avevamo gli animali: il cibo non era mancato mai in casa. Chi non aveva la terra doveva arrangiarsi come poteva. Alcuni conoscenti di mamma non avevano ancora il pavimento e nella casa stavano in quattro, in sette, anche in dieci, e se c'erano polli, anche loro riposavano dentro la notte, per paura che qualcuno potesse rubarli. Erano tempi assai duri, tempi di ricostruzione e di rivoluzione, certo, ma anche di fame, di disoccupazione e di povertà assoluta. Eppure, nonostante l'indigenza di quel periodo, noi fascisti eravamo convinti che il Duce avrebbe pensato a tutto, al nostro cibo, al nostro lavoro, ai vestiti, al futuro, ai nostri bambini e anche ai nostri risparmi.

«Vieni qua signorina, dove pensi di andare?» Mamma mi bloccò con le mani, all'improvviso.

«In camera mia, mamma. Perché, di che hai bisogno?» La buttai lì, sapevo che non le serviva niente, il suo tono era in grado di spiegarsi più di un intero discorso.

«Sai chi ci ha fatto visita poco fa, a me e al nonno? Don Gaetano. Voleva sapere come stava nonno ed è venuto a trovarlo. Poi ci ha raccontato di averti vista fuori la sede del fascio a salutare il nuovo podestà.»

Questa di sicuro era la caratteristica, la peculiarità, di vivere in paese. Per quanto cercasse di crescere e nonostante fosse la cittadina più grande della Marsica per estensione e per numero di abitanti, Avezzano rimaneva un paesotto retrogrado di provincia.

Mamma cominciò la sua lunga ramanzina in cui diceva di conoscermi bene e proprio per quel motivo aveva sentore di guai. Io non immaginavo proprio a cosa lei si riferisse, fin quando iniziò la sua lunga serie di «non devi» «non devi» «non devi», dei quali io certamente non avrei tenuto conto, primo tra tutti: «Non devi più vedere il generale! Sta' lontana da lui!»

In quel momento fu lampante a cosa alludesse.

Mamma purtroppo non riusciva a comprendere il motivo per cui il generale fosse così importante per me, in quei giorni più che mai. Lui rappresentava l'unico filo che ancora mi univa al fascismo, al partito, al Duce. In un periodo in cui ogni possibilità si colorava di autoritarismo e ogni tipo di libertà veniva meno, lui simboleggiava l'unica occasione per conoscere i comunicati, le nuove leggi, eventuali successive incursioni, guerriglie.

«È chiaro, Francesca?» Non avevo ascoltato una parola.

«Sì, certamente, mamma.» Bugiarda, bugiarda, bugiarda ma ormai mi ci stavo abituando a imbrogliarla.

Mamma poteva pure chiamarlo inganno, per me era solo sopravvivenza.

L'indomani mamma mi svegliò quasi urlando.

«Alzati, lavati e vestiti bene che andiamo in chiesa.»

«E nonno?»

«Viene anche lui.»

Mi preparai così rapidamente che quasi cadevo inciampando nel lungo vestito della domenica.

Il mio vestito della domenica rappresentava davvero la festa. Era azzurro come il cielo di ottobre, quasi blu, con le maniche a sbuffo e i polsini ricamati. Era lungo fino alle caviglie e una cinturina nera era l'unico particolare davvero femminile, in quanto metteva in risalto il mio girovita snello. Il fatto che mi coprisse le scarpe stava a significare che avevo perso peso e questo in parte mi creava imbarazzo, perché demoliva la mia grazia, la mia eleganza, il fascino, dall'altra mi faceva piacere proprio perché le scarpe, anche se pulite, erano comunque rovinatissime.

Con quel vestito e i capelli riccioluti sembravo la fatina di una delle favole che nonno mi raccontava quand'ero piccina.

Quella era la prima volta che nonno si sentiva di uscire.

Mi precipitai in cortile e preparai il carretto. Facendolo scorrere sull'erba fresca, color smeraldo come avesse appena ricevuto in regalo la pioggia, il carretto odorava di nuovo, eppure era vecchio e consumato.

Salutai nonno, che non rispose, e lo aiutai a salire, aspettammo mamma e partimmo.

Fuori dalla chiesa, i compaesani devoti e conoscenti di nonno al nostro arrivo accorsero come a vedere la Madonna. Nonno sorrideva, non troppo perché odiava mettere in mostra quei due denti che gli erano rimasti. Poi entrammo e lui scelse di prender posto in un banco al centro. La chiesa di San Giuseppe sapeva d'incenso e l'aria era consumata e puzzolente come ci fosse appena stata la messa per un morto. I pochi fiori bianchi sistemati a un lato del sagrato non aiutavano. L'edificio, inaugurato qualche anno prima, aveva un aspetto semplice e moderno, un corpo e tre navate, l'altare di marmo e la statua di san Giuseppe al centro della parete dell'altare, proprio di fronte all'entrata. Siccome era stata proclamata da qualche anno sede provvisoria del vescovo, fu proprio lui a celebrare la santa messa.

Il vescovo Bagnoli fece la sua apparizione da un lato

dell'altare, accompagnato dal prete e da un chierichetto. Alla fine della messa chiese ai fedeli di sedersi.

«Miei cari, desidero approfittare del gran numero di fedeli in chiesa oggi per presentare un nostro nuovo confratello, persona autorevole, importante e stimata e nuovo podestà di Avezzano. Per favore, generale, venga qui vicino.»

Mamma si girò immediatamente verso di me, come se fossi già al corrente di quella presenza. Neanche le badai. Invece nonno mi turbò, rimase con lo sguardo basso e triste per tutto il tempo. Il generale pareva una quercia antica, stabile, possente. Parlava come se desiderasse lasciare un segno su ciascuno dei presenti. A fine messa si posizionò fuori il portone di ingresso, per dar modo, a chi lo desiderava, di salutarlo e porgergli la mano personalmente.

Di fatto fu un atto dovuto. Tutti si fermarono a salutare e a conoscere il podestà.

Anche mamma e nonno furono obbligati a dargli la mano e a fingere un sorriso di benvenuto.

Il generale salutò me per prima, poi nonno, al quale diede la mano, e in ultimo mamma.

«Signora desidero congratularmi con lei per sua figlia, giovane donna di grande coraggio, risoluta e temeraria. Avrà preso indubbiamente da lei.»

«No, non da me! Forse dal nonno, non saprei. A ogni modo la ringrazio, è molto gentile da parte sua. Magari verrà a farci visita, un giorno.»

Mamma voleva solo essere gentile. Disse quell'ultima frase per dovere di benvenuto, secondo le regole del buon compaesano, ma di certo non lo pensava sul serio. Mai avrebbe voluto che accettasse l'invito e mai lo avrebbe voluto in casa.

«Se non è da maleducati prendere al balzo un invito, io accetto volentieri, signora. Se non disturbo, vi farò compagnia a pranzo.»

Sgranai gli occhi, quella fu una sorpresa anche per me.

Mamma cominciò a balbettare, come le succedeva quando era troppo nervosa. Ma di questa cosa il generale non ne era a conoscenza. Così mamma balbettando si trovò in obbligo di dire sì.

Ci avviammo verso il carretto, mamma per prima, poi nonno, poi io. Mamma sembrava stesse facendo una gara a chi arrivava prima. Vinse lei e salì sul carro. Avrei voluto aiutare nonno a salire, ma quando mi avvicinai a lui e gli porsi il braccio, lo allontanò con una mano. Così, mesta e indegna, mi misi alla guida del carro e ci avviammo verso casa. Capivo il gesto di nonno e capivo l'atteggiamento di mamma. In fondo desideravano solo proteggermi. Eppure quel modo di vedermi come una sprovveduta, come una bambina che stava giocando col fuoco senza sapere che mi ci sarei scottata senza ombra di dubbio, mi infastidiva non poco e mi intristiva anche. Non avevano un briciolo di fiducia in me.

Quando svoltammo per la strada che portava lontano dalla chiesa, mamma sfogò tutta l'ansia e l'ira che aveva accumulato parlando col generale. Infierì su di lui per primo, esprimendosi nei suoi riguardi come un approfittatore, un maleducato, un opportunista e un calcolatore. Direi che gli andò anche bene, visto che lasciò le vere chicche per me: mi definì una poco di buono, una sciocca ingrata, una che si fa abbindolare da una divisa, una traditrice della famiglia, una vittima del fascismo e forse l'offesa peggiore fu: «È una che lascia la famiglia alla mercé del primo arrivato».

19

Tra il silenzio di nonno e lo sbraitare di mamma, giungemmo finalmente a casa.

Non avevo alcuna intenzione di far stancare mamma con i preparativi, né di stressarla più di quanto già non lo fosse. Mi misi subito al lavoro per rendere la casa gradevole, poi avrei pensato al pranzo. Passai la scopa e lo straccio, riordinai i panni di mamma da rammendare e qualche altra sciocchezza fuori posto. Uscii in cortile, la zaffata di pollino prendeva alla gola e purtroppo colpiva subito appena aperta la porta. Speravo solo di non dover far vedere la casa nella sua interezza, con cortile e stalla, al generale, non sarebbe stato piacevole né per lui né per me. Colsi un mazzolino di fiori di campo che facevano una gran figura, qualche foglia lunga e li portai in casa. Scelsi un vaso che nonno era riuscito a rimediare da un fiasco per il vino e lo posizionai al centro della tavola. Mamma lo guardò quasi schifata, come avessi scelto lo sterco del cavallo.

Respirai lentamente e contai non so neanche io quanti numeri. Volevo solo che fosse un pranzo sereno, tra persone gentili – forse era troppo! –, almeno civili.

«Cucinerò io, mamma, tu riposati, dimmi solo cosa devo fare.»

«Sì, certamente, non avevo dubbi.»

Mamma avrebbe risposto male a qualsiasi frase, qualsiasi domanda. Mi disse di preparare prima il sugo col pomodoro e la carne nel paiolo da appendere al gancio del camino. In quel modo il sugo si sarebbe cotto lentamente, a venti centimetri dalla brace, per almeno tre ore. In ultimo, mi sarei dovuta occupare delle tagliatelle. Il generale era capitato in un giorno fortunato, di domenica mamma comprava sempre un po' di carne rossa, convinta com'era che facesse bene al sangue. Le mie tagliatelle poi non si trovavano facilmente neanche nelle trattorie. Mi piaceva lavorare bene la pasta, abbondavo di farina in modo che tagliandole a fettine e cucinandole risultassero compatte, sode, dure il giusto. Mentre ammassavo la pasta, lavorandola con forza per far assemblare tutti gli ingredienti, mamma non perse l'occasione di ribadire il suo grottesco concetto sul generale.

«Quello che mi manda in bestia è che proprio non riesci a capire che i fascisti non sono uomini normali. Sono una categoria a sé stante. Li distingue la loro incapacità di amare. Un uomo del genere può portare solo guai!»

Lo odiava, senza se e senza ma. Eppure io avevo deciso di non risponderle: desideravo soltanto una domenica serena e che il generale fosse soddisfatto del pranzo. Andai in camera di mamma e aprii la sua cassa ai piedi del letto. Tutte le volte era come se aprissi una scatola dei desideri... dentro c'erano le cose più belle che avessi mai visto: scialli di pregio regalati a mamma dalle signore più ricche del paese quando lei sistemava, accorciava o allargava i loro vestiti: la maggior parte delle volte, però, quei vestiti bisognava allargarli, le signore dopo il matrimonio lievitavano come l'impasto del pane; scampoli di stoffa pregiata che il sarto, il signor Genesio, le affidava per i rammendi speciali o per imbastire vestiti su misura alle signore lievitate; alcuni vestiti di festa di mia madre, che non metteva, come li stesse serbando per qualche occasione speciale che stentava ad arrivare; asciugamani ricamati a mano, tende con degli orli preziosi e alcune tovaglie con delle lavorazioni di gran classe. Tirai fuori la tovaglia beige con un orlino ricamato da mamma che usavamo solo a Natale, con tovaglioli abbinati. La tovaglia e i tovaglioli erano ormai anni che venivano utilizzati e poi lavati, ancora lavati e di nuovo stirati: alcuni tovaglioli avevano parti logore o piccoli strappi. Mi imbarazzai della miseria della nostra casa e delle nostre cose. Mi imbarazzavano gli strappi, piccole terrazze aperte sulla nostra povertà.

Scelsi per il generale il meno rammendato. Passai in rassegna le stoviglie: la ceramica dei piatti sbeccati aveva segni neri del tempo, e i cucchiai erano consunti dall'uso e dall'acqua. La tavola sembrava quella della mensa dei poveri della chiesa di San Giuseppe... per fortuna, almeno, c'erano la tovaglia e i fiori.

A un tratto sentii nonno chiamare mamma dalla sua camera. Stava riposando dopo l'affaticamento in chiesa ed ebbi il timore che non si sentisse bene, così mi avvicinai alla porta, che mamma aveva lasciato socchiusa. La verità era un'altra.

Nonno non voleva partecipare al pranzo e aveva a sua difesa una lunga lista di perché.

Ascoltai.

«Non riesco neanche a guardarlo in faccia, figuriamoci pranzare con lui. Di' che sto male, che proprio non me la sento.»

«Papà, nessuno ti capisce più di me e lo sai. Ma è importante per Francesca, so che la ritieni una cosa senza senso, ma è così. Fallo per lei, perché le vuoi bene.»

Nonno tacque e io piansi.

Piansi lacrime di gioia, per la tenerezza di mamma e per la comprensione di nonno. Avevo una famiglia meravigliosa, e in quel momento me ne resi conto fino in fondo. Nonostante avessimo idee diverse, quando si trattava di dimostrare la compattezza della nostra famiglia, l'amore sbocciava incantevole e magnifico, come il gelsomino di notte.

Col cuore tranciato, me ne tornai alla mansione di abbellire la tavola. Mamma senza alcun dubbio avrebbe fatto finta di niente e anch'io avrei fatto lo stesso. In verità avrei voluto parlarle di dolcezza, della parola protezione, di ogni nomignolo che esprimesse amore. Ma noi in casa non avevamo l'abitudine alla condivisione dei sentimenti, per noi l'amore era qualcosa da dire a un bimbo solo nel sonno.

Mamma passò dal soggiorno e andò in camera sua. Sapevo che quel pranzo le costava molto, il minimo che potessi fare era darmi da fare il più possibile.

La preparazione del pranzo era ormai avviata, avevo sganciato il paiolo del sugo con la carne, posizionandolo comunque a un lato del camino per tenerlo al caldo, e agganciato il paiolo con l'acqua, bisognava aspettare solo che bollisse per calarvi le tagliatelle. Ma era presto. Il generale sarebbe venuto per pranzo, immaginavo poco dopo mezzogiorno. Dovevo prepararmi. Passando davanti la camera di mamma decisi di bussare.

«Mamma, hai bisogno di qualcosa? Se vuoi posso sistemarti i capelli o stirarti il vestito.»

«Non ho bisogno di nulla.»

Voleva apparire scocciata e severa, ma la sentivo profondamente triste.

Questa era mia madre, un fondo di pena stantio intervallato da attimi di allegria artefatta. Tutto in lei trasudava severità. Indossava sempre vestiti lunghi e neri: dopo il terremoto, con la perdita del marito e della madre, aveva maturato un'ossessione per il lutto. Un lutto a vita, mai smesso, a mostrare orgogliosamente un dolore senza fine, nonostante la sua giovinezza fosse ormai appassita. Capelli scuri lunghi fin sotto la schiena, mai sfoggiati, legati stretti stretti in uno chignon austero. Viso bianco, pulito, incarnato diafano. Naso dritto e stretto. Labbra strette, serrate, a ostentare il totale rifiuto per ogni ilarità, a coprire un biancore di denti ormai ingiallito dal tempo e dal chiuso. Di costituzione longilinea, l'unica nota femminile era il seno grosso, prorompente, marcato ancor più da una piccola cintura sul punto vita e schiacciato nell'impossibilità di occultarlo, dal vestito chiuso fino alla gola.

Forse le volte che l'avevo vista ridere si contavano su una mano. Quand'era immersa nelle sue elucubrazioni davanti al camino accennava un sorriso ogni tanto; quando il dottore le aveva comunicato che nonno stava migliorando le uscì una smorfia che somigliava a un sorriso; quando a Natale ci scambiavamo gli auguri con un bacio sembrava sorridere. Non ricordo altro.

In camera tolsi i panni da casa e indossai di nuovo il vestito blu della festa. Con un po' di accortezza in più spazzolai molto i capelli, lasciandoli lisci. Un paio di schiaffetti alle guance per creare quel leggero rossore di salute e un filo di grasso sulle labbra a lucidarle per vezzo.

Ero pronta.

20

Bussarono alla porta. Mamma mi lanciò un'occhiata eloquente, io le sorrisi per tranquillizzarla e andai ad aprire.

Mi trovai di fronte a un uomo che mai sarebbe riuscito a passare inosservato. Mi faceva pensare alle statue greche raffigurate sul mio sussidiario di italiano. Il suo viso dai lineamenti delicati, perfetti, come fosse stato disegnato a tavolino da mano superiore, incuteva una certa soggezione. A guardarlo ispirava solo ammirazione, l'unico particolare che disattendeva quell'armonia era il colore degli occhi, un ghiaccio vitreo, di una trasparenza che a guardarli si rischiava di venirne risucchiati, ingannevoli loro, sembrava vi si potesse guardare attraverso, invece se ne veniva coinvolti in modo peculiare e straordinario, avviluppati e rapiti. Provare a uscire da lì, da quella gabbia di luce, non era cosa facile. Tradivano la sua età delle rughe sfacciate, accennate intorno allo sguardo e sulla fronte. Il generale indossava la divisa, sempre, nonostante fosse podestà: vero era che la divisa gli calzava meglio del guanto a una sposa e che tutto quel grigio verde tra giacca e pantalone, che avrebbe dovuto invecchiarlo, lo rendeva invece tendenzialmente interessante oltre che estremamente elegante. Gli stivaloni neri e lucidi, poi, alzavano la figura e rendevano la divisa autorevole, rigida ma di classe. Ci scambiammo i primi convenevoli alla porta e l'invitai a entrare. Un uomo del genere in una cucina umile come la nostra sembrava quasi stonare, come una primula bianca in uno stagno. Non perse tempo con me, nonostante avesse due mazzi di fiori uguali, uno più piccolo e uno un poco più grande, cercò subito mamma per consegnarle il suo: mamma ringraziò, e solo dopo si girò verso di me consegnandomi quello più grande. I fiori emanavano un odore dolciastro, a causa di certi fiorellini piccoli e bianchi, di cui non conoscevo il nome. Nel mazzo c'erano delle margherite grandi di più colori e tulipani, i fiori nell'insieme facevano festa.

«Suo padre, signora? Ho portato una cosa anche per lui.»

«Si sta preparando, non sta molto bene ma ci farà compagnia per il pranzo, è gentile da parte sua.»

Poi il generale si rivolse a me: «Francesca, oggi sei davvero carina, questo blu ti dona».

Carina, mah.

Probabilmente il termine che contraddistingueva il generale era «indecifrabile».

Non si esponeva mai più del necessario, centellinava le parole e le pesava pure. A volte sembrava osare con boria, altezzoso e superbo da sfiorare lo sfrontato. In altri momenti ritirava a sé le funi. Aveva una particolare capacità nel farti sentire unica, preziosa, come ti tenesse sul palmo della mano e poi sul cuore, e con altrettanta inconcepibile capacità poco dopo ti ritrovavi scaraventata in basso, un salto di dieci piani, sul fondo solo terra, a chiedere aiuto a un perfetto estraneo.

Ringraziai, ma senza alcuna enfasi. Quel suo atteggiamento mi destabilizzava, mi confondeva, minava la fiducia in me stessa e nelle mie capacità.

Nonno uscì dalla stanza pettinato, sbarbato e con i vestiti della domenica.

Il generale si alzò di scatto e gli andò incontro per salutarlo e consegnargli il regalo che aveva portato per lui, un sigaro nella sua confezione pregiata di legno. Solo a guardarla pensai che nonno non l'avrebbe fumato mai quel sigaro. Era troppo costoso, non rispecchiava la sua natura contadina e semplice.

Il generale gli raccontò che gli era stato regalato da un suo amico, un colonnello di Cuba, che ogni volta che tornava in Italia gliene portava una scatola.

Il nonno non parlò, ma accennò un sorriso e fece un movimento con la testa come per dire «gentile, grazie». Il generale ne fu felice.

Ciascuno prese posto a tavola e chiesi al generale di accomodarsi di fronte al nonno, in modo che mamma e io fossimo ai lati del generale e che nonno rimanesse piuttosto lontano da lui.

Cominciammo a mangiare. Durante il pranzo il generale fece molti complimenti per il cibo che avevamo cucinato mamma e io, pareva loquace e di buon umore. Io ringraziai per la gentilezza, mia madre invece rimase col viso severo, quasi imbronciato, anche davanti a tante moine. Il generale aveva un carattere quieto, abituato com'era a gestire le situazioni più varie, e a tavola continuò a sorridere, nonostante la rigidezza di mamma e la spigolosità di nonno.

«Signor Antonini, so che ha un orto e degli animali, deve essere complicato gestire le cose.»

Nonno si limitò a scuotere un poco la testa, come per dire che in fondo se la cavava, che si trattava del suo lavoro.

Io, che gli ero vicino, lo sentivo sbuffare a ogni domanda e lanciavo sguardi continui al generale per vedere se si accorgeva della perdita di pazienza di nonno.

Sperava di intavolare un discorso di qualunque genere il podestà, e sperò invano. Raccontò di Roma, di quanto fosse difficile vivere in una città così grande. Raccontò della sua scelta di andar via e della possibilità inaspettata di venire a vivere qui. Raccontò di quanto fortunato fosse a esser stato scelto tra tanti come podestà di Avezzano.

Quando raccontò del Duce io pendevo letteralmente dalle sue labbra.

«Generale, in che occasione ha conosciuto il Duce?»

«Quante volte ha pranzato con lui?»

«Com'è di carattere?»

Feci una serie infinita di domande alle quali il generale rispose divertito e interessato.

Non avevo mai conosciuto nessuno che si fosse anche solo avvicinato al Duce, lui aveva avuto modo di parlargli, pranzare con lui, stargli accanto più e più volte. L'invidia mi stava divorando, avrei dato qualunque cosa per essere al suo posto e imparare a conoscere il Duce nelle sue mille sfaccettature. Capo di governo, politico, uomo, amico. Raccontò di quanto fosse conviviale, di quanto amasse circondarsi di persone su cui contare, fedeli a lui e alla causa, e ancora delle tante volte in cui avevano cenato insieme da quando era diventato generale. Disse che il suo carattere rispecchiava esattamente la persona che sembrava essere: era intransigente, determinato, autoritario. In quel momento si fece più forte la convinzione che il mio Duce avrebbe risolto ogni problema e che le donne sarebbero tornate a far parte dell'associazione fascista con ruoli sempre più determinanti.

Mentre il generale raccontava la sua vita romana, rivedevo quelle scene nella mia mente come fossi presente. Finalmente ascoltavo ciò che da piccola avevo sempre sognato di ascoltare, bevevo i suoi racconti come un cordiale prezioso nell'aroma e nel profumo.

A ogni episodio raccontato corrispondeva uno sbuffo di nonno, gli ero abbastanza vicino da accorgermi di quanto maltrattasse il tovagliolo sulle sue gambe. Lo strizzava e lo contorceva come se tra le mani avesse il collo del podestà. Mamma guardava nonno e guardava me, poi nonno e poi me. Così a disagio non era stata mai.

Il podestà parlò e raccontò per tutta la durata del pranzo, tra il silenzio assoluto di nonno e le occhiatacce che ogni tanto mi lanciava mamma, come a farmi capire che non ne poteva più. Avevamo finito di pranzare già da un po' quando il generale decise di alzarsi. Nel pomeriggio avrebbe avuto un appuntamento in sede e desiderava riposare. Ci alzammo tutti da tavola per salutarlo, mamma e nonno piuttosto in fretta. Lo accompagnai alla porta e mi chiese di uscire un attimo fuori.

«Volevo ringraziarti del pranzo, Francesca. Ho mangiato tutto sommato bene, anche se sono abituato a un altro tipo di cucina.»

«Grazie a lei generale... per averci onorato della sua presenza.»

«È stato un piacere. Ci sentiamo presto, allora.» Stava andando via quando tornò indietro. «Ah, dimenticavo una cosa importante! Credo sia il caso che insegni le buone maniere ai tuoi, in presenza di ospiti. Non ci si comporta ignorando la persona, peggio ancora umiliandola col silenzio. Non tollererò più una tale condotta» e finalmente andò via.

Mi bruciò. Rimasi ferma come avessi ricevuto una gran botta in testa. Mi ero impegnata così tanto perché tutto fosse perfetto. Ai miei il podestà non piaceva, purtroppo, ma di questo che colpa avevo io? Non potevo gestire le loro scelte o le loro volontà, non si trattava di convincere nessuno. Nonno e mamma non avrebbero mai cambiato idea nei suoi confronti. Si erano anche sforzati di mostrarsi gentili e accoglienti, per quanto possibile.

Rientrai in casa con lo stomaco a pezzi.

Mamma era subito pronta: «Ti rendi conto di cosa abbiamo dovuto sopportare? I racconti del Duce, la vita di questo fetentissimo generale... magari avremmo dovuto considerare un onore avere a pranzo il podestà, vero? Oddio che vergogna, spero che nessuno l'abbia visto entrare qui!»

Coprì il viso con le mani. «Sei felice? Sei felice di averci portato così tanto imbarazzo?»

Ero al culmine. Forse fu colpa della ramanzina del generale, forse di mamma che non ne perdeva una per punzecchiarmi... Fatto sta che esplosi, vomitando tutto il mio rancore.

«La verità è che non ti sei mai fidata di me. La verità è che non ti importa niente della mia felicità. La verità è che mi preferisci sposata a uno zoticone a rammendare calzini bucati e camicie strappate. La verità è che non sia mai che possa avere un futuro migliore o aspirare a qualcosa di più alto, la verità è che ti vergogni di me e del mio pensiero diverso. Questo è. E trovalo qua in mezzo, il bene per me, se l'hai nascosto da qualche parte, perché io proprio non lo vedo, né lo sento.»

Scappai via.

Via da quell'aria putrida e quei pensieri inzaccherati di disperazione.

Via dai pregiudizi, dal falso buonismo, dalle ciancerie dei compaesani pettegoli.

Via dall'egoismo di mamma, che mi voleva piccola per sempre, e dalla possessività di nonno, che limitava ogni mia iniziativa e mi aveva tolto la parola da tempo immemore.

Mi fermai per riprendere fiato e realizzai di aver raggiunto la nuova cattedrale in costruzione. Gli operai si trovavano nel fondo degli scavi. Mi sentii come la cattedrale, un buco enorme su cui ricostruire, una voragine scavata da altri. Dopo la corsa a perdifiato e le riflessioni che seguirono, avvertii la mente più leggera, come sgombra dai pensieri più profondi. Mi rattristai tutt'a un tratto. Non avrei mai voluto trattar mamma in quel modo. Sarei tornata da lei e le avrei chiesto scusa con tutto l'amore che avevo.

Rientrai in casa. Lei era fuori in cortile al lavatoio, stava finendo di lavare i piatti.

«Mamma, mi perdoni? Proprio non volevo farti male in quel modo.»

«Sì, sta' tranquilla, in famiglia si può discutere. Spero solo tu riesca ad aprire gli occhi su quell'uomo, prima o poi.»

Non volevo di certo ricominciare la diatriba. Lasciai cadere la cosa, asciugando piatti e pentole.

«Sai che la comare Assuntina ha il marito ferroviere?» mamma cambiò repentinamente argomento.

«Sì, lo so. Perché?»

«Mi ha detto che lui e qualche altro ferroviere si sono divertiti a imbrattare la porta del capostazione con lo sterco di un maiale.» Rise. «Non sembra anche a te uno scherzo esilarante?»

Mamma continuò a sogghignare. Sapevo che il capostazione era un vero fascista e se ne vantava.

«Ammetto la simpatia dello scherzo, ma mamma... dubito che un gesto del genere rimarrà impunito. Questo lo sa la tua amica?»

Mamma non rispose e s'impensierì. Non dicemmo più nulla.

21

Cercavo di tenermi sempre occupata. Ogni ora era dedicata a qualcosa che nascondesse il pensiero insistente per la politica e per la sede. Sentivo la mancanza delle riunioni che ispiravano l'idea che avevo di un nuovo mondo e che demoliva quella sensazione negativa del domani che percepiva la gran parte dei miei concittadini. Mi mancava il fascio femminile: veder entrare le donne timorose, impaurite, e aiutarle a cambiare e crescere, imparando a mostrare i denti non solo con i nemici, ma spesso anche in casa. Succedeva a molte donne che il peggior nemico fosse proprio la persona che dormiva loro a fianco. E io le aiutavo a capire come difendersi.

Mi stavo occupando di un angolo del cortile che nonno aveva trasformato in un giardinetto. Copriva pochi metri quadrati, era delimitato da pezzi di calcinacci dall'immane importanza affettiva. Appartenevano alla casa distrutta nel terremoto. Nonno aveva serbato quelle macerie gelosamente, come fossero diamanti, e con un lavoro durissimo aveva evitato che fossero raccolte in grandi cumuli di rovine e portate in qualche cava. Mamma ricordava che non avevamo ancora la baracca a noi destinata, e nonno si portava appresso quei piccoli macigni in ogni dove, conservandoli su un carretto di fortuna, senza ruote e costruito con i pezzi di legno del tetto distrutto.

Sentii bussare forte alla porta e mi avvicinai alla finestra per vedere chi fosse. Era quello sbarbatello del caporal maggiore Bisentin, l'attendente del generale. Domandai chi fosse, perché mi divertiva quel ragazzo, e il suo modo militare di rispondere ai civili come fossero suoi superiori.

«Caporal maggiore Bisentin agli ordini, signora.» Seguivano la battuta con i tacchi degli stivali come per farsi sentire dalla piazza e il saluto romano. Ancora non avevo aperto, però. Lo spettacolino accadeva oltre la porta serrata. Quel suo modo di rispondere con forte accento veneto, poi, mi rallegrava non poco.

Andai ad aprire che ancora non smettevo di ridere. Il ragazzo era rimasto col braccio spianato a baionetta, tutto impettito.

«Il podestà le ordina di presentarsi alle cinque in punto oggi pomeriggio alla sede del fascio maschile per un colloquio.»

Salutò di nuovo, batté i tacchi, si girò, salì in macchina e andò via.

Rimasi alla porta, sbalordita e preoccupata.

Cosa avrò combinato stavolta?, pensai. Doveva essere una cosa grave se aveva mandato il suo galoppino per ordinarmi di andare.

«Le ordina.» Forse l'imposizione mi confondeva a dismisura. Non era un invito, ma un ordine.

Le ore che separavano la mattina dal pomeriggio sembrarono infinite. Era il campanile della chiesa a scandire il tempo, con i suoi rintocchi. Alle undici preparai la minestra per il pranzo, alle dodici mangiammo, all'una lavai le stoviglie e riordinai la cucina, alle due non sapevo ancora se andare, alle tre ragionavo se discutere con mamma di quell'ordine. Alle quattro mi preparai e decisi di andare e di nasconderlo a mamma.

Arrivai in sede forse un po' in anticipo. Mi bloccai davanti la porta. Non sapevo più se entrare.

All'interno c'era senz'altro qualcuno, si sentivano passi e parole.

Entrai.

L'odore fu la prima cosa che riconobbi. Quel luogo serbava le cose che avevo imparato ad amare, le carte ordinate, i plichi impilati, i faldoni posizionati in ordine alfabetico, le cartine geografiche sparse un po' ovunque. L'odore che prevaleva era di sigaro.

In sala riunioni si sentivano movimenti strani, come uno spostamento di mobili e il trascinamento di sedie. Forse avrei dovuto bussare.

Rimasi qualche minuto in più in segreteria, a passar la mano sulla scrivania, sui piccoli oggetti donati dagli iscritti in ricordo del terremoto. La foto del Duce mi guardava dalla parete, vicino a un mobile basso con qualche berretto da balilla, fazzoletti azzurri e medaglioni raffiguranti il Duce.

Dalla sala riunioni uscì Bisentin.

«Buongiorno signorina Francesca, il generale l'aspetta.» Battuta di tacchi e saluto romano, come da repertorio. Sarei rientrata mille volte solo per vederlo salutare allo stesso modo, con quel buffo accento veneto.

Bussai ed entrai.

Lo spettacolo che mi trovai di fronte mi segnò in modo indelebile. Incise dentro di me, scavando un solco che sarebbe rimasto per sempre, come una tana. Tatuò nella mia mente l'idea del dolore.

Mi trovai di fronte a cinque uomini, ciascuno seduto e legato con le braccia dietro lo schienale della sedia. Avevano il volto tumefatto, il sangue che usciva dal naso e persino dagli angoli esterni degli occhi. Tossivano e sputavano in continuazione, sbuffi di saliva e sangue, che cercavano invano di trattenere più che potevano per non indispettire il podestà.

Un odore acre, forte come l'aceto, mi prese alla gola. Un

odore di sudore stagnante, e una nota acida stucchevole, nauseabonda: l'odore delle pozze di urina che si allargavano sotto le loro sedie. Un odore talmente disgustoso da rivoltarmi lo stomaco. Dal momento in cui entrai fino a che non realizzai cosa stesse succedendo, si susseguirono una serie infinita di conati che con tutta me stessa cercai di trattenere.

Gli uomini, quando entrai, alzarono appena lo sguardo verso di me, non la testa, che rimaneva bassa come a chiedere perdono. Tre di loro li riconobbi, e loro riconobbero me. Si trattava di Peppino «je cococciaro», di Linuccio «cipolletta» e di Vittorio «tre quattrini». Peppino e Linuccio erano conoscenti di nonno. Vittorio era il marito della comare Assuntina: il che stava a significare che ci sarebbero stati un sacco di guai. Ma non erano i miei guai a esser messi in discussione in quel momento, piuttosto quelli dei cinque ferrovieri. Peppino appena mi vide trasalì: di sicuro non si sarebbe mai aspettato di vedere una donna in quella stanza, ancor più la figlia di un suo conoscente.

Nella stanza erano presenti il generale, appoggiato con una gamba al tavolo, il segretario di partito Del Beato, in piedi alla sua destra, e due uomini della milizia fascista. Bisentin entrò dopo di me e chiuse la porta.

Il generale si alzò lento, con eleganza, fiero del suo tribunale improvvisato che aveva già pronunciato la sentenza.

«Francesca, questi uomini sono i ferrovieri accusati di aver imbrattato di sterco la porta dell'ufficio del capostazione. Riceveranno un'adeguata punizione. Vorrei conoscere il tuo punto di vista a riguardo.»

Allungai lo sguardo dietro al segretario, il quale col corpo copriva in parte delle bottiglie di olio.

Immaginai subito che potesse trattarsi di olio di ricino, mia madre lo usava tutte le volte che in casa avevamo problemi di stomaco.

«A guardarli, generale, mi sembra che abbiano già scontato la loro pena.»

Il generale mi guardò come se davanti a sé avesse il suo piatto preferito.

I suoi occhi vitrei trasmettevano come un profondo orgoglio nei miei riguardi. Era fiero che fossi rimasta, a guardare quei cinque disgraziati dritto in faccia, senza scappare.

Il generale prese una delle tre bottiglie di olio.

«Tenetelo fermo» ordinò il generale ai due della milizia.

Cominciò a versare l'olio nella bocca del primo ferroviere, tenuta aperta a forza dai due uomini, e ne versò una tale quantità da farlo vomitare. Passò al secondo, poi proseguì fino al quinto, serbando a ciascuno lo stesso identico trattamento.

Al termine della punizione, i ferrovieri erano sfiniti. Tossivano continuamente, grondando olio dalle fauci.

Io non sapevo più dove guardare. Non avevo alcuna intenzione di scappare, avrei dato l'idea di una codarda, una frignona. Ma non avevo mai assistito a tanta violenza e a tanto dolore tutto insieme. Solo il racconto di nonno sul terremoto si avvicinava alla tragedia che stavo vivendo da spettatrice.

«Francesca, secondo te la nostra fame di vendetta è stata soddisfatta?»

Il generale si rivolse a me con tono quasi divertito, come fosse un gioco spassoso per lui. Percepii la sua volontà di mettermi alla prova, di testare la mia fedeltà al fascio, di valutare con i suoi occhi il mio coraggio.

Ero certa che dicendo «sì» lui non si sarebbe fermato, non fosse altro che per spirito di contraddizione. Non si trattava di pena verso i cinque ferrovieri: meritavano una punizione, avevano sbagliato. Ma non mi piaceva quella situazione e non ne potevo più di quel dolore straziante davanti ai miei occhi.

Quindi scelsi l'unica via possibile per togliermi dall'impiccio, far scegliere lui.

«Generale, è lei che sta imponendo la punizione. Pensa sia abbastanza?»

Il generale ordinò a Bisentin di prendergli uno straccio. Il soldato tornò dopo poco con un pezzo di camicia rimediata chissà dove e il generale si asciugò con lentezza le mani, come se stesse riflettendo sul da farsi.

«Può bastare» disse infine. «Portateli al San Nicola, una notte in gabbia non può che far loro bene.»

Il San Nicola era il carcere di Avezzano. Nonno, che aveva aiutato i soldati nella ricostruzione, lo ricordava come un posto orribile, freddo, angusto. Una volta mi disse che in carcere non sarebbe sopravvissuto, che l'uomo ha senso di esistere solo quando è libero.

Gli uomini vennero slegati e uno alla volta accompagnati a spintoni e strattonate alla camionetta che aspettava fuori la sede.

Quando mi passò vicino, Vittorio «tre quattrini» mi guardò e mi trasmise tutto l'odio che provava per non averlo aiutato e tirato fuori dai guai.

Quel delinquente non capiva che, con un po' di furbizia, gli avevo appena salvato la vita.

22

La stanza si sgombrò in fretta. Gli uomini della milizia scortarono i cinque ferrovieri fino al carcere e il segretario andò via. Sarebbe tornato più tardi per stendere il rapporto del giorno, mentre Bisentin rimase in segreteria ad aspettare gli ordini del generale.

In sala rimanevamo il podestà, io e ciò che restava delle punizioni corporali ai ferrovieri. Sembrava un campo di guerra appena abbandonato. Ero rimasta in un angolo vicino alla porta per tutto il tempo. Provavo un timore inconsapevole, non intenzionale, pensai che addentrarmi più avanti avrebbe significato profanare il loro martirio. Volevo avere rispetto di quella sofferenza. Avevo visto così tanto tutto insieme, che ancora non avevo avuto l'opportunità di elaborare e far mio quell'evento, ragionando e cercando di capire il perché di molte cose. Al contrario, il generale pareva sereno. Cercava di eliminare qualche traccia rimasta sulla giacca con lo straccio che Bisentin gli aveva consegnato. Poi d'un tratto ruppe il silenzio.

«Francesca, stavo pensando che purtroppo ho pochissime conoscenze ancora in paese e non saprei proprio a chi rivolgermi e dove cominciare per trovare una casa adatta a me, che sia consona alle mie necessità. Mi accompagneresti nella ricerca?»

Rimasi sorpresa, sconcertata dalla sua capacità di ripresa. Io ancora avevo negli occhi i volti insanguinati dei ferrovieri, le braccia legate alle sedie, i loro occhi sorpresi e speranzosi di aiuto, e lui già aveva archiviato l'evento, come la spunta su una lista di cose da fare.

«Sì, certamente. Adesso?» cercai di farmi coraggio e di apparire tranquilla.

«Capisco che l'episodio di oggi ti abbia colpito in modo considerevole, ma diventare il podestà di una città comporta decisioni a volte dure. Bisogna sempre tener presente il luogo in cui viviamo, fatto di contadini, allevatori, pastori, operai. È tutta gente di basso rango, abituata a risolvere i problemi con i pugni o col forcone. Per ottenere rispetto da loro devo essere io il più forte, capisci?»

Tenne a puntualizzare questa cosa: secondo lui, se avesse reagito al loro deplorevole gesto con una semplice ramanzina, il giorno dopo avrebbe trovato l'ufficio del capostazione completamente bruciato. Mi spiegò che Mussolini stesso aveva fatto suo questo concetto, stabilendo che «la violenza non è immorale». A conferma di quanto mi stava dicendo, citò a memoria le parole del Duce in un discorso di Udine.

«"La violenza non è immorale. La violenza è qualche volta morale. Noi contestiamo a tutti i nostri nemici il diritto di lamentarsi della nostra violenza perché paragonata a quelle che si commisero negli anni infausti del '19 e del '20 e paragonata a quella dei bolscevichi di Russia... la nostra violenza è un giuoco da fanciulli... Quindi quando la nostra violenza è risolutiva di una situazione cancrenosa, è moralissima, sacrosanta e necessaria..."»

Aveva di nuovo vinto lui.

Non c'era guerra tra noi, né alcun tipo di faida o diatriba in corso, eppure mi lasciava il continuo sentore che lui fosse sempre un passo dinanzi a me.

Aveva curato la mia ferita, aveva lenito la mia giovane pena, mi aveva incredibilmente guarita. Sapeva che le parole del Duce erano «verbo» per me, e non potevo credere che le avesse utilizzate appositamente per ristabilire un peculiare concetto di pace con lui, col Duce, col fascismo e con me stessa.

Rimaneva il fatto che una sorta di pace era stata in qualche modo ripristinata e io mi sentivo più leggera.

Il podestà notò che i suoi stivali erano sporchi di schizzi d'olio e d'altro.

«Bisentin, vieni subito qui.»

Il caporal maggiore si scaraventò all'interno della stanza.

«Ai suoi ordini, generale!» disse con il suo meraviglioso accento veneto.

Il podestà gli ordinò di pulirgli gli stivali e Bisentin prese subito lo straccio e si mise al lavoro.

Poco dopo, quando il soldato ancora non aveva terminato il suo lavoro, il podestà si spazientì.

«Possiamo andare, vero? Bisentin ci accompagnerà ovunque vorrai.»

Quelle parole furono come un abbraccio.

Il podestà aveva un modo tutto suo di stimare le persone. In quel momento mi venne in mente che da quando il Duce aveva bandito le donne dalle associazioni, io non mi ero sentita esclusa del tutto, se non in alcuni momenti di crisi. E ciò era accaduto solo grazie al podestà. Ringraziavo il cielo di averlo conosciuto, il mio cuore esplodeva di gratitudine per la sua continua presenza. Me ne accorsi all'improvviso.

Il podestà avanzò verso la porta e a momenti schiacciava le mani di Bisentin, il quale le ritrasse immediatamente, senza un lamento. Continuò ad avvicinarsi agli stivali camminando quasi carponi, con poco successo, mentre il generale lasciava la stanza, e abbandonò così lo straccio in segreteria.

Giunti fuori, Bisentin si precipitò ad aprire la porta dell'auto al podestà, il quale entrò e passò poi dall'altra parte per me.

Era la prima volta che entravo in un'auto. Mai avevo

avuto questa possibilità. Seduta comoda, mi guardavo intorno come in un giardino inesplorato e bellissimo. Il finestrino attirò la mia attenzione in particolar modo. Case, alberi, carretti e persone apparivano e scomparivano dopo qualche secondo dalla mia visuale. Mi dava l'impressione del cinematografo, immagini che restavano per un istante e se ne andavano portandone altre. Donne che nonostante il vento tentavano di appendere i panni ai fili, contadini con le loro schiene curve che zappavano la terra dei loro orti, attimi di vita rubati.

Mi ripromisi un giorno di imparare a guidare.

Condussi Bisentin fino a casa della signora Colonna, proprietaria di due palazzine in centro, una di fronte all'altra: in una abitava e l'altra la concedeva in affitto solo a persone di alto ceto sociale, come lei. La famiglia della signora Colonna, oltre ad avere origini storiche principesche, aveva la fama di far parte della ristrettissima cerchia di ricchi sfondati del paese. Le sue palazzine, ricostruite subito dopo il terremoto, avevano uno stile elegante, raffinato, un po' barocco. Avevano facciate bianche, candide, finestre intarsiate, e due torrette ai lati, che sostenevano un portico di legno e ceramica che la stragrande maggioranza del paese poteva solo sognare. Quando giungemmo davanti casa Colonna, Bisentin agevolò l'uscita del podestà dall'auto, e poi la mia. Indicai al podestà l'abitazione della signora Colonna e, di fronte, la palazzina che affittava. Diede un'occhiata approssimativa alla casa e si guardò intorno, come alla ricerca di qualcosa che gli piacesse.

«L'estetica lascia un po' a desiderare, eppure tutto sommato potrebbe andare, ma dobbiamo vedere l'interno.»

L'accompagnai dalla signora Colonna. Venne ad aprire la donna che si occupava della casa, la quale con gentilezza ci fece accomodare. Si avvertiva qualcosa di magico, ogni cosa era ricoperta di veli e di merletti, come fosse la casa degli angeli. Appena entrammo ci accolse la statua di una donna che pareva umana, in un atteggiamento delicato, umile, con le braccia in avanti e la testa flessa di lato, sguardo basso, come stesse offrendo dei fiori. Dava un ottimo benvenuto. La signora ci fece accomodare nel salone, situato subito dopo l'ingresso, ampio, col pavimento di pietra grigia, lucidata quasi a specchio, un tavolo lungo centrale con ben otto sedie, le finestre nascoste da lunghe tende di una stoffa spessa sul verde e dei mobiletti di legno sistemati intorno alla stanza, sapientemente intagliati – e pensai alla donna che doveva spolverarli, poverina! – ricolmi di piccoli oggetti di ogni tipo, bamboline, piattini e tazzine, posaceneri, animaletti in legno, che mi fecero pensare a doni portati da lontano. Mentre restavo incantata a osservare l'abitazione degli angeli, il podestà sbuffava, si sistemava la giacca, i polsini, si carezzava il pantalone come a togliere polvere e pelucchi. Sembrava davvero poco interessato.

Non sapevo se la signora si sarebbe ricordata di me, mia madre aveva cucito diversi vestiti per lei e alcune giacche per il fratello. Io, a quel tempo, le avevo riportato gli abiti a casa. La signora aveva un carattere buono, umile nonostante le sue origini, però amava atteggiarsi a gran dama. Fece il suo ingresso trionfale dalla scalinata centrale della casa, con un lungo abito rosa di una stoffa mai vista, trasparente, impalpabile, e uno scialle intrecciato tra le braccia dello stesso tessuto dell'abito, che le sventolava dietro a ogni passo proprio come un angelo. Si avvicinò al podestà e gli porse il dorso della mano in attesa del finto bacio di dovere. Lui, al contrario, allungò la mano per stringerla come si fa con gli uomini.

Di me, la signora, neanche si accorse. Fece un gesto di stizza, come per ricomporsi da una spiacevole situazione, e con la grazia che la distingueva dalla massa chiese al podestà il motivo della sua visita.

Lui spiegò la sua necessità di trovare un alloggio consono al suo status, alla sua classe sociale e al suo stile di vita. La signora ascoltò con molto interesse il suo probabile futuro affittuario. Si scusò per l'assenza momentanea del fratello, che senza alcun dubbio gli avrebbe permesso di visitare la palazzina l'indomani stesso a qualunque ora.

Il podestà ringraziò, io salutai e uscimmo.

In macchina il podestà sembrava allegro. A sorpresa ringraziò anche me di averlo accompagnato dalla signora Colonna. La palazzina esteticamente gli piaceva abbastanza, anche se le dimore in cui aveva abitato erano di gran lunga superiori, disse. Sottolineò che si sentiva fortunato ad avermi incontrato e conosciuto. Intanto Bisentin ci aveva riportato alla locanda Italia. Il podestà si stava attardando a uscire dall'auto per esprimere tutta la sua gratitudine e Bisentin preferì spegnere il motore. Gli risposi che mi sentivo grata per la sua continua presenza. Stavo cercando il modo per venir fuori dalla macchina quando lui mi prese per un braccio, mi trasse a sé e inaspettatamente... mi baciò.

Mai avevo conosciuto le labbra di un uomo, mai ne avevo sentito il sapore. Sentivo lo stomaco torcersi dall'emozione. Avevo conosciuto l'amore attraverso i poeti, un tipo d'amore tenero e sconvolgente, che catturava gli amanti in modo totale. Avevo apprezzato col tempo il modo di amare di nonno, silenzioso, per niente espansivo, introverso, un amore che dava calore nonostante il gelo intorno come una brace sotterrata, un amore calmo che non conosceva l'arroganza della giovinezza.

Nei miei sogni avevo idealizzato e atteso un amore dolce, fatto di carezze, parole gentili e dolci baci: dovetti rispondere a un bacio che quasi mi stava strappando le labbra dalla bocca. Sentivo il suo odore, i nostri sapori mischiati, la mia colazione e il suo sigaro. La lingua fu un'esperienza particolare; nel mio immaginario pensavo di dover sfiorare, al primo bacio, qualcosa di sacro, di così intimo che necessitava il massimo rispetto. La sua lingua, invece, cercava rabbiosa chissà cosa tra i miei denti. Poi si staccò di colpo, prima che potessi cominciare a rispondere come volevo. Discretamente guardai verso il finestrino.

Mi sentii delusa in un modo che neanche sapevo spiegare, tradita dai miei stessi sogni.

«È stato il tuo primo bacio, vero? Ti suggerisco di chiedere a un'amica che già ha avuto questa esperienza come si dà un bacio a un vero uomo.»

Si pulì le labbra con un fazzoletto, poi uscendo dalla macchina disse: «Ci vediamo a casa tua lunedì pomeriggio. Fa' la brava».

23

Cercai di tornare a casa serenamente, eppure le gambe sembravano non ubbidirmi. Tiravo di continuo dietro le orecchie i capelli riccioluti, un gesto che per la verità mi stupì non poco, perché non mi apparteneva. Camminavo con una lentezza quasi romantica, ogni passo costruito come un movimento di danza. Ero stata baciata da un vero uomo. Da una parte sentivo un certo imbarazzo, dall'altra ero esaltata, piena di entusiasmo, in fondo si trattava del podestà di Avezzano. Aveva avuto di sicuro le sue buone ragioni per riprendermi, peraltro, non conoscevo il bacio e non conoscevo l'amore per un uomo. Avvertivo un groviglio di emozioni, un intreccio di sensazioni diverse. Percepivo ancora il suo odore, odore di uomo maturo, odore di forza, di potenza, di potere, di autorità. E avvertivo ancora l'emozione del mio corpo, il desiderio di rispondere al bacio con un bacio più dolce ma anche audace, in modo che le nostre labbra parlassero tra loro una lingua sconosciuta e nuova.

Mi dicevo che probabilmente quello che stavo provando in quel momento doveva essere amore: una stima inconcepibile, da sfiorare l'ammirazione, e attimi di gioia pura con lo stomaco stretto stretto dalle emozioni. Desideravo un'altra occasione per baciarlo, per avvicinarlo con la delicatezza che non avevamo avuto, un contatto tra due mondi diversi, aggrovigliati come l'edera. Volevo baciare la sua fronte, la sua intelligenza, il suo interesse per me, la sua anima fumosa. Riflettei sul fatto che mi stava accadendo una cosa troppo grande per non dirla a nessuno. Avevo bisogno del parere di qualcuno che fosse al di sopra di ogni preconcetto, di un'amica. Certo ne avrei voluto parlare con mia madre, ma sapevo già che m'avrebbe rinchiuso nella stalla per il resto della vita, di sicuro non avrebbe capito né accettato una possibile storia tra me e il podestà. Avrebbe accolto più volentieri un coccodrillo che lui... Ma il lunedì successivo sarebbe comunque venuto a bussare alla nostra porta, quindi dovevo inventarmi qualcosa alla svelta.

Come un arcobaleno, all'improvviso mi venne in mente Maria.

Maria era mia amica da sempre e per simpatia reciproca eravamo cresciute insieme senza allontanarci mai sul serio. Si trattava di quel tipo d'affetto singolare e straordinario che lega due persone anche senza la costanza nel frequentarsi, quel tipo di bene capace di superare il tempo e lo spazio, che torna a scaldarti il cuore anche solo con il pensiero.

Andai a trovarla proprio quel pomeriggio. Mi accolse sua mamma, con gli occhiali sul naso e un fazzoletto tra le mani. La signora Cesira Terenzi faceva la sarta come mia madre: era una comunista, ma era simpatica e sapeva non dare nell'occhio o creare problemi.

«Oh, Francesca, cosa ti porta qui?» Si dimostrò insolitamente gelida nel tono.

«Vorrei vedere Maria, se possibile.» Non mi sentii accolta, stavo già per fare un passo indietro.

La signora Cesira entrò in casa lasciandomi sulla porta.

Un minuto dopo uscì Maria.

Mi abbracciò con tutta la dolcezza che le apparteneva, con tutto l'affetto di un'amicizia salda, senza tempo e senza confini, senza pregiudizio alcuno.

Maria mi prese per la mano e mi accompagnò nella sua camera, chiudendo bene la porta.

«Ma cos'ha tua madre? A momenti neanche mi faceva entrare.»

«Niente niente, non farci caso, lo sai le voci in paese... a volte esagerano.» Preferii non indagare.

«Allora, cosa mi racconti?» mi chiese Maria impaziente di sapere.

«Ho bisogno di parlarti di una cosa importante.»

«Va bene, dimmi.»

Era il mio turno, la mia occasione di spiegarle col cuore tra le mani ciò che mi stava accadendo, la mia possibilità di conquistare almeno lei dalla mia parte. Presi una sedia e mi spinsi il più vicino possibile a lei. Le nostre gambe quasi si sfioravano.

Le raccontai, con cautela, di questa storia d'amore che era appena nata. Le raccontai del podestà. Le raccontai dall'inizio, di quando scese dal treno e io ne rimasi in qualche modo folgorata.

Le raccontai della sua attenzione nei miei confronti, che fu immediata.

Le raccontai della sua presenza assidua, costante, che si stava dimostrando sempre più importante per me.

Le raccontai della bellezza di avere un uomo accanto, di un uomo che fosse tale nella presenza e nell'aspetto.

Le raccontai della dolcezza della sua voce quando si rivolgeva a me, al contrario del tono autoritario e dispotico che usava con gli altri.

Le raccontai della meraviglia di sentirsi considerati unici e un po' speciali.

«Pensi che possa essere questo l'amore, Maria?»

Lei era rimasta immobile e mi aveva ascoltato a fondo, trattenendo quasi il fiato. Abbassò il capo, in un atteggiamento misto di dolore e comprensione.

Mi disse che lei l'amore non l'aveva mai conosciuto, non poteva sapere quindi se il mio fosse amore. Però desiderava mettermi in guardia dagli uomini come lui, perché aveva la convinzione che non fossero capaci d'amore né d'amare. Provò anche a dire che probabilmente non si trattava d'amore, perché l'amore non aveva dubbi ma solo certezze. Sottolineò che mai avrei avuto certezze da lui.

Mi chiese di aprire gli occhi, di togliere il velo che evidentemente mi copriva la vista e la capacità di discernere in quel momento.

«Come puoi fare questo a tuo nonno? Si è spaccato la schiena per te, per farti vivere dignitosamente, perché avessi una casa accogliente dove abitare e un piatto caldo da mangiare. Avrai davvero il coraggio di raccontargli che tra te e il podestà c'è qualcosa di più?» Questo era un colpo basso. Tutto ciò che riguardava nonno mi feriva profondamente. «E a tua mamma non pensi?»

Mi arrivava dalla finestra aperta l'odore dei pini, che si faceva particolarmente intenso a marzo. Il sole quella mattina brillava con i suoi raggi splendenti di luce e generoso regalava la promessa dell'oro ai campi di grano. Io invece mi sentivo uno straccio, la mia mente era logora e guardavo la mia vita andare in pezzi. Passavo dall'esaltazione alla tristezza più profonda.

Come potevo far capire a Maria che per me lui rappresentava una sorta di riscatto, una rivincita nei confronti della vita e quindi molto più di un uomo e molto più di un amore? Secondo il suo parere non si trattava di amore, eppure quel piccolo seme arrivato per caso da molto lontano, germogliato nel tempo e fiorito con l'attenzione e la cura indispensabile e necessaria, valeva molto più di un sentimento forte e vigoroso, riconoscibile dall'odore. Per me quel tanto bastava.

Maria era in piedi davanti alla finestra, sorseggiava ansiosa un bicchiere d'acqua.

Io decisi di abbandonare la discussione, magari un altro giorno l'avrei trovata di umore migliore e avremmo riguardato la cosa con occhi nuovi, puliti e benigni.

Così la salutai con un bacio sulla guancia mentre mi dava le spalle e andai via.

Tornai a casa desolata, disfatta.

Andai a letto subito, chiedendo scusa a mamma per aver deciso di saltare la cena. Non avevo proprio voglia di mangiare. Avevo cercato la comprensione dall'unica persona che poteva offrirmela, ma mi ero sbagliata. Avevo trovato l'ennesimo scontro, il consiglio di scappare a gambe levate. In perfetta solitudine piansi tutte le lacrime che nascevano spontanee da quel malessere mai voluto, dono degli altri.

L'indomani, inaspettatamente, mi svegliai allegra, con la sensazione nel cuore che tutto fosse vero e possibile.

Mi alzai improvvisamente e mi preparai veloce per aiutare il nonno con gli animali. Il mio buonumore non gli sfuggì. A un tratto, incalzata dal suo sguardo indagatore, mi lasciai scappare qualche parola.

«Nonno, mi sono innamorata!»

Avrei dato qualsiasi cosa per poter parlare con lui d'amore. Chissà cosa ne pensava, come l'aveva riconosciuto in nonna. Non aveva avuto più una donna dal terremoto né l'aveva mai cercata. Certo il suo concetto di fedeltà restava assoluto, un obbligo morale stabile e affidabile. Chissà se ogni suo giorno viveva nel ricordo di lei, o se ormai aveva dimenticato anche il suo viso. Io non ricordavo neanche la voce di mio padre, ne soffrivo molto. Inforcavo la biada e la consegnavo al cavallo. Avevo fatto avanti e indietro cinque o sei volte e mi accorsi solo alla fine del lavoro che avevo sparpagliato biada dovunque, nel tragitto. Nonno sembrava non aver sentito le mie parole, e mi guardò con rabbia silenziosa e distacco.

In quel momento pensai a lunedì. Mentre con il rastrello raccoglievo la biada disseminata, mi chiedevo quale fosse la via migliore da perseguire: parlare ai miei della visita del podestà o tacerla fino a lunedì? Confessando ai miei il suo arrivo, sapevo come sarebbe andata a finire: senza ombra di dubbio si sarebbero infuriati, maledicendo il giorno della mia nascita e quella del podestà e avrei vissuto in stalla per lungo tempo. Riflettei sul fatto che se lunedì al podestà che chiedeva di me avessero comunicato che ero rinchiusa per punizione, la reazione sarebbe stata pericolosa. Quindi decisi in quell'istante di tacere la sua venuta fino al giorno stabilito.

I giorni che separavano quel martedì dal lunedì successivo sembrarono non passare mai. Cercavo di comportarmi con naturalezza, eppure a tratti mi accorgevo dello sguardo inquisitorio di mamma. Certo aveva tutte le ragioni per farlo, mi chiedeva di passare la scopa e stavo lì imbambolata dal movimento lento, mentre vedevo il viso del podestà e il suo sorriso in ogni mattonella. Ci mettevo sempre troppo tempo. Aiutavo a sparecchiare dopo il pranzo e dopo la cena e qualcosa finiva sempre per terra. Una mattina mi chiese di prendere le uova nel pollaio, inciampai nella rete e mi ritrovai con la faccia nel cestino delle uova rotte. A lei dissi che le galline avevano covato solo due uova quella mattina. Mi guardò come per dirmi «quante ne hai rotte?», ma la verità da noi costava caro.

Me ne andavo in giro per la casa con un passo da regina, perché prediletta, in qualche modo predestinata. In quei momenti nessuno era in grado di capire che io avrei potuto fare tanto accanto al podestà, aiutare chi si trovava in estrema difficoltà, proteggere tutti i miei cari. In un futuro molto prossimo vedevo solo i miei sogni avverarsi e, una volta creata la felicità di ciascuno, le persone che amavo avrebbero cambiato idea su di me e sul podestà. Il cambiamento sarebbe senz'altro iniziato lunedì.

24

Lunedì.

Mi alzai appena aperti gli occhi, dopo la promessa quotidiana dell'alba, senza aver dormito molto la notte. Continuavo a immaginare la scena in cui il podestà si presentava alla porta. Le possibili reazioni di mamma e di nonno, ecco, mi impensierivano. Alla vista di Guido, nonno avrebbe potuto girare i tacchi e defilarsi in camera sua, mentre mamma avrebbe potuto guardarmi in cagnesco per tutta la durata della visita, evitando qualsiasi conversazione; o ancora, nonno avrebbe potuto proprio non aprire la porta e mamma gridare «andate via!» dalla finestra. Magari no. Magari lo avrebbero accolto con rispetto e calore ed ero io a riempirmi il cervello di *se* e di *forse*. Sì, desideravo la pace, e giusto un po' di rispetto per un uomo di quel rango.

Era presto per prepararmi, dovevo aiutare nonno col pollaio e mamma col pranzo. Vidi il mio viso riflesso su un pezzo di mattonella lucida che avevo trovato per strada. Sorrisi, pensavo al pomeriggio, mi sentivo agitata ma felice, preoccupata... ma felice. Ebbi timore di quella felicità, di perderla. Ma ne avrei avuto cura per tutto il tempo, fino all'arrivo del mio amore. Mi piaceva quell'assenza di pensieri, quella leggerezza di spirito, la positività immotivata, come uno stato di grazia, momenti senza alcun timore, senza l'ansia di vivere o la paura del domani.

Salutai mamma, che era in cucina a far colazione.

Le scoccai un bacio sulla guancia. Lei si scostò come avesse ricevuto una coltellata. Non era abituata a quel tipo di effusioni. Mi guardò stranita, aveva sentore di guai, ma da un po' preferiva evitare le discussioni. Mangiai la mia fetta di pane col latte e uscii in cortile per aiutare il nonno con gli animali. Lui già era in stalla.

«Buongiorno nonno. Qui stai sistemando tu, io penso al pollaio, va bene?»

Come al solito, non rispose.

Il tanfo del pollaio arrivava fino alla stalla, non avrei voluto occuparmene, a dir la verità, avevo il terrore che mi rimanesse addosso quell'odore, eppure non potevo lasciare quel compito così gravoso a nonno e soprassedei. Più tardi mi sarei occupata di me con cura, lavando via qualsiasi residuo. Stavo giocando con le galline, le rincorrevo, facevo per prenderle ma loro scappavano veloci, meschine, e non mi accorsi che nonno si era messo fuori dalla stalla a osservarmi far la scema, tenendo dritto davanti a sé il forcone. Quando mi accorsi di lui trasalii e mi bloccai di colpo, ebbi la sensazione che quasi volesse lanciarmelo quel forcone, quindi terminai in fretta di pulire il pollaio, feci rientrare le galline e tornai in casa.

Aiutai mamma con la preparazione della minestra. Non mancava poi molto all'arrivo del podestà e io non ero ancora pronta. Non aveva specificato l'orario. Stavo tagliando le verdure quando il coltello mi scappò di mano e mi ferii un dito. Sperai che mamma non lo notasse, inutilmente.

«Vuoi stare più attenta? Ma che ti succede?»

Come darle torto? Ero irrimediabilmente distratta. L'idea di come i miei potessero reagire all'arrivo di Guido cominciava a terrorizzarmi. Presi il paiolo per agganciarlo nel camino, ma il manico mi sfuggì e la pentola finì nella brace, fortunatamente in piedi, ma schizzando la minestra dappertutto.

«Francesca, che ti prende? Hai le mani di burro oggi? Si può sapere a cosa pensi?»

Mamma era infuriata e a ragione: in quella settimana ne avevo combinate di tutti i colori. Sistemai il paiolo come si doveva, pulii e mi rintanai in camera mia. Realizzai in quel momento che la mia agitazione aveva raggiunto il culmine. Non volevo ammetterlo neanche a me stessa, in quanto non avevo un buon presentimento circa l'arrivo di Guido del pomeriggio. Mamma di sicuro pensava che io non lo frequentassi più, quindi era tranquilla. La sua visita avrebbe destabilizzato la pace di tutti. In cuor mio speravo che andasse tutto bene.

Cominciai a lavarmi con cura, spazzolai i capelli e li sistemai tirati in una coda.

Stavo stirando con le mani il vestito sul letto, quando sentii chiamare: «Francesca, vieni un attimo!» Il tono di mamma mi sembrò più incuriosito che preoccupato.

«Dimmi.» Mi sentivo tranquilla.

«Che ci fa questo qua?» Sporsi il capo un poco avanti verso la finestra.

Era arrivato il podestà.

Bisentin aveva aperto la portiera dell'auto per agevolare la sua uscita.

Fui colta dal panico. Rimasi ferma a guardare Guido scendere e non sapevo ancora cosa raccontare a mamma.

«Allora? Mi dici o no cosa è venuto a fare?»

«Non lo so, mamma, ora vediamo.»

Mentre andavo ad aprire diedi uno sguardo al vestito e mi rattristai per non aver avuto il tempo di cambiarlo. Cercai di rimediare scrollando la polvere del cortile con le mani.

Aprii la porta.

Il cuore batteva così forte che lo sentivo nelle orecchie.

Il viso bellissimo di Guido mi si parò davanti. Quando mi sorrideva scompaginava qualcosa dentro di me e facevo fatica poi a riprendermi.

Alla sua destra fece capolino Bisentin e dall'altro lato spuntò un uomo della milizia.

«Ciao Francesca, ci fai entrare?» Provai vergogna. Me ne stavo imbambolata a guardarlo, senza salutare né fargli spazio.

«Ma certo, scusami. Entrate.»

Mamma era in fondo alla cucina e Guido si avvicinò a lei raggiante. La salutò con affetto stringendo la mano, che lei fu costretta a porgli, con entrambe le sue, a custodirle. Fu gentile con lei, apprezzando la pulizia e l'ordine della casa.

In quel momento dalla porta che dà sul cortile entrò nonno, di sicuro aveva visto la macchina e si era incuriosito.

«Oh giusto lei, mi stavo chiedendo dove fosse.»

Nonno era rimasto impietrito sulla porta e guardò mamma in cerca di una risposta. Guido in tono scherzoso gli chiese come stavano gli animali, gli domandò dell'orto, si informò del suo stato di salute. Nonno rispondeva a monosillabi e circa la sua salute fu mamma a chiarire il suo attuale stato, specificando che non doveva stancarsi né ricevere notizie improvvise. Una brutta sorpresa avrebbe potuto causargli un colpo al cuore.

Ciascuno prese posto intorno al tavolo. Bisentin e l'altra guardia, però, rimasero in piedi dietro al podestà.

Guido parve seccato dalle parole di mamma e mi accorsi che modificò leggermente il tono, che divenne quasi dispotico. Riferì al nonno che noi ci eravamo come trovati, con le stesse idee, fatti della stessa pasta fascista e quindi destinati a stare insieme. Spiegò con estrema chiarezza che tutti avrebbero tratto giovamento dalla nostra unione, non solo le persone vicine, ma la causa, soprattutto. Guido guardò il nonno negli occhi, come parlasse solo a lui, come se il pensiero di mamma non avesse alcuna importanza.

E mamma aveva notato quell'atteggiamento, guardava

me, guardava Guido e sembrava volesse esplodere da un momento all'altro. Era un vulcano con una voglia inaudita di eruttare.

Anche nonno, sotto l'attacco continuo delle parole di Guido, parve innervosirsi. Agitava le gambe concitatamente, guardava a terra, e ogni tanto lanciava un'occhiata a mamma, tutta rossa in faccia per non essere in alcun modo interpellata.

«Francesca, portami un bicchiere d'acqua!»

A quella richiesta di Guido che suonava come un ordine imposto, nonno alzò lo sguardo su di me.

Presi sei bicchieri e versai l'acqua anche a nonno, a mamma e alle guardie. Nonno era così agitato che pensavo volesse gettarla in faccia a Guido. Mamma bevve tutto un sorso tremando dalla rabbia.

Poi, d'un tratto, Guido andò dritto al punto.

«Signor Antonini, le chiedo la sua benedizione al nostro fidanzamento.»

Nonno, mamma e io probabilmente mostrammo la stessa espressione stupefatta.

Nonno aveva gli occhi rossi, forse il desiderio di piangere, forse di urlare. Poi guardò me, gli uomini dietro al podestà, e si alzò. Col cuore in fiamme, accettò.

Alzò una mano sulla fronte di Guido e subito Bisentin e la guardia gliela bloccarono e rimasero in attesa di un ordine violento. Guido guardò nonno e nonno lui, un momento in cui gli occhi di entrambi bruciavano dall'ira. Dopo qualche secondo, Guido alzò lentamente la mano come per dire «è tutto a posto» e gli uomini lasciarono il suo braccio.

Nonno riprese con difficoltà la benedizione, alzò la mano sulla fronte di Guido e poggiò il pollice al centro dei suoi occhi. Ero certa che la tentazione in quel momento fosse quella di ficcare il dito nell'occhio del podestà: in effetti prima di benedire guardò lui e poi gli uomini al suo fianco, che a loro volta lo guardarono minacciosamente.

Avrei dato qualsiasi cosa per leggere il suo pensiero. Guido rimase dritto, impostato, con le spalle in fuori, come stesse per ricevere una medaglia. Non un movimento per agevolare il nonno.

Eppure nonno era molto serio quando si trattava di fede e quel segno della croce decise di farlo lentamente, mormorando parole dettate solo dal cuore. Poi passò a me. Fece lo stesso segno della croce, ma spinse così forte da lasciarmi il segno.

Mi resi conto che quell'attimo fu per me la felicità e che la felicità era fatta proprio di attimi da cogliere nell'istante in cui si manifestavano. Era capitato così in fretta. Io e Guido eravamo fidanzati.

«La ringrazio della benedizione. Ci tenevo molto. E siccome ormai il fidanzamento è ufficiale a tutti gli effetti, direi che possiamo pensare alla data di matrimonio. Io direi che i primi del prossimo maggio può essere una buona idea.»

«Cosa?» A mamma uscì spontanea quell'esclamazione. Guido la guardò in cagnesco.

«Converrete con me che due mesi siano un tempo più che sufficiente per la preparazione di un matrimonio come il nostro. Sono venuto a conoscenza delle vostre tradizioni, il corredo, gli invitati, il sacerdote. Potete sistemare ogni cosa, vero?»

Nessuno gli rispose e mentre nonno e mamma avevano il viso sconvolto da tante assurde notizie, il mio cuore era estasiato, in visibilio, e gongolavo di gioia.

Soddisfatto della visita, il podestà si alzò, salutò nonno con la mano, mamma solo a parole e io feci strada ai tre, fino alla macchina.

Bisentin aprì la portiera dell'auto e Guido entrò, dimenticando di salutare me. Dall'altra parte entrò il gendarme della milizia.

Rimasi un poco a guardare l'auto allontanarsi, pensavo a come la vita a volte si muoveva da sola, mi stupiva ogni volta la sua imprevedibilità, magari ti ritrovavi coinvolto, avvolto nella sua magia bizzarra, come quando ricevi un regalo dal cielo sorprendente e inaspettato.

Rientrai in casa con la dolcezza nel cuore, anche se un po' scossa.

I volti che mi trovai di fronte sembravano quelli di due guerrieri pronti all'attacco.

Nonno con l'aria inferocita si alzò di scatto e, nel tentativo di rimettere a posto la sedia che aveva tirato indietro, peggiorò la situazione facendola cadere. Non la raccolse, e se ne andò in camera sua. Mamma rimase a guardarmi come se non m'avesse mai visto. Mi preparai al boato.

Scaricò tutta la sua rabbia in un sonoro schiaffone e poi si bloccò, ferma, davanti a me, con i pugni stretti stretti e il respiro affannoso. Anch'io rimasi immobile, non sapevo che fare. Avevo gli occhi sbarrati per lo schiaffo inaspettato e il respiro trafelato.

«Ti ho fatto male? Bene, abituati a questa sofferenza. Ti stai costruendo con le tue mani un destino di dolore e di solitudine. Ricordati queste parole: non riceverai mai una carezza da lui.»

Poi di colpo si calmò.

Uscì fuori in cortile, lasciandomi sola a pensare alle sue parole, quasi una predizione, chissà, o un anatema.

Ma in un giorno come quello nessuno sarebbe riuscito a rendermi infelice.

Avrei sposato Guido a maggio. Solo quello contava.

25

Avevo un groppo alla gola che mi impediva il respiro. Non sapevo se chiudermi in camera o scappare. La matassa che mi bloccava la respirazione, quel nodo stretto, derivava dalle mille sensazioni di felicità di quel giorno, nonostante la contrarietà di nonno e di mamma.

Ebbi la sensazione che il tempo e le situazioni mi stessero sfuggendo di mano come sabbia in una clessidra. Avevo visto l'inverno arrivare coraggioso col suo candore, il profumo del pane e il caldo in casa, la delicatezza delle giornate brevi e le notti immense, con la tristezza degli orti scabri di raccolto. Avrei scambiato il mio bene più caro per il consiglio di un'amica.

E come una scintilla in una notte profonda mi comparve in mente, di nuovo, Maria. Dovevo raccontarle cos'era accaduto, ne avevo bisogno, sentivo la necessità di sfogarmi e di raccontarle del mio amore.

Uscii di soppiatto, volevo evitare altre discussioni con mamma.

Amavo la primavera che si avvicinava con lunghe falcate, con il sole tiepido e il vento fresco. Se avessi avuto una possibilità di scelta avrei senz'altro preferito settembre per il matrimonio, con il profumo delle foglie che invecchiano, la natura che si prepara a sfiorire e le ombre lunghe che si stagliano sulla strada sterrata al calar del sole.

Ma Guido non avevo chiesto il mio parere: mi voleva così tanto, e aveva deciso di affrettare il passo.

Così immersa tra i miei pensieri arrivai davanti alla casa di Maria senza quasi accorgermene. L'abitazione dei suoi genitori era una baracca uguale alla nostra, anche nella metratura, ma il padre l'aveva migliorata costruendo un sottotetto per le scorte. Nonno non aveva bisogno di posto in più perché avevamo la stalla. L'unica miglioria a cui tutte le baracche avevano aderito era il bagno esterno. Appena costruite dopo il terremoto, le baracche avevano un bagno condiviso, uno ogni quattro unità abitative. E per bagno si intendeva un capannino di un metro quadrato con un buco al centro. Col tempo ciascun proprietario aveva provveduto ad averne uno per sé. Anche l'interno delle case un po' si somigliava: il tavolo di legno con le sedie, una madia per il pane e per le conserve, il camino in cucina, le camere avevano il letto e una cassapanca posta ai piedi del letto, per i vestiti e qualche pezzo di corredo rimasto. Il lavatoio per le stoviglie era sistemato fuori, in cortile, sempre lì ci si lavava a pezzi o in una bacinella in camera.

Bussai due volte e venne ad aprire Cesira.

L'odore del brodo mi prese alla gola. Cesira stava cucinando, e venne alla porta trafelata e sudata, come stesse lottando con la pentola per appenderla al paiolo sul fuoco. Dallo stato in cui versava Cesira, risultava evidente che stesse vincendo il paiolo.

In modo particolare mi colpì lo sguardo di lei. Si fece severa, con un'espressione quasi schifata dopo avermi visto.

Non ci pensai. Salutai e chiesi di vedere Maria. Cesira fu lapidaria: «Maria è morta per te. Non devi cercarla più. In paese tutti sappiamo che sei una fascista immorale e indegna e che frequenti la sede degli uomini fascisti e non posso permettere che contamini mia figlia con le tue idee balorde».

Mi richiuse la porta in faccia.

Avvertii il fuoco della rabbia salirmi fino agli occhi.

Quelle parole appena ascoltate mi attraversavano da parte a parte, chissà dove finivano. Mi sentii di troppo, una spiaggia arida, la terra di nessuno.

Contaminare... che parola è?, mi chiesi. Venivo trattata come la peste solo perché ero una fascista. Dovevo rinunciare alla mia migliore amica per una divergenza di opinioni e non capivo come una posizione politica diversa avesse potuto distruggere anni di sorellanza.

Io sapevo che solo l'affetto di Maria avrebbe potuto ricucirmi il cuore.

E così presi tutto il coraggio che avevo dentro e bussai di nuovo, urlando il suo nome.

«Maria! Maria, vieni ad aprirmi! Maria, lo so che mi senti, vieni alla porta!»

Continuai a bussare con la rabbia e l'amore che mi legavano a lei.

«Maria! Maria, vieni da me! Maria!»

Le mani cominciavano a farmi male. Dall'altra parte della porta solo Cesira gridava a sua volta: «Vai via! Vattene Francesca, vattene!»

Avevo gli occhi del vicinato addosso: tutte le signore, intente a preparare la cena, sentirono i miei strilli e si precipitarono sull'uscio a vedere, col fazzoletto in testa e il grembiule alla vita.

Mi guardai intorno mentre i singhiozzi mi bloccavano il respiro a tratti. Non volevo andar via, volevo parlare con Maria. Forse anche lei voleva. Ma la madre piuttosto l'avrebbe legata alla catena della cuccia del cane: mai l'avrebbe portata a me.

Lasciai che i singhiozzi scuotessero ancora il mio corpo, ingoiai le urla e il dolore e lentamente mi allontanai con le mani che bruciavano per i colpi dati alla porta.

Avevo un giardino fiorito dentro di me e desideravo solamente distribuirne i petali, ma nessuno era disposto a sentirne il profumo.

Realizzai che mi era rimasta solo una persona capace di ascoltarmi: Elisabetta. Era un po' che non ci vedevamo, prima c'era stata la scuola a unirci e poi la sede fascista nei nostri pomeriggi d'inverno. E chi lo aveva sentito, l'inverno! Tanta era la gioia, l'ansia di partecipare alle riunioni, che non avevamo percepito il freddo, uscendo con la neve e col gelo, incuranti di non avere calze, ma solo scarpe leggere. Tornavamo a casa con i geloni ai piedi, ma ne valeva la pena. Mai che avessimo sentito il peso di non essere uomini. Solo Mussolini con il suo ultimo decreto era riuscito a farci sentire «purtroppo donne». Ma di sicuro la sua era stata una scelta forzata. Ora i momenti di gioia erano passati, ma sentivo ancora vicina l'amicizia di Elisabetta, mi avrebbe sicuramente ascoltato.

Per fortuna, Elisabetta era in casa.

Venne ad aprirmi raggiante, come se stesse aspettando un regalo e finalmente l'avesse appena ricevuto.

«Tesoro mio che piacere vederti, ti prego entra e fammi compagnia!» Elisabetta aveva un modo di fare molto materno nei miei confronti, e io l'avevo sempre apprezzato.

L'odore che mi avvolse appena entrata fu quello di sempre: profumo di libri, di casa pulita, di sapone di Marsiglia dei panni lavati e lasciati asciugare in casa. Feci la solita carezza al mezzobusto del Duce poggiato sul mobile poco oltre l'ingresso.

La cucina di Elisabetta era immacolata, sembrava quasi non mangiasse mai. Ci accomodammo su due sedie. Mi confessò che era proprio felice di vedermi, non usciva più tanto, niente amiche, solo occhiatacce da parte dei vicini. La rassicurai dicendole che non doveva sentirsi sola in questo, perché a me succedeva di peggio.

Così le raccontai ogni cosa: la visita di Guido, la richiesta di fidanzamento e poi di matrimonio, l'odio del nonno, lo schiaffo di mamma e la porta in faccia della madre di Maria.

Elisabetta sembrò sconcertata. Mi abbracciò e mi disse di pensare che migliaia di donne avrebbero voluto trovarsi al mio posto, pur di avere il podestà come futuro marito.

Risi di cuore e mi resi conto che non ridevo così da tanto.

«Francesca, non sai che fortuna abbiamo! La capacità di renderci conto di cosa sia giusto e cosa sbagliato, l'intelligenza di capire da che parte stare, il vantaggio di aver studiato, la destrezza di aver avuto a che fare con uomini più grandi e potenti di noi, il fato buono che ci ha aiutato a dimostrare a tutti le nostre abilità.

Francesca, non ti devi arrendere adesso, perché la notte finirà, tornerà a splendere il sole sui nostri visi puliti e temerari. Tu pensa che siamo due crisalidi adesso, col giusto tempo si faranno urlo quando si sfalderanno e nessuno potrà fare a meno di ascoltare. Magari le nostri voci non saranno amate da tutti, ma la bellezza appena nata sfiorerà loro la guancia, e rimarrà un seme, un piccolo seme, che germoglierà senza più timore. Ci sono io accanto a te.»

Mi alzai e l'abbracciai con tutto il bene che sentivo per lei da sempre.

Elisabetta sì che sapeva usarle le parole, quelle buone, che curavano le ferite inferte dagli altri.

Tornai a casa soddisfatta del mio bozzolo.

26

Alla fine di un gran lavoro durato circa otto anni, il nuovo Palazzo di Giustizia si rivelò alla popolazione in tutto il suo splendore. Se ne parlava da un po', ma nessuno aveva idea di cosa fosse in realtà. Gli anziani stazionavano davanti alle fondamenta ore e ore ad aspettare e monitorare i lavori. L'attesa, lungo rosario da sgranare, era cresciuta di giorno in giorno. Inizialmente nessuno sapeva quale edificio sarebbe stato edificato.

«Sarà un cinema!»

«No, una scuola!»

«Macché, una biblioteca!»

Ognuno aveva la propria di idea e nessuno aveva pensato al tribunale.

Invece eccolo lì, un'enorme costruzione posta ad angolo tra due strade del centro. Un edificio quadrato in marmo bianco e mattoncini, con una bella scalinata ai piedi della quale spiccavano due aquile con le ali ben tese, posizionate quasi a protezione, guardinghe, in attesa del volo. Ai lati del portone si ergevano due poderose colonne con immagini raffiguranti la giustizia.

Il negozio di Giulia non si trovava lontano dal cantiere: io facevo sempre il giro lungo, così potevo avere sotto controllo le novità del paese.

L'edificio crebbe adagio adagio fino al suo compimento.

Già pregustavo il giorno dell'inaugurazione. Mi sarei posizionata di fronte al palazzo a guardare i giudici, gli avvocati, le loro signore e tutti i cittadini di spicco del paese sfilare dalla scalinata all'interno di quello splendido edificio. Avrei dato qualsiasi cosa per essere tra loro.

Cercavo di non pensarci, ma era impossibile. Non avevo molti pensieri in quei giorni, ragionavo soprattutto sulla preparazione del matrimonio: era l'unica novità piacevole del periodo, e il mio unico momento di svago per la mente.

Un pomeriggio di metà marzo, mentre pulivo a fondo la cappa del camino, bussarono alla porta.

«Chi è?» nessuno rispose. Mamma era uscita per la spesa, nonno non era in casa e, tutta sporca, andai ad aprire.

Mi si parò davanti Bisentin all'improvviso e mi fece pure spaventare.

«Chiedo scusa, signorina Francesca, caporal maggiore Bisentin ai suoi ordini!» Saluto romano e battuta di stivali.

Mi consegnò una lettera.

«Il podestà verrà a prenderla sabato 21 marzo 1931 alle 19. Il podestà ritiene di consigliarle un abito lungo appropriato. Arrivederci, signorina Francesca.» Svolto il suo compito e annunciata la notizia, Bisentin se ne andò subito. Come di consueto, nuovo saluto romano e battuta di tacchi.

Non avevo idea di cosa potesse trattarsi e aprii in fretta la lettera. C'era un invito per l'inaugurazione del Palazzo di Giustizia strettamente riservato al podestà e signora.

Poggiai la lettera sul cuore... ero io la sua signora e non vedevo l'ora di andare!

Realizzai che non avevo un abito adatto da indossare e che solo mamma poteva aiutarmi.

Mamma rientrò stanca con due buste di carta in mano. Appena entrò le tolsi di mano le buste e le chiesi di ascoltarmi un attimo. Non potevo aspettare nemmeno un minuto.

Col cuore in mano le chiesi aiuto per un'occasione così importante. Ormai sapevo che era assolutamente contraria a tutto ciò che riguardava il podestà, ma dissi che in ogni caso avrebbe cominciato presto a far parte delle nostre vite e della nostra famiglia. Le presi le mani tra le mie, la pregai di ascoltarmi. La guardavo e vedevo una città che non conoscevo, aveva lo sguardo perso. Era incerta sul fare o non fare, in bilico tra uno schiaffo e un abbraccio.

«Va bene» disse poi d'un tratto. «Ti aiuterò.»

Ebbi la sensazione di aver appena assistito a un miracolo. Dopo tutti i nostri infiniti litigi, mi parve di essermi appena svegliata da un sogno bellissimo con ancora il sorriso sulle labbra. Mi disse che sapeva dove rimediare la stoffa e che in un paio di giorni avremmo cucito un abito bellissimo. Avevo voglia di abbracciarla forte, sentivo la felicità palpitare nel petto. Desideravo visitare la sua anima, dopo averla avuta contro per tanto tempo, i posti dell'amore che mi aveva tenuto nascosti. Per infiniti giorni mi ero sentita una lettera senza indirizzo, spedita a un destinatario sbagliato, e più volte ero stata rinchiusa tra quattro mura, ma era impossibile segregare i miei desideri, talmente determinati da scoperchiare il tetto. I miei erano sogni in grado di star ritti su due gambe e di trovare, annusando con l'istinto del cane, il paradiso. Il paradiso per me era il sorriso di Guido, un sorriso atteso a lungo, capace di farmi dimenticare in fretta l'inferno. Ma in quel momento il paradiso furono le labbra di mia madre, che avevano bisbigliato un «sì, ti aiuto» desiderato da così tanto. Mi piaceva pensare che c'eravamo perdute per un po' e appena ritrovate. Mamma sembrava non saper vivere senza tempesta, e mi porgeva sempre il lato più freddo. Ma non questa volta.

Mantenne la parola e recuperò in fretta la stoffa. Era un damascato su base crema e delle lavorazioni in azzurro, prezioso e bellissimo. Disegnò, tagliò e cucì una gonna lunga con larghe balze. Lavorare all'abito era il suo modo d'amare. Pensai che forse quel suo amore sarebbe cresciuto, generoso, festoso, come uno spirito forte.

Il sabato alle sette di sera ero pronta. Uscii dalla camera per chiedere a mamma come le sembravo. C'era anche nonno che stranamente non era ancora in camera sua.

«Come sto?» domandai quindi, titubante.

Mamma mi guardò come vedesse il mare per la prima volta nella sua vita, con una dolcezza e una tristezza quasi palpabili. Anche nonno sembrava sconcertato. La gonna lunga a balze era perfetta, alzava la mia figura, la slanciava, e apparivo più snella del vero. La camicia celeste e il golfino blu di mamma davano l'idea dell'abbinamento pensato; in realtà l'effetto era casuale, ma molto ben riuscito.

Avevo sistemato i capelli in uno chignon con qualche ciuffo che scendeva ribelle. Indossavo le solite scarpe della domenica, ma fortunatamente la gonna le copriva.

«Stai bene.» Mamma fu di poche parole, ma i suoi occhi mi dissero di più.

Nonno andò a letto dopo avermi visto. Era rimasto fino a quell'ora per me, per vedermi così ben vestita, ne ero certa.

Sentimmo bussare e mamma andò ad aprire.

Bisentin, col solito saluto, ci disse che il podestà stava aspettando in macchina.

Puntualissimo, pensai.

«Poteva anche scendere» bisbigliò tra sé mamma, ma io avevo sentito.

Mi avvicinai a lei e le scoccai un bacio sulla guancia all'improvviso, poi uscii.

Mi rimase il suo odore, giorno celeste del più bel mese dell'anno, pane che cresce fragrante durante la cottura.

Bisentin mi scortò fino alla macchina e mi aprì lo sportello.

Il podestà era un trionfo di bellezza e di medaglie.

La divisa da generale metteva in risalto i suoi tratti austeri: gli occhi chiari e il viso perfetto, le spalle ampie e la vita sottile, le lunghe gambe corpose slanciate dagli stivali scintillanti.

Per guardarci quasi mancavamo il saluto.

Guido aveva le guance arrossate, come fosse in leggera difficoltà.

Si avvicinò e mi baciò le labbra che brillavano. Dopo il bacio veloce si passò il dorso della mano sulla bocca.

Mentre Bisentin ci portava a destinazione, ogni tanto mi giravo a guardarlo.

Lo osservavo distesa e serena, come si guarda un'alba, e poi mi giravo, ma negli occhi rimaneva l'immagine di lui.

Il Palazzo di Giustizia era tutto illuminato. Mi parve, con tutte quelle luci e quei decori, che fosse Natale.

A fianco dell'ingresso principale c'era gente in fila per entrare. Coppie eleganti che si tenevano a braccetto, donne raffinate con lunghi vestiti colorati e stole di pelliccia o velluto sulle spalle intrecciate alle braccia.

Bisentin fermò la macchina proprio di fronte all'entrata, scese e agevolò l'uscita del podestà, poi la mia.

Guido attese il mio braccio ed entrammo saltando di netto la fila.

In quel momento mi parve di capire cosa dovesse provare una principessa. Non avevo pelliccia né corona, ma Guido mi aveva donato una luce d'oro di cui ero molto fiera e che mostravo a tutti altera e orgogliosa.

«Buonasera, signori! Prego, signori!»

Agli angoli c'erano camerieri con il papillon nero e la camicia bianca che incoraggiavano l'ingresso nelle varie sale e corridoi.

Il palazzo faceva bene agli occhi. Era fastoso nei suoi mille ghirigori di marmo, le aule grandi ordinate e tirate a lucido, i pavimenti parevano risplendere come uno specchio, una vera celebrazione della magnificenza. Mi sembrava di ammirare il vestito più bello che avessi mai visto.

Mentre mi muovevo al fianco di Guido dritta come un fuso, evitando di guardare la gente intorno, una cosa mi stupì: il chiacchiericcio, che proprio non mi aspettavo in quell'occasione. Le signore bene di Avezzano, vedendomi così agghindata, legata al braccio del podestà, chissà quante ne dicevano e quante ne inventavano, sempre sottovoce. Pensavo di sfilare al suo fianco tra l'ammirazione e l'invidia delle donne, invece mi furono rivolte solo occhiatacce e commenti sgradevoli.

Cercai di godermi il momento e la serata. Avevo vicino l'uomo più ambito del paese, le occhiatacce facevano parte del gioco. L'invidia bruciante negli occhi dei presenti in parte mi feriva, in tutta la mia pura ingenuità immaginavo di trovare comprensione e un po' di felicità per me, ma in parte mi inorgogliva.

Passammo accanto a tre donne. Una di loro mi definì addirittura una donna di facili costumi, lasciandosi sfuggire un commento a voce un filo troppo alta. Parlava proprio di me, io che non avevo mai messo piede fuori casa senza i miei, io che di uomini non ne avevo mai conosciuti, a eccezione di nonno. Cercai di non curarmene, ancora.

Ci fecero accomodare al centro di una sala con diversi tavoli e sedie e ci offrirono dolcetti e qualcosa da bere. Noi avevamo un posto d'onore. Poi ascoltammo l'intervento del presidente del Tribunale circa l'inaugurazione del palazzo.

La serata fu spassosa, risi molto accanto a Guido e gli fui grata di quel regalo inaspettato.

Mi riaccompagnò a casa e lo ringraziai di cuore per la magnifica serata.

Rientrai a brandelli, quasi strappata a causa delle grandi fauci di un branco di lupi: ero felice, sì, ma quelle occhiate e quei commenti mi avevano ferita.

Mamma era ancora sveglia, di sicuro mi aspettava. Mi guardò e capì immediatamente che qualcosa era andato storto, ma si limitò a chiedermi: «Com'è andata l'inaugurazione?»

«Bene mamma, una bella serata davvero.»

27

Dal giorno dell'inaugurazione del Palazzo di Giustizia, mamma cambiò il suo atteggiamento nei miei confronti.

La sentivo più attenta ai miei silenzi, come se tutt'a un tratto le interessassero. Non conoscevo quel lato di mia madre, la scoprivo ogni giorno diversa e quella scoperta mi piaceva. Sembrava fosse stata lontano per lungo tempo, dislocata in un paese distante e poi eccola là, appena tornata da quell'interminabile viaggio. A volte avevo la sensazione che avesse avuto infine paura di perdermi, ma era solo una sensazione. Anche il tono pareva diverso, mi parlava quasi sottovoce, come se non sopportasse più le urla, quasi dispiaciuta per le volte in cui si era sentita in dovere di usarle. Immaginai di aver passato un lungo periodo alla fermata del treno, immobile, aspettando il ritorno di mamma. Era valsa la pena aspettare: l'avevo finalmente vista scendere dal vagone.

Decidemmo di iniziare i preparativi per il matrimonio. Cominciammo dal corredo e dal vestito da sposa: lei era sempre al mio fianco e per la prima volta la sentii vicina, anche fisicamente. A volte succedeva che mi sfiorasse o toccasse per prendere le misure: mi sentivo bruciare di gioia.

Il corredo era davvero povero, d'altronde mamma non poteva immaginare che ne avrei avuto bisogno così presto.

C'erano diverse lenzuola, una tovaglia a cui mancavano però i ricami a uncinetto. Dovevamo occuparci delle federe, servivano altre tovaglie, gli asciugamani e le coperte. Mamma sapeva dove rimediare l'occorrente, di sicuro dal signor Genesio, il sarto per cui lavorava, in cambio del suo lavoro forse, o dei prodotti dell'orto di nonno. Io passavo intere giornate a ricamare con l'uncinetto le nostre iniziali, o una coppia di ragazzi, o dei fiori. Il corredo prendeva corpo e mamma cessava di essere in ansia.

A breve ci saremmo occupate del vestito da sposa. Respiravo un'aria magica, perché la pace è magia. Non era esattamente come quando, a Natale, da piccola stilavo la lista dei desideri e li cancellavo appena avverati... ma quel periodo somigliava molto ai dolci ricordi che serbavo. Dalla mia camera guardavo il campo fuori, il colore dell'erba che si faceva smeraldo sotto la carezza dei raggi, guardavo il giorno lentamente finire in cielo e spegnersi come una candela posta al vento; sentivo il silenzio che mi circondava, mamma più vicina, nonno ancora distante. Ma ciascuno aveva la sua idea e intanto mi godevo il silenzio di quei giorni.

Mamma pareva serena, a parte l'ansia che a giorni alterni la coglieva impreparata. A volte, mentre tagliava e cuciva, le scendeva un velo nero davanti agli occhi, come una piccola Madonna che aveva appena perso il suo Gesù. Non conosceva il podestà come lo conoscevo io, eppure aveva l'assurdo convincimento che Guido mentisse sempre e che prima o poi si sarebbe trasformato in un essere abominevole e cattivo. Quando quella sicurezza le attanagliava il pensiero, lo sconforto si impadroniva del suo volto. Era certa che il mostro che abitava in Guido andasse alla ricerca di una casa migliore dove abitare, e che avesse trovato me perché ero un giglio, una ragazza pura e illusa.

In una sera di fine marzo, con l'aria tiepida di una stagione che stentava ad arrivare, mamma disse che aveva un regalo per me.

Il pacco grande era avvolto in una carta marrone simile a quella alimentare, con uno spago che l'avvitava per intero.

Tagliai con un coltello lo spago e poi tolsi la carta.

«Genesio ha cucito questo vestito da sposa, che è simile a quello che indossavo io nel giorno del mio matrimonio. Ti piace?»

Buttò sul tavolo quelle quattro parole come un lancio di dadi.

Rimasi stordita a guardare il vestito che prendeva forma sotto le mie mani.

Lo abbracciai e immersi il viso nella stoffa candida. Aveva l'odore di nuovo.

Mi spogliai al volo, togliendomi scarpe e gonna. Non vedevo l'ora di provarlo.

Pareva esser stato costruito per me.

Preciso in ogni sua parte, nell'ampiezza del collo e delle maniche a sbuffo, nella larghezza del girovita e nel numero di pieghe sui fianchi. Era solo un pochino lungo, ma mamma l'avrebbe sistemato in qualche giorno.

Aprile fece il suo ingresso trionfale con un elegantissimo vestito di fiori ma con una lunga coda pungente.

La bella stagione tardava ad arrivare. Mamma e nonno sopportavano il freddo senza lamentarsi, ci erano abituati da sempre, fin da piccoli. Io no, io passavo le mie giornate ancora appiccicata al camino. E mamma mi sgridava perché le gambe mi diventavano viola.

Un pomeriggio in cui il tempo sembrava benevolo, venne a trovarmi Elisabetta.

L'affetto che mi legava a lei mi portò ad abbracciarla con spontaneità e dolcezza.

Avevo un credito con la vita, mi aveva messo sul cammino persone meravigliose. Lei faceva parte del mio credito

Entrò in casa ed ebbi la sensazione che lei sola, con il suo sorriso, la riempisse.

«Sono molto felice di vederti, mia cara, ma questa non è solo una visita di piacere. Devo dirti una cosa importante. Siamo sole?»

La rassicurai, mamma era dal sarto e nonno nella stalla.

Mi riferì che grazie a una confidenza del segretario di partito Del Beato era venuta a conoscenza di un fatto considerevole. Il commissario di pubblica sicurezza aveva sequestrato e trasmesso al questore dell'Aquila gli elenchi delle socie dei circoli cattolici e non, annotando le iscritte alle associazioni fasciste. Le donne non fasciste appartenenti ai suddetti circoli avrebbero ricevuto un primo invito all'iscrizione e, in casi di diniego, persino punizioni corporali.

Si accese in me subito la luce della giustizia fascista. Se Elisabetta e io fossimo state ancora membri effettivi dell'associazione, avremmo preso quegli elenchi e avremmo cominciato immediatamente a controllare e segnalare le donne nemiche... ma non avevamo più voce in capitolo, eravamo state allontanate.

Fu lì, a cavallo di quel pensiero, che a Elisabetta venne un'idea.

«Francesca, tu sola puoi risolvere questo problema per noi. Se chiedessi con gentilezza al podestà di permetterci di partecipare al controllo degli elenchi e all'individuazione delle donne in paese, di sicuro lui non direbbe di no. Ne sono sicura.»

Rimasi un po' a pensare. L'idea di Elisabetta era certamente buona e in fondo provare non mi sarebbe costato nulla. Accettai.

Elisabetta rimase ancora un poco, chiacchierammo insieme.

Tutte le volte che la guardavo ero avvolta da una tenera nostalgia, come chi guarda una vecchia foto e desidera tornare al passato. Era stata lei a insegnarmi tutto, poco tempo prima.

Non solo mi aveva prestato i suoi occhi per vedere un mondo nuovo, ma mi aveva trasmesso anche la sua forza: di dire no, di combattere per un ideale importante e di vincere le paure con armi nuove, già mie ma che non sapevo di avere.

Avevo dolci ricordi con lei. Molte volte ci eravamo divise il peso di vivere, che sentivamo sulla schiena come un basto, nonostante la giovane età.

Ci lasciammo con la mia promessa di farle sapere la risposta del podestà.

Una sera che Bisentin accompagnava a casa Guido insieme a me, tra i vari ragionamenti sui progressi del corredo inserii quella domanda, a cui tanto tenevo.

«Posso parlarti di una cosa che mi sta a cuore?» domandai con malcelata emozione. Ero in ansia, spaventata e determinata allo stesso tempo.

«Certamente, dimmi pure.»

Chiesi il permesso di partecipare alle indagini sulle donne non fasciste insieme a Elisabetta. Lo chiesi come un favore personale.

Mi guardò quasi sconcertato. Poi rimase fermo a riflettere, senza rispondere.

28

Dopo qualche titubanza, Guido accettò di coinvolgere me ed Elisabetta. Pensavo di dover insistere a lungo, invece mi colse di sorpresa.

«Non si può fare nella sede fascista maschile, quindi vorrà dire che dovremo aspettare il matrimonio. Quando sarai la signora Di Matteo, la moglie del podestà, avrai diversi privilegi che le donne del paese possono solo sognare.»

Ed eccola lì, la felicità si ripresentava a mia insaputa, col fare di un gatto.

Mamma e Guido in un certo senso si somigliavano: mamma mi aveva dato la vita e Guido me la restituiva tutte le volte che mi metteva al centro della sua vita.

Pasqua passò nella noncuranza di tutti. Ciascuno di noi aveva la mente impegnata in altre cose. Nonno era affaccendato tra gli animali e l'astio verso il podestà, mamma era presa dal suo lavoro più importante, il mio corredo, e io aiutavo mamma. La domenica di Pasqua, a metà aprile, ci ritrovammo tutti in chiesa e quello fu l'unico momento di festa, in verità. Mamma non preparò nemmeno le tagliatelle, che erano di tradizione, spaventata dall'idea che il podestà potesse invitarsi da solo a pranzo. Anche Guido era preso da diversi impegni: in Comune, nella sede del fascio, nella riorganizzazione della nuova casa. Così nulla accadde.

Arrivò silenziosa la data del matrimonio. Con mamma era meglio non parlare, era tesa come una corda di violino, rispondeva male o a monosillabi. Eppure tutto era pronto.

Avevamo appena finito di pranzare che mi chiese: «Francesca, vorresti che nonno ti accompagnasse all'altare?»

«Sì, certamente, è l'unico uomo rimasto in famiglia, l'ho dato per scontato. Perché me lo chiedi?»

«Perché sarebbe il caso che tu glielo domandassi.»

Preferii non insistere negli interrogativi: se aveva pensato che fosse il caso, di sicuro era meglio fare come diceva.

Mi trovavo fuori la porta della camera di nonno. Immaginai che quella porta chiusa fosse un segno del destino. Da tempo immemore non mi rivolgeva parola, come avevo potuto immaginare che lui desiderasse accompagnarmi all'altare? Ero stata un'illusa. Ferma davanti la porta, con la mano che mi tremava, cercai la maniglia e aprii.

«Nonno, posso entrare?»

Non rispose. Entrai comunque. Lui era a letto, mi dava le spalle. Gli girai intorno e sedetti sul letto.

«Nonno... ho bisogno di parlarti. Devo chiederti una cosa che io ho dato per scontata, tanto mi sembrava naturale. Eppure... mamma mi ha fatto riflettere. Ho dato per certo che fossi tu ad accompagnarmi all'altare, ma lei insinua che potrebbe non essere così. Davvero mi lasceresti andare da sola?»

Nonno ascoltava senza aprire bocca.

«Nonno, fallo per me, perché mi vuoi bene, perché ti prendi cura di me da tutta la vita. Mi accompagnerai all'altare?»

Era fermo nella stessa posizione e continuava a non spiccicar parola.

Poggiai la mia mano sulla sua, a sfiorarla. Ebbi l'impressione di toccare una seta d'altri tempi, la sua pelle era delicatissima, così sottile da sembrare impalpabile. Avevo quasi timore di quella fragilità.

Non volevo insistere, così mi allontanai. Arrivai alla porta con la speranza che mi chiamasse e mi dicesse di tornare indietro, ma nulla.

Mi sentii una foglia caduta che non apparteneva più all'albero.

Fu una notte strana, quella.

Notte di incubi e deliri. Sognai di essere inseguita dalle milizie di Guido, coperta di sangue. Quando stavano per afferrarmi, mi svegliai sudata e spaventata.

Che razza di matrimonio sarà il mio, pensai. Tutti contro, e io un pesce controcorrente. Mamma e nonno che a malapena riescono a guardarmi, Guido più impegnato che mai, quasi assente, io che non faccio altro che ricevere maledizioni e sognare mostruosità.

Poi posai lo sguardo sulla mano.

Immaginai l'anello che Guido avrebbe comprato per noi.

Fantasticai su una fede che mi fasciava l'anulare, grande, tutta incastonata di brillanti. Stavo per diventare la moglie del podestà, e quel senso di orgoglio e vanità mi fece sentire un po' meglio.

Mi alzai di malavoglia.

Era il giorno del mio matrimonio.

Avevo il mio vestito da sposa, avevo mamma, mi sarei recata in chiesa a piedi come da tradizione... ma non avevo nonno. Ricevetti solo qualche sparuto applauso durante il tragitto, per lo più al mio passaggio vidi portoni sbattuti e finestre serrate. Il matrimonio del diavolo, pensai, e risi a quell'idea.

Ecco, ero davanti l'entrata della chiesa. Il mio momento. Così sola non mi ero sentita mai.

Mi preparai, con il mazzolino di fiori in mano, per la mia entrata spettacolare insieme alle note dell'organo.

La marcia nuziale risuonò forte tra le arcate centrali della chiesa.

Esitai, quasi non riuscivo a muovermi.

Sentii un solletico al braccio.

Era nonno.

Prese il mio braccio, lo intrecciò al suo e mi tenne la mano.

Il mio cuore si sciolse.

Mi sposai in una fresca domenica di maggio, e io avevo dentro il sole di luglio. Era il 1931.

Sposavo l'uomo più bello del paese. Mi aspettava all'altare, con la divisa da generale, con le mostrine che rilucevano di mille colori. Io vestita della mia semplicità, autentica con il vestito bianco e la cinturina rosa come unico vezzo. Mi accorsi solo durante la cerimonia che il mio mazzo di fiori bianchi aveva gli stessi fiori dell'addobbo in chiesa, essenziale, un vaso piccolo di fianco all'altare, uno grande dietro, ai piedi di san Giuseppe, al quale forse aveva pensato mamma.

Nonno mi accompagnò fino all'altare, mi strinse forte la mano prima di lasciarla, come se non volesse, la baciò e la consegnò nelle mani di Guido.

Il sacerdote, finita la marcia, entrò con due chierichetti al seguito. Neanche mi guardò, fece un cenno di saluto con la testa a Guido e iniziò la cerimonia.

All'interno della chiesa noi, i miei parenti, quelli di Guido, che non avevo ancora conosciuto, e qualche anziana donna che era lì per la messa, non per noi.

Poi arrivò il momento del «sì» e in quell'istante mi balenò in mente che sarebbe stato il mio uomo per tutta la vita. Tutta la vita! Però, è tanto tempo, pensai.

Mi infilò al dito una fede fina, molto sottile ma d'oro. Lui ne aveva una più grande e più spessa.

Abbassai il capo. Il pensiero si fermò, il respiro si fermò e così anche il cuore.

Cercai di soprassedere, ma mestamente pensai che i gesti per me valevano più di ogni parola.

Nonno mi aveva abituata a dimostrare l'affetto con gesti materiali. Il suo amore per me e per mamma non l'aveva mai urlato ai quattro venti, ma riuscivamo comunque a sentirlo. Nonno aveva lavorato per tutta la vita, e anche di notte per riportarci da mangiare, si era spaccato la schiena a tagliare la legna per scaldarci. Stava con noi la domenica. Questo per lui significava amore. E anche per me.

Uscimmo dalla chiesa e gli unici applausi provennero dagli uomini della sede fascista.

Andammo a casa dei miei genitori per un rinfresco veloce.

Finalmente ebbi la possibilità di conoscere il signore e la signora Di Matteo, i genitori di Guido. Lei delicata nei lineamenti, aveva occhi di un bell'azzurro cielo e capelli castani con riflessi ramati, qualche ciocca color cenere, sistemati con dei boccoli fino alle spalle. Era molto raffinata, dai modi quasi parigini, silenziosa come non ci fosse. Lui era identico a Guido, elegante nel suo completo blu e camicia bianca, bello nonostante i segni evidenti del tempo. Aveva occhi di ghiaccio, più chiari di quelli della moglie, e capelli grigi con una base ancora scura. Il suo era l'aspetto di un colonnello ormai in pensione, ma con intatto il senso del comando e dell'ordine. Soprattutto mi colpì lo scarso interesse che rivolse nei nostri confronti. Mamma accennò che la nostra famiglia era stata distrutta e terribilmente dimezzata dal terremoto, ma nessuno parve interessarsene e lei smise di raccontare. Dopo aver mangiato qualcosa e brindato alla nuova coppia, chiesi a Guido se non fosse il caso di starcene un po' per conto nostro. Lui accettò di buon grado, così salutammo i nostri genitori e qualche amica invitata da mamma e andammo via. Bisentin ci portò a casa di Guido che da quel giorno divenne anche casa mia. Desideravo girare per le stanze, osservare tutti gli oggetti che appartenevano a Guido, ma quello era il nostro giorno, giorno di conoscenza nel senso più totale di noi, quindi avrei rimandato all'indomani l'esame della casa.

Guido prese a spogliarsi con cura, riponendo nell'armadio la divisa.

«Forse è il caso che tu ti prepari per me, non pensi?»

«Sì, certo!»

Le mani mi tremavano e non reggevo più il cuore. Mi posizionai dietro il paravento e ripresi fiato. Sfilai il vestito da sposa e indossai la camicia bianca lunga con i merletti che mamma aveva cucito per me. Non sapevo cosa fare, non avevo idea di cosa mi aspettasse. Magari immaginava che avessi chiesto informazioni sulla prima notte di nozze a qualche amica sposata, come già mi aveva suggerito di fare. Io, però, non l'avevo fatto. Pettinai i capelli e li tenni sciolti.

Ero pronta.

Lui era già a letto, aveva le spalle nude e immaginai fosse nudo anche di sotto. Accennai un sorriso e arrossii. Guido, brusco, mi domandò: «Che c'è?»

Mi sistemai nella mia parte di letto, tirai su le coperte e aspettai un movimento di Guido, che non si fece attendere.

Sfilò in modo piuttosto maldestro la mia bella camicia da notte coi merletti che non aveva neanche notato e si posizionò su di me.

Cercai le sue labbra, desideravo tutta la tenerezza che mi teneva nascosta.

Girò il viso, come se non volesse che lo baciassi, e mi sfilò frettolosamente l'intimo. Gli carezzai il viso, passai le mani tra i suoi capelli e tornai a baciarlo di nuovo, con dolcezza. Guido sembrava scocciato, tanto che mi prese per i fianchi e mi girò, quasi non desiderasse guardarmi.

Mi divincolai, riuscii a riprendere la posizione supina e tentai di calmarlo parlandogli, sussurrandogli alle orecchie che lo aspettavo da così tanto, che era l'uomo che avevo sempre sognato, che l'amavo.

Ma lui tentò ancora e ancora di girarmi, mentre io tornavo a dirgli che gli avrei dedicato la mia vita, perché l'amore che sgocciolava dal mio cuore era infinitamente vero e tenero.

Guido pareva sordo, si spazientì e mi prese, girandomi con la forza.

Le sue mani che tanto avevo desiderato e fantasticato avevano perso ogni delicatezza. Al posto delle sue braccia c'erano due tronchi di legno, mi stringevano per impedirmi i movimenti, mi spingevano contro il cuscino per evitare che parlassi o mi lamentassi.

«Guido aspetta, ti prego, non è così che deve andare. Sono tua, lo sai che sono tua!»

Ma a lui non interessava più quello che dicevo. Ebbi la sensazione che neanche mi sentisse. Voleva solo terminare al più presto quei movimenti di dovere.

A nulla valsero i miei tentativi di riportare la calma, né le mie parole dolcissime.

A nulla valsero neanche le mie lacrime.

Con il viso sul cuscino e il sogno di una notte da ricordare per sempre a pezzi nel letto, subii i suoi colpi cercando il modo di limitare il dolore.

Gli ultimi quattro furono i più forti.

Quattro colpi e poi il nulla.

Quattro colpi è quanto quella notte da sogno mi offrì.

Dopo quegli istanti di lotta, finsi di riposare dandogli le spalle. Mai al mondo avrei voluto che mi vedesse così, con gli occhi gonfi di pianto, tremante di paura. Non c'era parte di me che non fosse dolorante. «Eccola lì, la signora Di Matteo» commentò un'altra me, che mi guardava dall'alto e non poteva credere a quanto vedesse.

Eppure ero la moglie del podestà di Avezzano e quello status valeva ogni tentativo di cambiare la sua parte violenta.

Il tempo avrebbe sistemato ogni cosa.

In fondo avevo perso solo una battaglia.

29

L'indomani mi svegliai sola e ringraziai Dio.

In bagno mi guardai allo specchio, avevo graffi e lividi ovunque: fortunatamente solo uno segnava il mio viso. Avevo segni neri sul collo, sulle braccia e sui polsi, sui seni, sui fianchi, tra le cosce e perfino sulle caviglie. Pareva avessi impattato violentemente contro un muro o contro un orso.

Così cercai di rimediare come potevo. Mamma quando avevo dolore mi curava con un infuso di camomilla, a volte lasciando i fiori sulla parte dolorante. E così feci: in casa trovai tè e camomilla in quantità. Rimasi mezz'ora sul letto, parti di me coperte dalle margherite, in attesa che mi curassero, che lenissero quelle fiamme, e, chissà, magari anche l'amarezza per la notte appena passata.

Provai ad alzarmi e feci un giro per la casa, che era enorme, disposta su due piani.

La perlustrai passo passo. Aveva all'entrata un lungo corridoio che la tagliava a metà, a destra la cucina e la sala da pranzo, a sinistra il salone per gli ospiti e il bagno. Alla fine del corridoio una splendida scalinata portava al primo piano, che aveva tre camere da letto e uno studio. Il pavimento era di un marmo lucidissimo su cui ci si poteva specchiare, e di grande effetto sulla scalinata.

La signora Colonna, di fede fascista, fu onorata di affittare l'intera palazzina al podestà. C'era odore di nuovo ovunque: i pavimenti e anche i mobili, tirati a lucido, parevano appena acquistati.

Guido era da poco andato via, erano le nove e in casa entrò una signora.

Senza quasi accorgermene tirai le maniche della vestaglia a coprirmi le mani e i lividi esposti.

«Oh mio Dio, mi perdoni signora Di Matteo, non volevo svegliarla. Sono Annetta, la donna delle pulizie.»

Annetta era una signora piccola, esile e gentile.

Mi venne incontro e mi abbracciò. Gemetti in una smorfia di dolore di cui lei si accorse, e i suoi occhi tornarono seri per qualche secondo.

Evidentemente abbandonò il pensiero perché, dopo qualche attimo, tornò serena e gioiosa.

«No, non mi ha svegliato affatto, è già un po' che girovago per casa.»

Annetta mi spiegò le sue mansioni: si occupava della casa ma anche del podestà, gli preparava pranzo e cena. Fui felice della sua presenza, perché non avrei saputo gestire da sola un'abitazione così grande.

«Annetta, ti dispiace se mi occupo io del pranzo di Guido?»

«No di certo, la trovo una cosa così romantica!»

Già. Annetta non sapeva di quanto romanticismo avessi bisogno.

Mi mostrò la cucina e ogni oggetto che poteva tornarmi utile per il pranzo. Trovai tutti gli ingredienti, dopodiché la lasciai al suo lavoro.

Malgrado la notte terribile, giravo per casa con una sensazione di magnificenza nel cuore. Era tutto nuovo, pulito, ordinato e mio. In corridoio c'era un unico mobile scuro, lungo un paio di metri e con un'infinità di cassetti. Sul mobile, un centrino in uncinetto e ai lati un mezzo busto del Duce in marmo, di sicuro un omaggio al podestà da parte della signora Colonna, e una foto di Guido e del Duce seduti vicini con una tavola imbandita davanti, in atteggiamento amichevole. Quel momento doveva appartenere a una delle serate che aveva trascorso con Mussolini e di cui mi aveva già parlato in precedenza. Quanta invidia provai guardando la foto, avrei dato qualsiasi cosa per stare al posto di Guido, nello stesso stato di beatitudine e amicizia in cui erano loro.

Mi soffermai in camera da letto a frugare tra le cose di mio marito. Realizzai che Guido era maniacale nell'ordinare i vestiti. L'armadio delle giacche non aveva un granello di polvere e notai lo stesso identico spazio tra giacca e giacca. Nel settimino le camicie, abbottonate fino al collo, erano state posizionate e riposte nei cassetti in modo così preciso che ciascuna distava dall'altra un palmo.

La stanza che più mi meravigliò, però, fu il bagno, che osservai con maggior attenzione.

Mai visto un bagno in casa e mai visto un bagno grande quanto una stanza. Mi parve di appartenere a una ristretta schiera di eletti e privilegiati.

Lo guardavo e mi commuovevo. Se lo avessero visto nonno e mamma!

Ma non sarebbero mai venuti a vedere la casa, né tantomeno a trovarci. Di questo ero certa.

Un mobile in legno per gli asciugamani color crema, un lavabo, un water, un bidet e una vasca di ceramica bianca splendente in una stanza di tre metri per tre. Tutte cose di cui avevo sentito parlare a Radio Roma e che sognavo un giorno di avere.

Sul lavabo un asciugamano di lino beige a cui a breve avrei aggiunto il mio.

Nel bagno poche cose, un pettine, la cera per i capelli, una lama da barba, la crema e un dopobarba. Cinque oggetti disposti al centro della specchiera, perfettamente allineati, a circa quattro dita da destra e da sinistra.

Rimasi sbalordita da tanta precisione.

Per fortuna Annetta m'avrebbe aiutato a disporre le cose senza urtare la sensibilità del podestà. In realtà lui aveva già provveduto a informare Annetta circa il mio corredo, e lei di conseguenza mi mostrò i miei spazi. Gli ultimi due cassetti in basso del settimino in camera da letto per i vestiti, lo spazio inferiore del mobile in bagno per gli oggetti e gli asciugamani. Tutto il resto doveva rimanere come era stato disposto da lui. Per me andava bene, avevo poche cose, in fondo.

Decisi di cominciare a cucinare la minestra, più bolliva e più prendeva sapore. Annetta mi mostrò la stufa e anche quella ebbe il mio quarto d'ora di ammirazione. In ferro, bianca, divisa in due parti, una che conteneva la legna che bruciava e a fianco un'altra per il forno. Sulla parte superiore c'erano tre cerchi concentrici, che si potevano estrarre. I cerchi, anch'essi in ferro, si scaldavano e ci si poggiavano le pentole per la minestra, per il sugo o la carne o per riscaldare l'acqua da utilizzare per il bagno. La comodità di non dover appendere la pentola nel camino!

Così sbucciai e tagliai tutti gli ingredienti e poggiai la pentola sulla stufa.

In breve, la minestra stava bollendo e aggiustai di sale. Mi sembrava perfetta, ma la lasciai sul fuoco per far sì che diventasse più densa.

Annetta intanto aveva già pulito le camere e andò via dicendo che sarebbe tornata nel pomeriggio per vedere se avevo bisogno di qualcosa. Non so cosa intendesse, ma accettai di buon grado.

Guido rientrò poco dopo l'una, molto affamato.

«Che c'è per pranzo?»

Mi avvicinai per dargli un bacio sulle labbra e lui mi porse la guancia.

«Ti ho preparato una minestra, spero ti piaccia. Com'è andata al lavoro?»

«Non mi va di parlare di lavoro a tavola. Ho fame, Francesca.»

Il suo atteggiamento mi fece pensare a nonno, anche a lui non si poteva parlare quando aveva fame.

Gli riempii una ciotola fino ai bordi e tenni metà ciotola per me.

Aspettai il suo assaggio.

«È un po' povera questa minestra, non ti sembra? E le cipolle non mi piacciono. Ti suggerisco di chiedere ad Annetta prima di cucinarmi qualcosa, lei sa ciò che mangio usualmente.»

Effettivamente Annetta era quasi una moglie per Guido e conosceva ogni sua consuetudine.

«Hai ragione, la prossima volta sarò più attenta.»

Anche se non fu di suo gradimento, Guido finì la ciotola di minestra e anch'io feci lo stesso.

Mentre lui fumava un sigaro, io riordinai il tavolo e la cucina seguita dal suo sguardo scrutatore. Mi sentii sotto esame ed evidentemente lo passai, perché non ebbe niente da dire.

Avevo appena finito di mettere a posto la cucina e pensai di mettermi seduta vicino a lui.

«Ho una cosa da dirti, ma non starmi così addosso.»

«Va bene, scusami. Dimmi.»

Fu chiaro che odiava le smancerie, Guido.

«Nel pomeriggio ci sarà una riunione di partito, qui in casa, e potrai partecipare.»

Guido rise, probabilmente la mia espressione aveva risposto per me.

Rimasi incantata a guardarlo: quando rideva, i lineamenti del viso si distendevano e mi pareva bellissimo.

Cercai di trattenere la gioia.

Una riunione di partito, finalmente!

Mi mancava da così tanto.

«Grazie Guido, parteciperò volentieri.»

Avrei voluto gettargli le braccia al collo e stringerlo fino a quasi soffocarlo per la felicità, ma sapevo che non avrebbe affatto gradito quella tenerezza.

«Puoi chiedere ad Annetta cosa preparare per gli ospiti» mi suggerì Guido.

«Certamente... qualsiasi cosa ti faccia piacere!»

30

Alle sei del pomeriggio era tutto pronto per accogliere il gruppo di uomini alla guida del partito.

Andavo in giro per casa sistemando ogni oggetto che non mi sembrava posizionato come avrebbe voluto Guido. Per l'occasione avevo indossato il mio vestito della domenica e ordinato i capelli con una coda.

Gli ospiti sarebbero arrivati a momenti e io mi specchiavo e sistemavo il vestito e i capelli e poi lo facevo di nuovo.

Da mesi non partecipavo alle riunioni di partito.

Non era capitato che rivedessi il segretario, al quale mi ero affezionata moltissimo, né gli altri membri.

La malattia di nonno prima e la decisione di Mussolini poi avevano fatto in modo che mi allontanassi sempre più, fino al giorno in cui il podestà mi comunicò che nessuna donna avrebbe più potuto far parte delle associazioni. La chiusura del fascio femminile fu un vero dolore per molte donne. La sede femminile dava la possibilità di evadere dalla loro quotidianità anche solo per un'ora, era un modo per rendere le donne un po' più serene e più forti. A causa di quell'esclusione, avrebbero potuto ripiombare nel tormento e nella solitudine. In quel momento il mio pensiero andò a Marina, Clara, Milena, Domenica e Tiziana, donne coraggiose ma con una discreta quantità di problemi in casa. Chissà che ne sarebbe stato di loro!

Bussarono.

Guido uscì dalla sala che era stata destinata alla riunione del partito e in cui si era rinchiuso dall'ora di pranzo.

«Francesca, vai ad aprire!»

Ed eccoli lì finalmente: Quinto Del Beato, segretario del partito, Giovanni Di Fabio, vicesegretario, Stefano Del Fosso, fiduciario, Ignazio Bove, caposettore, e Pino Faenza, caponucleo.

Questo il manipolo dei capi, i membri più autorevoli del partito.

Il podestà e io salutammo stringendo forte la mano di ognuno a eccezione del segretario Del Beato, che mi baciò la mano per affetto.

Assegnai agli invitati il giusto posto, rispettando la volontà espressa da Guido.

Io sedevo accanto a lui, sulla destra. Un vero posto d'onore.

In quel momento sentii la mancanza di Elisabetta, la mia compagna guerriera. Mi mancava averla accanto in un'occasione tanto importante. Lei avrebbe trovato le parole di benvenuto per mettere a proprio agio gli ospiti e iniziare una riunione importante. Mi mancava la sua presenza, che mille volte mi aveva infuso coraggio, anche solo guardandola, anche solo sapendola accanto.

Amavo quelle voci, i loro toni e i loro sigari.

Dopo due minuti, la stanza si riempì di fumo e concetti di gran serietà.

Gli uomini si complimentarono con Guido per la bellissima casa, convenendo che solo la signora Colonna poteva offrire al podestà una dimora adatta al suo ruolo.

Del Beato volle complimentarsi inoltre per aver scelto me come moglie. Quanta dolcezza in un uomo solo. E solo lo era sempre stato, tanto che spesso mi domandavo perché.

«Podestà, non poteva scegliere donna migliore!» confessò il segretario, e lì ci fu la breve lista delle donne più belle del paese e anche delle meno belle, elenco a cui gli uomini risero scioccamente.

Chissà se il segretario avrà mai il coraggio di palesare il suo amore a Elisabetta, pensai mentre loro ridevano.

Finito il momento d'ilarità e i convenevoli, Guido ristabilì la serietà in modo da cominciare la riunione.

Si rivestì di tutta l'autorevolezza necessaria per ribadire la sua volontà di guidare un popolo avezzanese e marsicano fascista e volto al futuro.

«Non mi interessa se si dovrà fare opera di convincimento utilizzando metodi poco ortodossi o addirittura coercitivi. Farò in modo che venga concesso alle milizie di persuadere i riluttanti con punizioni corporali e anche con l'arresto, se inevitabile.»

Il gruppo applaudì il podestà.

Mi sentivo come un otre gonfio, quasi scoppiavo per l'orgoglio.

Ed ecco un altro momento di rara felicità, di quelli che rimangono impressi nella mente per sempre.

«Le donne di questi antifascisti sono le più refrattarie ai metodi da noi usati, morirebbero per la loro causa. Quindi penso che sarete d'accordo con me, cari compagni: saranno proprio Francesca ed Elisabetta le persone incaricate di rintracciare queste donne e le loro famiglie e cominciare l'opera di persuasione coercitiva. Riceveremo presto un plico dall'Aquila contenente i nomi di questi balordi.»

Guardai Guido. Quando si comportava così, l'amavo con tutta me stessa.

Presi quella proposta come il suo regalo di nozze.

Lui sapeva che più di ogni altra cosa desideravo ricominciare ad avere una vita politica attiva e quello assegnatomi era un alto compito, per l'appunto, politico.

Tutti gli uomini presenti annuirono e applaudirono alla proposta del podestà.

«Congratulazioni Francesca, parlo a nome di tutti, siamo fieri di averti di nuovo con noi. Tu ed Elisabetta farete un lavoro eccellente per il fascio.»

Il segretario mi venne vicino e mi strinse forte le mani.

Ringraziai di cuore i presenti e Guido soprattutto. Poi mi allontanai per prendere i cordiali per gli ospiti, quelli che avevo preparato con Annetta. Consegnai a ciascun presente il bicchierino di liquore e bevvero tutti insieme alla salute del podestà di Avezzano.

Lasciai il mio posto solo per qualche minuto, eppure quando tornai a sedere accanto a Guido rabbrividii. Pensai che Maria e la sua famiglia di fatto erano membri del partito comunista. Quindi erano in pericolo, considerando che mai e poi mai si sarebbero arresi al fascismo con semplicità, o magari l'avrebbero fatto solo dopo il passaggio delle milizie.

Non potevo sopportare l'idea che qualcuno facesse del male a Maria.

Io già mi vedevo al fianco di Elisabetta, con l'elenco in mano, a fare opera di convincimento con le comuniste... ma non a casa della mia amica del cuore.

Avrei dovuto riflettere bene sul da farsi, di certo non in quel momento. C'era festa in casa, mi sarei occupata di Maria più tardi nella giornata.

Poi, all'improvviso, la notte si avvicinò e con l'oscurità venne anche il momento di andare a letto.

Stavo cercando di ritardarlo in ogni modo.

Non riuscivo a prender sonno ed ebbi la sensazione che non mi sarei mai sentita a mio agio in quella camera.

Sentivo il cuore agitare le coperte di lana oltre la camicia da notte. Una strana ansia, come una preoccupazione, mi mordeva i pensieri. Contemporaneamente la felicità di quella promozione mi stringeva lo stomaco.

Uno stato di inquietudine aveva preso posto in me, da qualche parte, come un'oscura premonizione.

31

Dando un'occhiata all'agenda del podestà mi resi conto che la settimana che aveva davanti si preannunciava assai dura e impegnativa. Ogni evento e avvenimento doveva passare sotto la sua supervisione.

A eccezione di fatti leggeri che non richiedevano un'attenzione particolare e che risolveva autonomamente, per gli accadimenti più seri il podestà preferiva discutere col gruppo dei capi, la sua consulta municipale, prima di impartire gli ordini che riteneva necessari.

Guido mi permetteva di partecipare a quasi tutte le riunioni. Mi dettava l'ordine del giorno e io scrivevo tutto in scaletta, poi durante la riunione depennavo uno a uno i fatti di cui si discuteva. Prendevo nota di qualunque impegno avesse il podestà.

Solo in rarissime occasioni mi veniva negato il permesso di partecipare. Guido non mi spiegava mai il perché, mi diceva solo che non era il caso. Pensavo per conto mio che fosse per protezione, magari preferiva tenermi all'oscuro dei fatti più cruenti.

Avevo l'elenco di tutti gli accadimenti che il podestà avrebbe dovuto tenere a mente, quella settimana, stilato da lui stesso. Cominciai a copiare in bella i suoi appunti, aggiungendo delle note, mentre ascoltavo il suo consiglio ristretto deliberare.

La festa della campagna dell'orzo, una delle feste più importanti, insieme a quella del grano, andava organizzata. Bisognava poi pensare ad alcune seccature: il direttore della *Gazzetta dei Marsi* era stato bastonato e aveva denunciato alcuni fascisti; un tal «Terremoto» era stato denunciato per atti osceni nei confronti dei fascisti; la signora Maria Di Domenico era stata denunciata per offesa rivolta alla bandiera fascista; un attivista socialista aveva denunciato un gruppo di ragazzi del partito per averlo picchiato e preso a bastonate. Mi imbattei poi in un nome sottolineato: Manfredi De Santis. Non sapevo chi fosse. Mi incuriosii, ma cercai di domarmi e non chiedere nulla a Guido.

Man mano che i fatti venivano discussi, prendevo nota delle decisioni del podestà.

Per quanto riguardava la festa dell'orzo, Guido ascoltò i membri della consulta, anche in virtù del fatto che lui proprio non conosceva le persone che potevano prendersi cura dell'organizzazione dell'evento. Così si lasciò consigliare, e diede l'impegno di gestire il tutto a due contadini, «je puzze» e «je cinciare», che già negli anni precedenti si erano occupati della festa.

A proposito del direttore della *Gazzetta dei Marsi*, il podestà ritirò la denuncia. Il direttore non aveva indicato i nomi dei fascisti implicati nella vicenda, perciò il fatto non sussisteva.

«Terremoto», denunciato per atti osceni nei confronti dei fascisti, era il successivo. Il podestà decise di infliggergli una pena esemplare. Fu condannato a quattro anni di reclusione da scontare in una prigione che obbligava i detenuti ai lavori forzati.

Poi fu la volta di Maria Di Domenico e delle sue offese rivolte alla bandiera fascista. La consulta storse il naso, convinta che in fondo il suo reato non fosse poi così grave. Il podestà decretò che chiunque osasse offendere la bandiera offendeva lui, il Duce e l'intero fascismo. Così decise di comminare una punizione severa. Maria Di Domenico avrebbe subìto l'umiliazione in pubblica piazza e due anni di reclusione.

Fu il turno di un attivista socialista che aveva denunciato un gruppo di fascisti per averlo selvaggiamente picchiato. Il podestà stabilì che atti tanto violenti dovessero essere banditi e puniti a dovere. Così decise di inviare delle lettere di convocazione al gruppo fascista indicato, il quale avrebbe avuto un severo incontro direttamente con lui.

I fatti da discutere all'ordine del giorno erano quasi terminati.

«Francesca, cos'altro c'è da discutere?» mi domandò Guido.

Aveva lo sguardo stanco.

«Manfredi De Santis.»

Se fino a quel punto gli animi erano rimasti pacati, tutto cambiò quando si prese a parlare del De Santis.

Manfredi De Santis era un antifascista ricercato in diverse province d'Italia, famoso per aver distrutto diverse sedi fasciste e per aver malmenato alcuni podestà.

Il fiduciario confermò che l'uomo era stato avvistato in diversi luoghi della Marsica. Si nascondeva nelle stalle e in ricoveri di fortuna e nessuno era riuscito a bloccarlo.

«Io dico di prenderlo alla svelta, chiuderlo in una cella e buttare la chiave!» esclamò il caponucleo.

«Troppo buono, io dico che bisogna scovarlo e ucciderlo seduta stante» rafforzò il vicesegretario.

«Scusate, ma se l'uccidiamo perderemo l'occasione di una punizione esemplare, da esporre a tutti e che sia da monito ai nemici in paese» pontificò il segretario.

Il podestà ascoltò con attenzione il pensiero della consulta, ma non si pronunciò.

Nei suoi occhi notai un guizzo di sfida, proprio in virtù del fatto che il De Santis prendeva di mira i podestà. Mi convinsi che volesse catturarlo e poi punirlo personalmente.

Si limitò a ordinare di scovare al più presto il delinquente, senza a badare al numero di uomini che sarebbero stati impiegati. Impartì l'ordine che ogni comando fascista della Marsica, nella persona del podestà, dovesse essere avvisato dei luoghi in cui poteva nascondersi il fuorilegge e posto a conoscenza dell'alta pericolosità del caso.

«Questo assassino deve essere rintracciato a ogni costo e nel più breve tempo possibile!» fu quanto ebbe da dire il podestà.

Mi allontanai dal mio posto d'onore per prendere dell'acqua e dei bocconcini di pane e formaggio che Annetta aveva preparato per gli ospiti.

In quei giorni di lavoro intenso, lei si occupava anche del pranzo e della cena. Avrei voluto fare da sola, ma dovevo dedicarmi all'organizzazione delle riunioni del podestà e inoltre avevo molto da riflettere per l'incresciosa situazione di Maria e della sua famiglia.

Il manipolo di capi rimase ancora un po' per la merenda, a cui tutti parteciparono cercando il modo di rasserenare gli animi dopo l'animata discussione su De Santis.

Poi salutarono, ringraziarono e andarono via.

Il segretario fu l'ultimo uomo della consulta municipale a lasciare la casa, dopodiché Guido e io rimanemmo soli.

«Guido, il giorno in cui De Santis sarà rintracciato che gli accadrà?»

Ero curiosa di sapere ciò che aveva in mente.

«Sarà ucciso, Francesca. È un uomo troppo pericoloso. Potrebbe fuggire e cercare vendetta. Non ci sarà alcuna misericordia per lui.»

Fui d'accordo. Il giusto epilogo di un delinquente è la morte, pensai.

Intanto la notte si faceva di nuovo vicina.

Cenammo con la minestra che ci aveva preparato Annetta, e che in fondo era come quella di mamma, solo senza cipolle. Io con la testa sul piatto immersa nella quantità di pensieri che mi opprimevano la serenità, lui in silenzio.

Il nostro matrimonio era giovane eppure sembravamo già una di quelle vecchie coppie che stanno insieme un po' per abitudine e un po' per forza di cose.

Cominciai a riordinare, sperando con tutta me stessa che andasse a letto per primo e si addormentasse. E invece, poco dopo aver raggiunto la stanza, la voce di Guido mi chiamò, ferma e severa.

«Francesca, sali!»

Sfido chiunque a dirgli di no, pensai, mentre solo a sentir quel tono mi trovai a tremare.

Iniziai a salire. Sentivo un gran freddo nelle ossa.

Ormai sapevo che ogni sera poteva attendermi una battaglia.

«Sì, eccomi» risposi ubbidiente. Una parte di me, da quel giorno in poi, continuò a suggerirmi di scappare. Ma non potevo farlo.

Ogni volta lui sopra di me, a togliermi velocemente i vestiti di dosso.

«Guido abbiamo tutta la notte per noi, possiamo provare ad andare più lentamente?»

Lui neanche ascoltava. Si trasformava in un automa, una macchina da guerra senza cuore e senza sentimento.

Mi faceva male e non riuscivo a dirglielo. In verità, tutte le volte rimanevo senza fiato e senza voce. Lui si teneva con le mani su di me, sul collo, sul seno, sulle spalle, sui fianchi, e forse senza rendersene conto premeva così forte che subito la pelle diventava rossa e poi nera.

«Guido, mi stai facendo male!» provavo a dirgli, mentre la fretta di arrivare lo sopraffaceva e mi cadeva addosso come un sacco appena svuotato.

Poi si spostava da me e si girava supino sul letto, ancora col respiro affannoso, il viso rosso e un po' gonfio per lo sforzo. In quei momenti pensavo che, in fondo, così bello non era.

Io lì accanto, col fuoco tra le gambe. Quando si addormentava tendevo una mano che nessuno avrebbe raccolto. Mi sembrava ci fosse una porta tra me e lui, una porta che delimitava una stanza bella, conosciuta e adorna di ricordi, da un'altra stanza vuota e inospitale, orrenda.

Dalla finestra non ancora chiusa dalle persiane di legno si affacciavano stelle e un bellissimo blu che in mille altre occasioni sarei rimasta a fissare inebetita. Ma non c'era più bellezza, non più alcuna meraviglia, e la mia anima scordava lentamente di essere felice.

Iniziavo a entrare nella sua logica di comportamento, in quel suo assurdo meccanismo automatico che mi logorava di giorno in giorno. Non sapevo davvero come venir fuori da quella situazione e l'idea che il mio futuro potesse contenere una simile violenza mi terrorizzava.

32

La mattina successiva, mentre si vestiva, il podestà mi comunicò di un impegno importante che avremmo avuto quella domenica di fine gennaio 1932.

Alle tre del pomeriggio, nel giardino del palazzo comunale, sarebbe stato piantato un albero in memoria del compianto Arnaldo Mussolini, fratello del Duce.

Guido parlò di una cerimonia breve e austera, volta a commemorare un fascista ardente e combattivo che aveva prestato la sua opera alla restaurazione forestale, tanto da meritare il titolo di presidente del Comitato nazionale forestale e la laurea honoris causa in scienze agrarie.

Arnaldo era un uomo molto amato, di indole mite, legatissimo alle idee del fratello.

Mi parve di sentire il dolore del Duce per l'improvvisa scomparsa di Arnaldo, stroncato da un arresto cardiaco.

Un fratello, tanto quanto una sorella, è gioia e tristezza, è diversità e uguaglianza, è una quercia.

Immaginavo quella quercia gigante accasciata nell'acqua di un laghetto vicino, pronta al rinnovamento della natura. Con la chioma bagnata, era pronta a diventare rifugio delle rane, i rami umidi a protezione dalle esondazioni, il grande tronco spezzato a metà, culla delle formiche. C'era l'acqua cheta del laghetto da quel momento in poi a carezzare la sua malinconia, a blandire le sue ferite aperte, a prendersi cura della metà del corpo intriso d'acqua, dolorosamente esposto ai raggi del sole e alle intemperie.

A suo fratello, al Duce, sarebbe rimasto il ricordo altissimo di un uomo di grande prestigio, buono, dall'animo dolce e accomodante. Il ricordo di un fratello che era come l'estensione del suo corpo, il braccio indulgente, il carattere docile.

I giorni che ci separavano dalla domenica passarono quieti e veloci. Io cercavo di prendermi cura di me e Guido si comportava in modo quasi premuroso, dopo essersi accorto di qualche mio malumore. Ciò mi permise di riposare finalmente serena.

Il pranzo della domenica, che Annetta preparava sempre con estrema cura, fu sontuoso anche se dominato da un'atmosfera mesta, malinconica. Era stata gentile lei, sapeva che amavo le tagliatelle col sugo di pomodoro e qualche pezzo di carne, il piatto che mia madre preparava la gran parte delle domeniche. Ma cominciavo a pensare che la quantità di pace a me assegnata dal cielo fosse esaurita, e che da lì in poi avrei dovuto sbocconcellare serenità e dolcezza, elemosinando gesti gentili nel covo vuoto del mio cuore. La nostalgia di mamma e nonno aveva iniziato a visitarmi. La accolsi con gli occhi bagnati per la tenerezza. Non sarebbero mai venuti a trovarmi e io pensavo che lasciarli in pace fosse la soluzione migliore per tutti.

Finito il pranzo cominciammo a prepararci: Guido in pompa magna con la sua divisa da generale e io austera ma elegante, fasciata in un completo grigio perla con giacca e gonna lunga. Tutti i vestiti che avevo, li avevo trovati pronti e stirati nell'armadio, qualche giorno dopo il matrimonio. Erano stati sapientemente scelti da Guido. Lo avevo preso come un immenso gesto d'affetto nei miei confronti, una gentilezza, una carezza sul cuore, anche se le gonne erano troppo lunghe, i vestiti tristi e compunti. Tutto sommato ne ero felice.

Arrivammo in piazza a piedi.

La folla cominciava a riempire gli spazi vuoti, e il palco per il discorso delle autorità e del podestà era già stato sistemato sul marciapiede che delimitava la piazza e che era situato al di sopra del pavimento della piazza stessa.

Elisabetta, il segretario di partito con l'intera sede a dividere e posizionare le autorità, le scolaresche, le associazioni maschili, i fascisti iscritti e i cittadini di Avezzano: tutti erano presenti.

C'era gran fermento, e gli uomini della sede erano tutti intenti nella preparazione della cerimonia.

Appena ci vide, il gruppo fascista si catapultò a salutarci, seguirono Elisabetta e il segretario Del Beato. Guido si pavoneggiava come fosse un re.

Lanciai un'occhiata all'intera preparazione, una macchina perfetta e funzionante.

L'albero era un magnifico pino, di certo il più alto tra quelli facili da ripiantare.

Tutto era pronto, Guido mi chiamò accanto a sé per cominciare la cerimonia.

Raccontò in breve la vita di Arnaldo, si soffermò sulle sue conquiste e molto più sull'eccezionale fibra dell'uomo. La folla applaudiva seguendo le parole del podestà.

Per un po' tenni gli occhi fermi su Guido, poi allargai lo sguardo verso il pubblico presente.

Uomini e bambini erano sistemati in file, e in base all'associazione di appartenenza, dietro le donne. Notai una cosa: mentre gli uomini seguivano le parole di Guido, le donne mi guardavano inviperite e si scambiavano di sicuro cattiverie e malignità.

Mi resi conto che l'invidia è un cielo avverso.

Pensai di essere troppo bella, troppo giovane, troppo ricca.

A quel troppo risposi stringendomi più forte al braccio del podestà e partecipando attivamente alla sistemazione a terra dell'albero.

33

Elisabetta e io decidemmo di incontrarci un giorno di quella settimana entrante per iniziare il lavoro dell'individuazione delle famiglie antifasciste, in base alle informazioni che avevamo in comune. Io speravo che l'elenco arrivasse il più tardi possibile, in parte per Maria e in parte perché non mi sentivo affatto bene in quei giorni; invece proprio lunedì Guido, tornando dalla sede, disse: «Ho portato una cosa che ti farà felice, ne sono sicuro».

«Davvero? Di cosa si tratta?»

«Dalla questura dell'Aquila è arrivato in sede il plico contenente la lista delle iscritte ai circoli cattolici, ai partiti comunisti o socialisti e la lista delle donne non iscritte ma simpatizzanti, attiviste e non. Ciò significa che tu ed Elisabetta potete cominciare immediatamente la ricerca.»

Rimasi pietrificata, proprio non immaginavo che l'elenco sarebbe arrivato così presto.

«Francesca, mi hai sentito?»

Di sicuro Guido si aspettava una reazione diversa.

«Sì, Guido, scusami, ero sovrappensiero. Certo... non vedevo l'ora!»

«Bene, allora ti consegnerò il plico non appena incontrerai Elisabetta.»

In quel momento avrei voluto avere la stessa capacità delle stagioni di destreggiarsi tra sole e tempeste. Avrei voluto inventarmi qualcosa per rimandare di qualche giorno la visita di Elisabetta, che di sicuro avrei ricevuto l'indomani.

Guido aveva da poco lasciato la casa e iniziai a lavarmi e prepararmi. Non avevo ancora finito di vestirmi che bussarono alla porta.

Andai ad aprire in vestaglia. Sapevo già chi mi avrebbe aspettato oltre la soglia.

«Tesoro, come stai? Il podestà mi ha detto che hai avuto un po' di influenza in questi giorni e ho pensato di venire a trovarti.»

«Grazie, che gentile. Vieni, accomodati.»

Notai che Elisabetta stringeva tra le braccia una busta. Capii immediatamente che si trattava del plico del quale mi aveva parlato Guido la sera prima.

«Francesca, devo mostrarti una cosa!»

Mi infastidiva terribilmente che Guido avesse consegnato il plico a lei piuttosto che a me. Possibile che si fidasse di Elisabetta più di quanto si fidasse di me?

«Vediamo.»

E dal plico tirò fuori dei fogli, l'elenco delle donne da visitare.

Elisabetta mi passò il primo foglio e poi il secondo. I nomi erano sistemati in ordine alfabetico: il primo foglio terminava con la G, il secondo con la R e quasi le strappai dalle mani il terzo foglio, sperando in cuor mio che la famiglia Terenzi non fosse nell'elenco.

Cercai di scorrere velocemente i nomi.

Tabacco, Tarquini, Tassi, Tedeschi, Terenzi.

...eccolo lì, il Terenzi che speravo di non vedere.

Trattenni il respiro fino a quasi scoppiare: tenevo gli occhi chiusi, con la paura di riaprirli. Ero pietrificata. Sentii la sedia di Elisabetta scricchiolare, lo spostamento delicato dei fogli sul tavolo, il battito del mio cuore impazzito.

E ora? Che faccio ora?, pensai.

Elisabetta aveva i primi due fogli tra le dita, e anche lei cercava di capire come muoversi. Non badava a me, per fortuna.

Nella mia vita avevo già perso molto. Avrei potuto continuare a perdere, come già stava accadendo dopo il matrimonio. Avevo perso mamma, nonno, i luoghi a me cari, la mia vecchia casa. Nulla mi aveva ancora colpito davvero, dopo i primi momenti di destabilizzazione.

Ma non potevo permettermi di perdere Maria.

Mai avrei potuto rinunciare al suo sorriso, la mano calda, la voce delicata sulla strada verso casa. Lei era nei miei più bei ricordi, e solo lei mi aveva capito da subito, fin da piccola. Mi lambiccavo il cervello alla ricerca di un'idea che potesse tirarla fuori da quella situazione di grande pericolo.

Eppure la mia mente era una città disabitata.

«Elisabetta, che ne pensi se iniziamo dai primi nomi? Ti sembra una buona idea?»

«Sì, certamente. Tanto dobbiamo visitarle tutte prima o poi, quindi cominciamo pure dalla A.»

Almeno avevo tempo per pensare.

«Cominciamo quindi da Anzini Palmina. Domattina presto passo di qui, così andiamo insieme, se per te va bene.»

«Sì, ti aspetto» risposi congedandola velocemente: non avevo nessuna voglia di star lì a fingere una gioia che non provavo.

Stavo pensando di rimettermi a letto, mi sentivo spossata, distrutta dalle tante preoccupazioni che mi opprimevano, quando bussarono ancora alla porta.

«Guido!»

«Dovevo assolutamente tornare per darti una notizia che ti farà immensamente piacere, ne sono sicuro.»

Entrò in casa e rimase in piedi di fianco al camino acceso.

«In accordo con le gerarchie vaticane, verranno ricostituite le associazioni fasciste femminili!»

Di nuovo un'altra situazione in cui dovevo mentire.

Non che non fossi felice di quella notizia.

Elisabetta, io e le donne che si erano iscritte, l'aspettavamo con enorme ansia. Ma in quel momento il mio pensiero era rivolto interamente a Maria, non potevo ragionare su altro. Eppure seppi mentire, ormai avevo imparato bene.

«Davvero? Ma che notizia meravigliosa, Guido! Grazie di esser tornato apposta per dirmelo.»

Utilizzai ogni fibra del mio corpo per mostrare felicità, emozione, esaltazione per la notizia.

«In verità... Lo sapevo già da qualche tempo. E ora con l'aiuto tuo e delle altre donne, il partito sarà ancora più forte.»

Rimasi perplessa. Da una parte ero felice per la riapertura delle associazioni, dall'altra il tarlo che il podestà non avesse agito per amore nei miei confronti affidandomi i vari compiti, ma solo in vista di una successiva riapertura delle associazioni, mi rattristò.

Il mio più grande problema rimaneva però Maria: dovevo aiutarla a tutti i costi.

E ci sarei riuscita. In fondo, ero la moglie del podestà.

Immaginai solo per un attimo la quantità di occhi che si sarebbero posati su di me, in breve tempo. Mi sentivo in una prigione senza sbarre. Visualizzai gli sguardi grigi degli invidiosi.

Non volevo essere condannata a essere sola, odiata e invidiata.

Non volevo un destino di assenze, privo di amicizia.

Da quel momento in poi avrei avuto solo occhiatacce e sorrisetti di convenienza.

Con il lavoro di controllo che il podestà aveva assegnato a me e a Elisabetta, la situazione sarebbe inevitabilmente peggiorata: sarei stata temuta, sì, ma anche – e ancor più – odiata.

34

Elisabetta mantenne la promessa. L'indomani di buon'ora passò a prendermi per andare a visitare la prima della lista. Ero già pronta al suo arrivo, vestita di tutto punto, con giacca e gonna scura, in modo da apparire formale ma non intimidatoria.

Non avevo dormito bene: dovevo trovare un'idea per Maria, di certo non mi avrebbe salvato un miracolo.

La casa di Palmina distava circa dieci minuti di cammino dalla mia. Era una signora sulla settantina, in buona salute e ancora molto attiva. Viveva da sola dopo un grave lutto, aveva perso il marito e il figlio, entrambi avevano avuto una grave malattia ai polmoni.

Giunte a casa sua, trovammo la signora intenta ad addossare a una parete un cumulo di legna appena tagliata. Ebbi il desiderio di aiutarla. La vidi così, sola e stanca, e spontanea nacque in me la volontà di prendermi cura di lei.

Era minuta, magra il giusto, vestita con una camicia celeste larga, non sua in modo evidente, forse del marito o del figlio, una gonna lunga con l'orlo rovinato e sporco di terra e un paio di stivali anch'essi enormi.

Ci presentammo a lei cordiali, con voce pacata, le diedi la mano per prima, poi fu il turno di Elisabetta, che nascose la mano dietro e la passò sulla giacca, come per pulirsi.

La signora Palmina a sua volta ci sorrise e gli occhi le si strinsero in una piccola smorfia dolce.

Quel sorriso mi fece ben sperare.

Non sapevo cosa aspettarmi fino a quel momento, se un gesto di accoglienza o male parole urlate a brutto muso, con noi che finivamo scaraventate fuori casa.

«Il mio nome è Francesca Biffi e la mia amica è Elisabetta D'Amore. Avremmo bisogno di parlare un po' con lei, prometto di non rubarle molto tempo.»

Palmina, che aveva il sorriso ancora disegnato sulle labbra, tornò seria e anche un po' triste, e ci indicò la strada per entrare. La casa era come un nido per gli uccelli, un piccolo e disadorno guscio a dimensione umana. Esternamente era una baracca come tante, trenta metri quadrati, con cucina e una camera, il bagno esterno, un cortile e un orto attiguo. Pochi mobili, il tavolo con le sedie, la madia e una credenza per le vettovaglie, ma ogni superficie era ricoperta da merletti e tovagliette, con pizzi a uncinetto. Anche le tende dell'unica finestra della cucina avevano uno splendido ricamo color crema. L'interno offriva un'autentica sensazione di morbidezza.

«Posso offrirvi qualcosa da bere? Non so, una tazza di orzo, un bicchiere d'acqua.»

«No grazie, signora, lei è molto gentile e ospitale. Noi siamo venute per parlarle di una cosa importante.» Cercavo le parole per introdurre l'argomento.

«Credo di sapere. Lei non mi conosce ma io sì, l'ho vista diverse volte accanto al podestà. Lei è la moglie, vero?»

Ecco, diventai rosso fuoco. Non era ancora ben chiaro nella mia testa che le persone in paese mi riconoscevano pur senza conoscermi davvero. Ovviamente c'era un obbligo sottile e nascosto di partecipare a ogni evento organizzato dal fascio e così, ogni volta mi vedevano stretta al braccio del podestà.

«Sì, signora Palmina. Ma anche io la conosco, so molte

cose della sua vita e del suo passato. Sono costernata per la perdita dei suoi cari.»

«Grazie. Ma ora mi dica pure ciò che deve.»

Mi percorse un brivido e mi strinsi nelle spalle, non mi ero mai sentita tanto in imbarazzo.

«Vorremmo che si iscrivesse nelle liste di una delle associazioni fasciste.»

Con un filo di voce Palmina mi spiegò che il suo nazionalismo nasceva dalla vecchia destra conservatrice e che aveva un concetto di patria più forte. Il suo nazionalismo era autoritario, sì, ma conservatore e non accettava nulla di rivoluzionario, a differenza del fascismo. Le istituzioni per lei erano eterne, come la monarchia e le tradizioni sacre e inviolabili.

Aveva ereditato questa sua posizione politica dal padre, un tenente al comando della terza compagnia, un guerriero, un contemplatore solitario. Un eroe dell'ultima guardia che offrì la sua vita per la patria. Disse: «Rimasi senza padre, ma con la certezza nel cuore che era morto per qualcosa che amava forse anche più della sua famiglia».

La madre tenne vivo il pensiero del padre, mantenendo intatte tutte le ricorrenze, le feste nazionali della monarchia, partecipando e onorando ogni singola celebrazione.

Così Palmina crebbe con un profondo taglio nel cuore dovuto alla mancanza del padre, ma anche con un rigore morale assoluto.

Mi raccontò che fu estremamente fortunata a trovare un marito che condivideva le sue idee. Avevano un solo pensiero, lo stesso dogma, col quale avevano cresciuto il figlio.

Li aveva persi entrambi a causa di una polmonite talmente aggressiva da ucciderli in neanche un mese.

Proprio quel dogma politico era l'unica cosa che le restava. La memoria del padre, le celebrazioni, un credo così forte da perdere la vita. E così, se necessario, era pronta a perdere anche la sua vita nello stesso modo, per quel dannato schieramento politico che le aveva rubato il padre e trasmesso un'integrità che a tratti riconosceva esagerata, ma a cui tributava il massimo rispetto.

«Quindi, mia cara, qualunque sia la punizione non verrò mai meno ai miei ideali.»

Con questa frase terminò il suo discorso.

E capii che non c'era cosa che potessi dire, o minaccia che potesse spaventarla. La sua determinazione, il suo credo, la sua fede politica facevano ormai parte di lei, erano intoccabili tanto quanto i suoi ricordi.

«Signora, mi permetto di insistere.» Elisabetta decise di inserirsi nella conversazione. «Forse non immagina le conseguenze del suo rifiuto ed è giusto che le conosca. Dopo la nostra visita, ne riceverà un'altra della polizia fascista. Gli uomini delle milizie cercheranno di convincerla in ogni modo. Cominceranno con minacce, le incuteranno timore e, se ancora dirà no, riceverà punizioni corporali di ogni genere e...»

«Elisabetta, non è il caso di esagerare!» dissi notando l'ansia di Palmina che sempre più agitava una gamba e si grattava le braccia, terrorizzata. «Credo sia il caso di andar via e concedere a questa donna qualche giorno per riflettere. Magari torneremo e lei avrà cambiato idea.»

«Francesca, sono sconcertata dal tuo buonismo insensato. Signora Anzini, è giusto che sappia che il suo rifiuto le potrebbe costare la vita!»

«Ora basta, Elisabetta!» esplosi, interamente disorientata dalle sue parole.

Mai nessuno aveva accennato all'ipotesi che, nel caso di un diniego, la persona sarebbe stata addirittura uccisa. Proprio non capivo come facesse lei a sapere molto più di quanto fosse a mia conoscenza, eppure ero la moglie del podestà.

Non ebbi alcun dubbio sulla veridicità di quanto affermava, Elisabetta poteva dimostrarsi inquietante ma non falsa.

Mi ripromisi di chiarire la questione con Guido quanto prima.

«Aspettami fuori!» le ordinai a malincuore, ma non sopportavo le esagerazioni fuori luogo.

Elisabetta mi guardò furiosa, tutta rossa in viso e con le mani che tremavano.

Uscì indispettita, con le spalle dritte e il viso all'insù e non mi aspettò.

«Mi dispiace di aver creato attrito tra di voi, signora Biffi.»

Palmina pensava alla mia tranquillità quando la sua vita era in pericolo.

«Chiedo scusa per il comportamento della mia collega, a volte non si rende conto di chi ha davanti.»

«Ma io sono solo una povera vecchia!»

«Mi riferisco alla sua caparbietà, al suo credo radicato, alla sua fede politica incrollabile. Questo le fa onore, signora Palmina, anche se viaggiamo su due treni diversi. Arrivederci, tornerò a trovarla.»

«Grazie a lei. Che Dio la benedica!»

Ripresi la strada per casa, respiravo a fatica.

Che bella donna quella Palmina, umile nella sua povertà, gentile nonostante la sua solitudine.

Il solo ipotizzare che qualcuno le potesse fare del male mi sconvolgeva e preoccupava.

Decisi di parlare con Guido e chiedergli di rispettare il volere della donna.

Lui avrebbe senza dubbio capito la situazione e avrebbe avuto pietà di lei graziandola e impendendo a chiunque di infliggerle dolore, ne ero certa.

Anche Elisabetta mi preoccupava, e non poco. Non l'avevo mai vista così sconvolta e soprattutto così dura nei miei riguardi.

Elisabetta per certi versi era stata quasi una seconda madre per me. Mi aveva insegnato tanto ed era stata lei la prima ad avvicinarmi al fascismo e a introdurmi in sede nonostante la giovane età e la totale presenza maschile.

L'amicizia è cosa rara, è un piccolo mondo che porta con sé la parte più bella dell'altro, un sogno avverato, un'idea meravigliosa, un segreto indicibile.

Elisabetta sarebbe tornata, ne ero certa, aveva solo bisogno del suo tempo.

D'improvviso notai che cominciavo ad accorgermi dei colori e delle sfumature. Fu una cosa che mi colse di sorpresa.

Da tempo per me non esistevano che il bianco e il nero: i concetti erano definiti, tagliati con l'accetta e intoccabili come i miei principi. Chi mi frequentava doveva pensare come pensavo io, bianco o nero. Non accettavo complicazioni.

Eppure Maria mi aveva fatto conoscere la preziosità dell'amicizia pur avendo idee opposte alle mie.

E Palmina aveva pur diritto alla semplicità della sua vita, con i suoi ricordi e i suoi fantasmi.

Piena di sensazioni nuove, accelerai il passo.

35

Tornai a casa assorta. Dovevo cercare un modo per raccontare a Guido della signora Palmina.

Pensai di preparargli un pranzo lauto, quasi domenicale, e farlo felice. Magari a stomaco pieno e allegro avrebbe accettato le mie parole di buon grado.

Chiesi ad Annetta gli ingredienti per la carne al sugo, che misi subito a cuocere, e poi mi aiutò a lavorare le tagliatelle.

Annetta aveva pulito gran parte della casa, ma le chiesi la cortesia di passare di nuovo lo straccio in cucina e in sala per profumare gli ambienti di sapone di Marsiglia, che Guido amava.

Intanto io mi dividevo tra il bagno e la cucina. Avevo deciso di arricciarmi i capelli: le pezzette umide in cui arrotolavo le ciocche avrebbero creato grande effetto. Badavo all'acconciatura un poco, poi scendevo giù e giravo il sugo che bolliva e bolliva sulla stufa.

Bene, era tutto pronto, ma non lo ero io.

Non mi sentivo pronta a discutere con lui, non sapendo di che umore fosse.

Magari un abbigliamento più consono alla richiesta sarebbe in qualche modo servito.

Così indossai un vestito a giacca azzurro, stretto abbastanza da modellare la figura e con dei bottoni che di proposito scelsi di non chiudere.

Non riuscivo a calmare l'agitazione, le mani mi tremavano senza che lo volessi e il cuore prese a battermi sempre più velocemente.

Sentii il bisogno di prendere una boccata d'aria fresca e mi affacciai alla finestra della camera. Era passato mezzogiorno, eppure nel cielo sgombro di nubi si stagliava una luna sottile come un artiglio d'argento.

Proprio mentre respiravo a pieni polmoni quell'aria generosa vidi rientrare Guido.

Il cuore prese a correre all'impazzata, pareva volesse arrivare alla porta prima di me.

Entrò in casa e mi avvicinai offrendogli le labbra per ricevere un bacio.

Lui schivò deliberatamente le labbra e mi porse la guancia.

Rimasi immobile, dispiaciuta del gesto, forse il rossetto lo infastidiva.

Tolse cappotto e giacca, li buttò su una sedia e si accomodò subito a tavola. Se ci fosse stato del cibo nei piatti avrebbe cominciato a mangiare senza aspettarmi.

Presi la pentola e la portai a tavola, movimenti normali fatti col cuore.

Riempii il suo piatto di tagliatelle e carne.

Si precipitò ad assaggiare.

«Buonissima questa carne al sugo, tenera e saporita. Ha cucinato Annetta, vero?»

Certo che non perdeva occasione per mortificarmi... cominciavo a pensare che lo divertisse. Come previsto, il pasto lo aveva messo di buon umore, quello poteva essere un ottimo presupposto per introdurre l'argomento della signora Palmina.

«Sai Guido, stamattina Elisabetta e io abbiamo fatto visita alla prima della lista, la signora Anzini Palmina.»

«Davvero? E com'è andata?»

Gli raccontai la visita, della bellezza di casa sua e di quanto fosse dolce e innocua quella povera anziana signora. Evitai di specificargli quanto avevo discusso con Elisabetta, desideravo che lui si concentrasse sull'innocenza di Palmina, su quanto fosse totalmente inoffensiva nonostante le sue idee politiche vetuste.

Gli parlai del padre che aveva dato la sua vita per la patria, del marito e del figlio morti entrambi per una brutta polmonite. Cercai di mostrargli una situazione di assoluta tranquillità per la società e per il fascismo: a chi poteva interessare di quella buona vecchina?

Lui continuò a mangiare e intanto ascoltava, poi prese parola.

«Quindi ha rifiutato.»

«Sì Guido, ma stiamo parlando di una donnina anziana, sola, che pensa alla sua casa e al suo orto, puoi aver misericordia di lei? A chi potrebbe recare danno?»

«Al sistema.»

Guido rispose in maniera così secca e decisa che mi lasciò impietrita.

Tacqui, ammutolita da quella replica.

Io giocavo col cibo, facevo finta di arrotolare le tagliatelle e poi le liberavo dall'intreccio.

E così, con gli occhi sulla forchetta, pensavo a quanto sottile fosse la linea tra bene e male, tra amare e odiare.

Guido mangiava di gusto, ogni tanto alzava lo sguardo verso di me per valutare la mia reazione.

Poi d'un tratto smorzò i toni.

«Comunque ti prometto che ci penserò su!»

Sorrisi, la giornata tornò meravigliosa, la mia vita riprese colore.

Il giorno seguente venne a trovarmi Elisabetta. Fu davvero una sorpresa, perché pensavo fosse arrabbiata con me.

Aprii la porta e lei mi consegnò un sorriso bellissimo, che già preannunciava pace.

«Elisabetta, che bello vederti. Ti giuro, non ci contavo.»

«Ma sì, in fondo l'amicizia si riconosce nei momenti peggiori, giusto?»

Annuii, mi sembrava un miracolo vederla lì davanti a me.

Così passammo il pomeriggio insieme a scorrere la prima lista delle donne da controllare, leggendo per ognuna una breve biografia.

Passarono un po' di giorni in questo clima di beatitudine prima che mi venisse in mente di mettere al corrente la signora Anzini della disquisizione con Guido.

Dopo aver pranzato comunicai a Guido della mia intenzione di far visita alla signora Palmina, per tranquillizzarla un po', e darle forse una piccola speranza.

«Non andare, Francesca. In verità già volevo avvisarti ieri, poi mi son scordato preso dagli altri impegni. Il dottore mi ha avvisato del malore che ha colpito la signora. Ora è in cura, quindi è il caso di rinviare la visita a quando starà meglio.»

Guarda caso, la signora Palmina si era sentita male...

«Che genere di malore ha avuto?»

«Non mi sembrava il momento di sottoporre il dottore a un terzo grado sulla signora, converrai con me che gli impegni in Comune sono più importanti delle piccole disgrazie che accadono alla signora Anzini.»

«Sì, certo.»

Acconsentii, ma immaginai che fosse accaduto qualcosa.

Mi risultava strano che la signora Palmina avesse avuto un malore dopo la nostra visita, ma era pur sempre possibile.

Decisi di sorvolare.

Mi resi conto di quanto fosse importante la fiducia in una coppia, di quanto un piccolo dubbio potesse trasformare e distruggere l'amore. Io amavo Guido, quindi abbandonai ogni incertezza.

Nonostante i miei sforzi di pensare ad altro, c'era un chiodo fisso conficcato nel mio cervello: Maria.

36

Seguirono mesi molto intensi, di duro lavoro per il podestà ma anche per me stessa.

I suoi giorni erano occupati quasi interamente a impartire punizioni esemplari alle persone di malaffare che in continuazione gli si paravano davanti. Il mio compito consisteva nell'organizzare gli incontri con la consulta, e sistemare come meglio potevo i punti all'ordine del giorno. Inoltre il podestà doveva avere sempre sotto controllo la produzione del grano, per il quale il Duce aveva iniziato una specifica battaglia già da qualche anno e al quale doveva redigere rapporti precisi circa l'andamento di raccolta e consumo. In virtù dell'obiettivo di risanare l'economia nazionale, che affrontava un periodo di deficit di bilancio, il podestà stabilì che anche Avezzano avesse la sua «Festa dell'uva», esistente già in altre città d'Italia, perché promossa dal ministero dell'Agricoltura su volere del Duce, e fu fissata a fine settembre.

Poi fu la volta dell'orzo. I terreni avevano bisogno di rotazione delle colture per migliorare la salute del suolo, e fu suggerito l'orzo. Il podestà ne fissò il prezzo al quintale e ciascun agricoltore avrebbe dovuto sottoscrivere il proprio contratto.

Due cose sopraggiunsero a rendermi sereno il periodo: la prima fu che tutti questi impegni riguardassero sì gli uomini del partito ma anche Elisabetta; la seconda fu che i suoi impegni la tenevano lontana dalle liste delle donne non iscritte al fascio e la ricerca rallentò fino a sospendersi a tempo indeterminato.

Anche se mi trovavo nell'impossibilità di andare da Maria, il pensiero era immutabile e costante. Il terrore che Elisabetta, insistendo sulla necessità d'iscrizione e ricevendo di conseguenza un rifiuto deciso, potesse dare ordine di pestare a sangue l'intera famiglia mi turbava costantemente.

Avrei tanto desiderato far visita alla signora Palmina, della quale avevo un così tenero ricordo. Non avevo più avuto modo di chiedere a Guido delle sue condizioni fisiche, né avevo avuto occasione di incontrare il dottore. Immersa nell'organizzazione degli eventi mi convinsi che era guarita e nella mia mente la vedevo intenta nei lavori del suo orto e nella sistemazione della casa.

Furono mesi in cui io nella maggior parte del tempo scomparivo, esisteva solo Guido, il suo volere e le sue necessità. Le mie le ingoiavo in attesa di un tempo più mite.

Aveva ordini per tutti e quindi anche per me. Io ubbidivo silenziosa e solerte, per evitare che lui si adombrasse. Avevo fatto una promessa che desideravo mantenere. Sarei stata con lui e l'avrei amato per tutto il resto della mia vita. Ciò comportava un'indiscussa e sottintesa fiducia. Gli credevo qualsiasi cosa mi dicesse, anche il giorno in cui mi chiamò dalla sala riunioni, mentre mi trovavo in cucina: «Francesca vieni, devo dirti una cosa».

«Sì, eccomi.»

«Ho pensato di testare personalmente il treno popolare Avezzano-Napoli-Pompei per poter invogliare i cittadini a utilizzarlo e ad acquistare i biglietti. Che ne pensi?»

«Che è un'idea favolosa, quando partiamo?»

«Ho pensato che non è il caso che tu venga con me questa volta. Ho bisogno di te in municipio, a causa dei contratti per l'orzo, quindi porterò con me Elisabetta.»

L'espressione del mio viso, che un attimo prima era illuminata dalla bella notizia, si spense rovinosamente, come un masso di enormi proporzioni che precipita da altissima quota e si schianta a terra sbriciolandosi in mille pezzi.

Mille pezzi... così mi sentivo.

Fin dal giorno in cui l'amministrazione delle ferrovie aveva dato notizia che un certo numero di persone avrebbe potuto utilizzare il treno popolare Roma-Napoli per una gita, gli avevo chiesto, quasi implorandolo, di portarmi a visitare una qualunque città.

Perché lei? Avrei voluto chiedere di più, avrei desiderato che mi spiegasse il motivo di quella scelta astrusa. Ma il mio concetto d'amore impedì qualsivoglia chiarimento. Mi fidavo di lui senza *se* e senza *ma*.

«Partiremo il 17 settembre, quindi hai tutto il tempo di prepararmi il vestito e l'occorrente per il viaggio.»

Eravamo sposati da tre anni, il nostro matrimonio era giovane, eppure avevo come l'impressione che Guido fosse già stanco di me.

E ancora giorni, giorni di attesa per la sua partenza, giorni d'ansia e di totale confusione.

Mi sentivo come perduta in una boscaglia, senza alcun senso dell'orientamento, persa tra mille ipotesi e una certezza: mi fidavo di lui.

La sera prima che partisse guardai il cielo, c'era una splendida luna, la sua delicatezza, il garbo di esserci senza alcuna pretesa, mi fece pensare a nonno.

Nonno c'era e potevo sedermi accanto a lui, farmi raccontare delle storie o la sua, sul terremoto.

Potevo chiedergli di nonna, dell'amore che ancora provava per lei, forte e indissolubile.

«Solo così può essere l'amore!» teneva a ricordarmi.

Ero stata abituata a obbedire, perché ai genitori si deve solo rispetto, ma con Guido speravo di aver voce, una spalla salda, un corpo dove accoccolarmi nei giorni più bui.

Invece solo freddo e gelo, freddo e gelo.

Ormai avevo la sensazione che il giorno si svegliasse senza me e che senza me tornasse a dormire.

Lui non s'accorgeva se c'ero e neanche se scomparivo.

Eppure vestivo di dolcezza il mio animo assente. Volevo solo che cessasse quel freddo, il ghiaccio con cui mi sfiorava e che mi faceva battere i denti.

Sapevo che era poca cosa il mio amore, ma c'ero e avrei aspettato... magari tornava la primavera nei suoi occhi.

Lentamente era scesa come una coltre di nebbia fredda su di noi, una nebbia che separa, divide, allontana e infine distrugge.

Ero certa che mamma avrebbe desiderato tutt'altro per me, avrebbe voluto che i miei occhi si svegliassero guardando occhi che già stavano lì a guardare da ore. Avrebbe voluto parole di miele nei miei riguardi, un cuore lento da ascoltare di notte. Avrebbe voluto gentilezza, una mano sempre pronta, una porta sempre aperta. Invece... solo ghiaccio.

«Portami a ballare»: un sogno che ormai non sognavo più.

«Com'è andata la gita?»

«Niente di che, ti sei risparmiata un viaggio inutile. È andato tutto bene per te?»

«Sì, tutto bene, come sempre.»

37

Il podestà quella mattina doveva occuparsi di un avviso per la popolazione. Riguardava la diminuzione dei corrispettivi per le affittanze agrarie. L'argomento era perciò importante ma ostico, e di sicuro necessitava di un'intera giornata di discussione con il manipolo di capi al suo servizio.

Approfittando dell'assenza di Guido fino a sera e di un po' di respiro dagli impegni in Comune, decisi di andare finalmente da Maria per metterla in guardia dagli uomini della milizia, che di sicuro le avrebbero fatto visita presto, dato che il podestà aveva dato ordine di riprendere con l'esamina delle liste nere. Difficilmente avrei avuto un'altra occasione di libertà di movimento come quella, e per me era fondamentale mettere in allarme la sua famiglia.

L'amicizia ha davvero qualcosa di sacro.

Comincia dagli occhi, da un solo sguardo, dal bacio sulla fronte che ferma i pensieri attorcigliati, la mano che ritrovi tutte le volte che cadi, la voce tenera che placa l'affanno. Questo era Maria per me.

Uscii di casa a piedi, per non destare interesse, come dovessi fare una passeggiata. In pochi minuti, a passo spedito, arrivai da lei.

Fuori casa sentii delle voci. Maria rideva, la mamma borbottava e... la voce di un uomo.

Bussai forte per essere sicura che mi sentissero.

Dopo tanto baccano scese il silenzio, poi udii movimenti veloci, spostamenti improvvisi, sedie che riprendevano il loro posto.

L'attesa non fu breve. Certo, dovetti aspettare solo qualche minuto, ma cominciai a sentire una serpeggiante apprensione.

Fu Maria ad aprire e notai subito la sua espressione ambigua. Si era come incupita, riconoscendomi.

«Ciao Maria, ho bisogno di parlarti di una cosa davvero importante, mi fai entrare?»

Maria era preda di un vistoso imbarazzo che non sapeva gestire, poi disse: «Aspetta solo un attimo».

Accostò la porta.

Rimasi attonita a fissare il legno. Pensavo che Maria non volesse più vedermi, che essere diventata la moglie del podestà poteva aver rovinato per sempre la nostra amicizia.

Mentre ero lì ferma davanti alla porta semichiusa, sentivo la madre bisbigliare invano: «È una pessima idea! No, no e no! Finirai per farci arrestare tutti».

«Mamma, sta' tranquilla, non succederà, lei è mia amica da sempre. Non mi tradirebbe mai e mai io la tradirei.»

«È cambiata, adesso è la moglie del podestà. Se volesse potrebbe farci appendere al ramo più alto dell'albero in piazza, e le basterebbe una sola parola, lo capisci?»

Rimasi sbigottita ad ascoltare le parole di Cesira. Lei mi conosceva anche meglio di Maria, mi aveva visto letteralmente nascere. Come poteva avere un concetto di me tanto balordo?

Mi girai e presi la strada del ritorno. Pensare che volevo solo essere d'aiuto e mettere l'intera famiglia in guardia.

Avevo percorso una ventina di metri quando sentii la voce di Maria: «Francesca, ti prego, entra!»

Tornai indietro.

Entrai in casa e uno strano odore mi colse di sorpresa.

Un odore di stantio, di chiuso, che mi sconcertò. Le nostre madri si somigliavano e sulla pulizia della casa erano un po' fissate. Il più delle volte le nostre case profumavano di sapone di Marsiglia.

Cesira era seduta in cucina con le braccia poggiate sul tavolo, un bicchiere davanti a lei e altri due bicchieri di fianco.

«Accomodati pure Francesca, che bello che sei passata a trovarci! A che dobbiamo questa visita?»

Maria cercava in ogni modo di mascherare il suo imbarazzo.

«Forse è meglio spostarci in un'altra stanza, non voglio essere inopportuna se avete ospiti.»

Maria trasalì, forse non si aspettava che avessi capito che c'era qualcuno in casa oltre a loro due.

«Ma no, cosa vai a pensare, siamo solo io e mamma.»

La voce le tremava e, nonostante i suoi sforzi alla ricerca della naturalezza, non c'era verso di calmarla.

Abbandonai ogni distrazione per qualche minuto, dovevo dire ciò che mi premeva.

«Sono venuta per mettervi in guardia. Il podestà ha una lista nera, chiamiamola così, con i nomi delle persone che non sono iscritte alle associazioni fasciste. Le milizie hanno il compito di far cambiare idea a chi non desidera iscriversi al fascio... con ogni mezzo.»

Maria divenne di colpo muta e seria. Guardò sua madre, bianca come un lenzuolo.

Continuai.

«Però se l'intera famiglia si iscriverà al fascio non avrete nulla da temere.»

«Come mai vieni proprio qui a raccontare le tue cose, tue e di tutti i delinquenti fascisti che ti ritrovi alle spalle?»

«Perché ci tengo a te, alla tua famiglia e alla vostra incolumità. Quando verranno non baderanno alla nostra amicizia, sai?»

Maria si alzò e sollevò quel terzo bicchiere dal tavolo per immergerlo nell'acquaio. Quel gesto mi fece pensare alle caramelle di zucchero che da piccole trafugavamo di nascosto nel negozio di Giulia.

«Maria, mi dici che hai? Ho notato il tuo turbamento. Voglio solo essere d'aiuto!»

«E che aiuto potresti darmi tu che sei solo una fascista, adesso? L'amicizia? L'hai detto tu che le milizie passeranno sopra ogni cosa. Sopra di me, sopra la mia famiglia, sopra la nostra amicizia. Ma la loro delinquenza è autorizzata, anzi accettata, elogiata. Ci uccideranno tutti perché i fascisti non conoscono altro che la violenza.»

«I fascisti si comportano come devono e come è necessario per il bene del Paese e della società tutta. E comunque mi meraviglio di te, Maria. Mi hai sempre parlato della nostra amicizia come qualcosa di sacro, al di sopra di ogni concetto politico, e ora?»

Aveva abbassato il capo e non sapeva cosa fare.

«Maria, di chi era il bicchiere? Chi c'era qui prima che entrassi?»

«Non posso Francesca, non insistere. Non c'è niente.»

Le sue mani tremavano, e quasi non riusciva a guardarmi.

Nascondeva qualcosa, era evidente.

«Maria dimmi chi c'è, posso risolvere ogni cosa e tu lo sai, ma sii sincera con me. Non sono stupida, è ovvio che stai cercando di coprire qualcuno! A me puoi dirlo!»

Maria mi diede le spalle, come per cercare una soluzione al di fuori di me.

Nessuna risposta, solo silenzio. Quel mutismo mi feriva immensamente.

Mi alzai per togliere il disturbo.

Maria allora si girò.

«Ti prego Francesca, aspetta, siamo solo spaventate. Tu hai ragione e so che faresti di tutto per evitare perquisizioni e violenza in questa casa.»

Cesira si alzò di scatto e gridò con tutto il fiato che aveva in corpo: «Maria, no, non lo fare, la tua amica non è più quella di prima, è pericolosa».

Percepii in quel momento tutta la preoccupazione e la tensione della donna.

Perquisizioni e *violenza*! Quelle parole mi scossero e mi allarmarono, ebbi la conferma che in casa c'era qualcuno. Temevano, anzi, quasi aspettavano una perquisizione.

«Spaventate da cosa?» chiesi spazientita.

«Seguimi, per favore!» e mi prese la mano, alla ricerca di un contatto, di una vicinanza che non avevamo più, che avevamo perduto nel tempo. La mia svolta fascista, gli impegni con la sede, le infinite giornate rinchiusa in casa per le discussioni con i miei, il matrimonio con il podestà del paese. Il tempo, e ancor più le scelte, ci avevano allontanate. Strinsi la sua mano, forte, con tutto il calore e l'amore che nutrivo per lei da quando avevo memoria. Quel gesto mi intenerì. Per un secondo tornammo alle origini, a quando creavamo alleanze col sangue.

Arrivammo in soffitta e guardai Maria sempre più incuriosita, proprio non capivo che cosa volesse mostrarmi.

Maria mise la mano sulla porta della stanza dove da piccole andavamo spesso a giocare.

«Francesca, noi siamo amiche da sempre e, per dimostrarti quanto tengo a te e quanto mi fidi della nostra amicizia, ti mostrerò una cosa.»

Cominciavo a preoccuparmi, anche se da un lato il suo affetto dichiarato mi rincuorava.

«Ora aprirò questa porta e tu farai un gesto di fiducia immenso nei miei confronti rimanendo calma e ascoltando. Me lo prometti?»

«Sì!»

«Tu lo sai che non ti tradirei e so che tu non lo faresti perché il nostro legame è unico, è così?»

«Sì. Ma ora apri, mi stai facendo agitare.»

Maria aprì piano la porta.

«Stiamo entrando, non aver paura, è un'amica!»

La luce della scala inondò la soffitta.

Era spoglia ma calda, d'altronde eravamo in estate e la mansarda tendeva a riscaldarsi più delle stanze al piano di sotto.

Riconobbi subito il nostro nascondiglio, la cassapanca di legno tutta impolverata dove riponevamo le bambolette di pezza con i vestitini di lana che cucivamo da sole, e sulla quale creavamo i nostri spettacolini. Notai il vecchio materasso messo di taglio appoggiato al muro, che adagiavamo in orizzontale e sul quale saltavamo come fossimo su una rete, o camminavamo un piede davanti all'altro, funambole improvvisate su un filo altissimo. Non avevamo niente, nessun giocattolo, quasi nessuna bambola, ma la fantasia suppliva egregiamente a ciò che mancava. Allargavamo le braccia immaginando di essere nel centro di una vallata, su un filo, a cento metri dal suolo: «Guarda Fra', una mandria di cavalli liberi!»

«Guarda Maria, laggiù gli stambecchi si arrampicano sul fianco della montagna!»

E così mimavamo il rumore del galoppo con la lingua o fingevamo di arrampicarci sul muro.

Giocare diventava per noi un viaggio: ci sentivamo parti integranti di un mondo da scoprire, sconfinato e bellissimo.

Un odore di candela spenta mi arrivò alle narici d'improvviso e mi ridestò dai ricordi. Mentre continuavo il giro della soffitta arrivai a un angolo sul fondo, nascosto dalla luce. Guardai più volte, con attenzione, per essere certa di quello che stavo intuendo.

C'era un uomo rannicchiato sul cemento, coi capelli piuttosto lunghi e la barba incolta, una camicia chiara.

Impiegai qualche secondo per capire di chi si trattasse. Ci arrivai con l'intuito, e rimasi sgomenta.

38

Quel fetore di chiuso, di muffa, quelle zaffate di odoraccio che avevo sentivo quando ero entrata in casa e che mi aveva preso alla gola appena aperta la porta della soffitta, veniva da lui.

«Chiudi immediatamente la porta! Subito, Maria!»

Lei ubbidì e io cominciai a scendere di fretta le scale. Sentivo montare una furia incontrollabile.

«Vergognati! Vergognati! Dovresti solo vergognarti!»

Tornammo di corsa in cucina. Non riuscivo a star ferma, mi muovevo in un senso, poi in un altro, seguivo l'onda dei pensieri. Cesira si alzò in piedi e si mise con le spalle poggiate alla madia, spaventata per la mia ira. Non sapeva cosa fare, guardava me e poi Maria.

«Tu non ti rendi conto di quello che hai appena fatto.»

«Aspetta Francesca, calmati per favore.»

Cercava di prendermi le mani, ma continuavo a sfuggirle.

«Calmarmi? Tu mi hai appena messo all'angolo, nell'angolo dove giace quell'uomo!»

Non reggevo il tono della voce, le parole volevano esplodere insieme ai miei polmoni.

«Ti prego, parla con lui. Ascoltalo.»

«Non voglio sapere nulla di lui! Qualsiasi cosa tu mi dica sarò costretta a riportarla a Guido, lo capisci? E ti rendi conto di cosa succederà? Verrà qui con le milizie e spazzerà via l'uomo, te, la tua famiglia e l'intera casa. Non dire una parola.»

Non smettevo di gridare, non riuscivo a placare lo sdegno.

«Ma Francesca, solo tu puoi aiutarci!»

Anche Maria si muoveva in su e in giù dietro di me, alla ricerca di un punto d'accordo.

«Ti sto già aiutando, Maria. Ecco quello che farò. Farò finta di non aver visto niente, non so niente di niente, come non fossi mai venuta in questa casa... Vergognati!»

Uscii sbattendo la porta.

Tornai a casa praticamente correndo per sbollire l'astio, il fiele che mi fermentava nello stomaco.

La casa sembrava vuota. Annetta di sicuro era uscita a far la spesa.

Salii direttamente in camera e mi gettai sul letto col viso immerso nel cuscino. Piansi.

Mi sovvennero dolci e ormai corrotti ricordi. Ripensai all'orto di zio Peppino, dove io e Maria andavamo a rubare le ciliegie. Ogni volta giocavamo a guardie e ladri, zio Peppino si divertiva come un matto nel tentativo di prenderci. Ripensai alla soffitta dove dopo ogni marachella ci nascondevamo a mangiare la refurtiva.

Il pensiero, privo di filtri, libero da ogni pregiudizio, si intrufolò in quella soffitta, a causa della curiosità che mi destava quell'uomo nonostante tutte le opposizioni del caso.

L'uomo a guardarlo pareva pulito, non doveva essere chiuso lì da molto.

Guardava davanti a sé, non si era mosso. Lo paragonai a settembre, il mese della fine dell'estate, dell'allegria e dei momenti spensierati. Il vento leggero e fresco che trascina con sé le prime foglie secche, cadute da alberi che hanno prosperato dall'inizio della primavera e cominciano ad abbandonarsi al tempo, al termine del loro ciclo, al dolce crogiolo del sole settembrino, non più forte, ma tiepido.

Ebbi l'impressione di aver avuto davanti a me un animale catturato, un lupo strappato dal branco e costretto a vivere in una gabbia. Aveva lo sguardo accigliato, pareva arrabbiato, come se ce l'avesse con il mondo intero. Nei suoi occhi solo nebbia, notte.

C'era stato qualcosa in lui, qualcosa che mi aveva calamitato. Il segno di un dramma interiore, occhi tristi che nascondevano lacrime nascoste per orgoglio.

E con le immagini dell'uomo rannicchiato a terra, tornarono le zaffate della soffitta chiusa. Non riuscii più a governare i conati che mi arrivavano a raffica, con un gran mal di stomaco. Annetta ancora non tornava, così mi alzai dal letto e scesi per prepararmi un po' di camomilla in un pentolino. Mentre aspettavo che l'acqua bollisse mi resi conto di essere ancora infuriata con Maria. Chiusi un attimo gli occhi per riposare, quella giornata era stata particolarmente pesante. E di nuovo si affacciò nei miei pensieri il profilo di quell'uomo. Non riuscivo a fare a meno di pensare a lui: qualcosa mi aveva colpito talmente forte da impigliare la sua immagine nella rete degli occhi.

Quella notte non riuscii a dormire. Mi giravo e rigiravo nel letto, facevo forza sui miei occhi per accalappiare il sonno. Ogni minuto un macigno da sgretolare.

Come poteva ridursi un uomo in nome del suo credo...

39

Quel giorno mi faceva ben sperare.

C'era qualcosa nell'aria di particolare, come se il cielo fosse stanco. Tutto era immobile, non c'era vento, si sentiva l'odore di una pioggia lontana, dell'erba felice di accoglierla.

Chissà quanta ne può sopportare un filo d'erba!

Pensavo: chissà se anche il cielo si abbatte, se ha i suoi momenti d'ira e di noia e di rabbia. Magari quando un albero si spoglia di tutte le sue foglie è il cielo che piange.

Decisi di tornare da Maria, non ero stata del tutto sincera con lei, non le avevo detto che avevo io l'ingrato compito di convincerla a iscriversi al fascio usando ogni mezzo, io insieme a Elisabetta. Dovevo insistere per l'iscrizione e indurla a liberarsi di quell'uomo.

Venne ad aprirmi proprio Maria che mi accolse con un gran sorriso, mi prese la mano e mi spinse all'interno.

«Tesoro, accomodati!»

«No Maria, è meglio che non mi faccia vedere in casa tua, vado via subito, dovevo però dirti una cosa di estrema gravità. Mi è stato assegnato un compito dal podestà.»

«Davvero? Stai diventando importante amica mia, dimmi tutto.»

Lei mi sorrideva come un raggio di sole.

«Ti avevo già parlato della lista nera del podestà, ma non ti avevo detto che è compito mio stanare tutte le comuniste del nostro paese. Elisabetta e io abbiamo un plico di tre pagine di nomi. Andiamo a casa delle persone, parliamo con loro nella speranza di ottenere un'iscrizione nelle liste del fascio.»

«Ho capito. E se la signora in questione non intende iscriversi?»

«Riceverà una visita dalle milizie che la obbligheranno. E, nel caso dovesse ancora insistere sulle sue convinzioni, saranno dolori.»

Scese una coltre di silenzio. L'ultima frase l'avevo quasi sussurrata per quanto mi vergognavo a dirlo, ma tanto era.

«Oh, pensa quanto conta il tuo giudizio!»

«Maria, sto cercando una soluzione da lungo tempo, non faccio altro che pensare a questo. Sta' tranquilla che mi verrà in mente qualcosa, vedrai.»

Lei accennò appena un sorriso e mi coprì la mano con la sua.

«Se tu e i tuoi genitori non cambierete le vostre idee politiche riceverete la loro visita e la presenza di quell'uomo in casa peggiorerà terribilmente la vostra situazione.»

«Va bene, va bene... Prometto di pensarci, però in cambio devi fare una cosa per me.»

«Cosa Maria?»

«Conoscere quell'uomo. Un breve saluto, nient'altro.»

Già non dovevo essere lì, ma se quel gesto poteva portare a un cambiamento di rotta di Maria ne valeva senz'altro la pena.

Così accettai.

Salimmo le scale fino in soffitta e mi meravigliai sentendo il battito del mio cuore accelerare.

Maria aprì piano la porta.

L'uomo era accovacciato per terra, con la schiena poggiata al materasso.

«Manfredi stai tranquillo, è una mia amica che desidero farti conoscere.»

L'uomo si alzò, si girò e venne verso di noi.

Mi parve buono, capace di abbracciare e di prendersi cura delle persone.

«Francesca, lui è Manfredi De Santis.»

Non mi stupì, lo sapevo già, l'avevo intuito dalla prima volta che l'avevo visto.

Poi si rivolse a lui: «Manfredi, lei è Francesca Di Matteo, la moglie del podestà».

Manfredi aveva occhi grandi e azzurri, cerchiati dalla polvere e dalla stanchezza, capelli lunghi castani ma ispidi e intrecciati.

Che sortilegio era mai quello? Cosa permetteva a un uomo di splendere nonostante la sporcizia e la prostrazione?

«Mi piacerebbe stringerle la mano ma non mi permetto, la sporcherei. Sono onorato di questa conoscenza e la ringrazio di cuore per la visita a un delinquente.»

Manfredi accennò un sorriso.

«E fa bene, non ho nessuna intenzione di sporcarmi a causa di un criminale.»

Ero livida di rabbia nei suoi confronti, si nascondeva come un topo di fogna senza timore di mettere a repentaglio Maria.

«Criminale per la mia insofferenza a qualsiasi autorità. Il suo comportamento mi delude, signora Di Matteo. Devo constatare che Maria ha più coraggio di lei.»

«Ma come si permette! Io ho coraggio da vendere. La sola mia presenza qui è indice di coraggio, qualsiasi altra persona l'avrebbe già consegnata alle milizie.»

«Sono lieto che lei non l'abbia fatto. Maria non ha avuto tentennamenti nell'ospitarmi e nel proteggermi.»

«Lei pensa di essere diverso dagli uomini che la cercano? Dice davvero? A me sembra che non abbia avuto scrupoli a mettere in pericolo un'intera famiglia per trovare un nascondiglio.»

«Per me dice? Per un ideale forse, il più alto.»

«E quale sarebbe?»

«L'uguaglianza! Lei pensa di essere una rivoluzionaria, vero? Semplicemente perché è donna, e una donna attivista fascista è cosa rara. Ebbene, signora» tenne a sottolineare quel *signora* «sappia che una sola Maria vale più di cento Francesca. La vera rivoluzione non sta nell'adeguarsi, sta nel resistere.»

«Ma io non mi adeguo a nulla!»

«Come fa a dirlo? Non è lei la moglie del podestà? E non è più facile allinearsi alla politica autarchica del momento, piuttosto che andarle contro? Un fiume di pecore iscritte in una lista ricamata d'oro sempre pecore rimangono.»

«Ma come si permette? Dare della pecora a me, che sono qui davanti a lei, disgraziato, per amore di Maria.»

«Classista e perbenista anche! Io non posso darle della pecora, ma lei può darmi del disgraziato. A proposito di disgraziati, stia attenta alla sua combriccola fascista, sono uomini, quelli, capaci di mentire guardandoti negli occhi, e sorridendo. È una loro caratteristica.»

Le mani presero a tremarmi per la rabbia.

Forse Maria aveva intuito il mio malessere, perché ci divise e chiuse in fretta la porta.

Scendemmo le scale in silenzio.

Il suo aspetto ingannava enormemente.

Una faccia d'angelo a nascondere il peggiore dei diavoli. I suoi occhi azzurri, il tono gentile, il modo amabile.

Maria mi chiese qualcosa che non afferrai immediatamente.

«Puoi ripetere per favore, Maria?»

«Prima di lasciarti andare volevo che tu sapessi la verità su Palmina Anzini. Ti ricordi di Palmina?»

«Sì, certamente, le feci visita qualche anno fa insieme a Elisabetta.»

«Mmm.»

«Seppi che non stava bene, il dottore ne aveva parlato con Guido e purtroppo non ho più avuto occasione di tornare a trovarla.»

«È morta, Francesca!»

Rabbrividii.

«Morta? Ma cosa dici, è impossibile, era in cura dal dottore!»

«No, è stata trovata piena di lividi e ferite, un braccio rotto. Dicono che sia caduta dalle scale e non sia riuscita a superare la notte, ma è una menzogna.»

A stento trattenni le lacrime.

«Chi te l'ha detto?»

«Ginetta, la sua vicina di casa, era andata a portarle un pezzo di formaggio e trovandola in quelle condizioni ha chiamato il dottore, che è arrivato subito con una camionetta di gendarmi. Dopodiché è scomparsa. Nessuno l'ha più vista. Il dottore tempo dopo diede conferma del suo decesso.»

Trasalii. Quasi non riuscivo a credere a quelle parole.

Dovevo fidarmi di mio marito.

Eppure... la vita mi spingeva da un'altra parte.

40

Dove erano finite le mie lacrime?

Mi stavo disperando eppure non una lacrima solcava le mie guance.

Sentivo addosso tutta la colpa per la morte di Palmina.

Volevo esserle d'aiuto, offrirle una possibilità, darle tempo, tutto il tempo che le regalava la vita nella serenità della sua casetta di bambagia.

Invece le avevo arrecato solo dolore. Era morta.

Mi sentivo la rete strappata di un pescatore, logora e inutile, la cartuccia sparata da un cacciatore.

Mi tempestavano il tormento per la morte di Palmina e l'ira nei confronti di De Santis.

Facevo il conto di quante donne fossero mancate prima di Palmina: quanta sofferenza doveva provare la città, prima di arrivare alla piena vittoria del fascismo? E come si era permesso quell'uomo di usare un simile tono con me?

Forse non gli era abbastanza chiaro chi io fossi, screanzato senza vergogna, né che potevo decidere della sua vita.

Se ancora poteva nascondersi come un verme... lo doveva a me.

La rabbia è una pioggia battente.

La sentivo, partiva dallo stomaco e avevo solo il desiderio di sputarla.

Di nuovo una fitta allo stomaco mi fece contorcere di sofferenza.

Dovevo assolutamente andare dal dottore, in fondo era sulla strada di casa.

Lo trovai nel giardino, che scacciava un gatto con la scopa. Per fortuna il gatto, più agile di lui, trovò il modo di scappare.

Mi accolse con gioia nello studio di casa sua, aveva ancora la scopa appresso.

Per un secondo pensai che la volesse usare anche contro di me.

«Perdonami Francesca carissima, ma questi gatti mi stanno rovinando il giardino. Vieni, accomodati, è un gran piacere averti qui.»

Gioioso e affabile, il dottor Rossi mi scortò fino al suo studio.

Gli parlai del mio problema allo stomaco, delle fitte, del vomito, dei mal di testa.

Il dottore mi fece una visita approfondita, tastando tutto l'addome, dalla parte superiore dell'intestino fino in basso, al livello dell'appendice. E se fosse proprio l'appendicite?, pensai.

«Francesca, sta' tranquilla, non c'è niente che non va.»

«Oh dottore grazie, stavo quasi cominciando a preoccuparmi.»

«No, non c'è da preoccuparsi... ma da festeggiare, cara.»

Non capivo cosa potesse mai esserci da festeggiare.

«Sei incinta. Tantissimi auguri a te e al podestà!»

La mia mente immersa in un banco di nebbia. Nella mia testa solo un'enorme confusione.

Certo mi faceva piacere la notizia del bimbo ma, come spesso succede, le cose capitano tutte insieme e ti lasciano senza respiro.

Magari tra me e Guido c'erano troppe incomprensioni.

Tante verità nascoste, o dette in parte, o mal raccontate, per pudore forse, o per paura.

Sentimenti annacquati, perché saturi, troppo carichi.

Di sicuro Guido non sarebbe stato nella pelle dalla gioia, col rischio di ribadire per l'ennesima volta che le nostre divergenze erano solo un temporale passeggero.

Rimasi lì, fuori dalla casa del dottore, in uno spazio di nessuno, a guardare le foglie che s'arrendevano alla stagione.

E finalmente piansi, un po' di gioia e un po' di dolore.

Un pensiero mi sconvolse, nascendo dal nulla. Mettere due panni in un sacco di iuta e andar via, lontano, io e il mio bimbo.

Palmina aveva le sue vecchie, inattuali, sbagliate idee, ma le erano state tramandate, avevano un valore.

«Palmina... mia cara...» Avrei chiarito le circostanze della sua morte con Guido senza ombra di dubbio, a costo di litigare furiosamente e di prenderle come al solito. A costo di fuggire per vergogna e rabbia.

Rientrando in casa sentii diverse voci. Una discussione. Il podestà era in riunione con i suoi sottoposti.

Mi accolse con un sorriso.

Si alzò e mi venne vicino.

«Francesca, accomodati in una delle sedie poste ai lati della sala, puoi ascoltare se vuoi.»

«Grazie Guido, sinceramente non mi sento molto bene, preferirei salire in camera e riposare.»

«Ma certamente, vai pure.»

«Guido, cortesemente potresti salire appena finita la riunione?»

«Che succede, è tutto a posto?»

«Sì sì, ho solo bisogno di parlarti.»

«Va bene, tanto l'assemblea è quasi terminata.»

Salutai, chiusi la porta dietro di me e cominciai a salire le scale.

Certo avevo molte cose da dirgli, ma quella che mi stava più a cuore in quel momento era senza alcun dubbio la morte di Palmina. Avevo bisogno di spiegazioni, non sopportavo l'idea che qualcosa minasse la fiducia che riponevo nei suoi confronti.

Cercavo solo un po' di serenità in quel nostro rapporto anomalo, a tratti grottesco.

41

Ero così stanca di star male. Avrei voluto risolvere la diatriba con Guido con serenità, senza aver paura dei suoi scatti d'ira.

Nella mente, immaginavo noi tre su una spiaggia che non avevo mai visto, a passeggiare mano nella mano. Il bimbo al centro, che ci chiedeva di farlo dondolare.

Struggente, la figura di noi a un tratto è scemata, diventata fumo, come tutte le cose belle che avevo cercato di dimostrare a Guido.

Non si finisce mai di pensare.

I pensieri sono inarrestabili come l'acqua del mare. Si infrangono su uno scoglio, tornano indietro e poi ti accorgi che più pensi e più ti fai mansueta, indulgente. E man mano ti fai triste, col ricordo ancora in bocca di aver dato tanto, tantissimo, forse troppo, e mastichi delusione. Avresti dovuto accorgerti prima che il tempo era passato, prima che un futuro non sarebbe mai nato.

Non riuscivo a riposare. Di sicuro mi rendevo conto che la mia non era vita.

Stavo amando moltissimo, tutti. Tutti tranne me.

Stavo diventando una donna fragile, forse?

Il dolore per Palmina, la preoccupazione per Maria, la confusione per Guido, il bimbo: mi sembrava di essere rimpicciolita e che tanti pensieri non trovassero il modo di stare nella mia piccola testa.

Mi rigiravo e rigiravo nel letto, nell'attesa che salisse Guido.

Certo non potevo pretendere che tutti la pensassero come me. Ma alcune persone mi inquietavano. De Santis, per esempio, che si nascondeva mettendo in una posizione pericolosa Maria, eppure si illudeva di farlo in nome della rivoluzione, per il bene del popolo. Ma, a ben vedere, Guido mi inquietava più di tutti.

Avevo bene in mente il giorno in cui De Santis, tra un'offesa e l'altra, mi aveva messa in guardia dai sorrisi di Guido.

Desideravo fidarmi di lui, eppure una cosa bella come la notizia del bimbo volevo tenerla ancora per me, per me sola. Volevo che la meritasse.

Decisi di metterlo alla prova. Magari, se mi avesse convinto con le sue buone intenzioni, nonostante il suo nervosismo e i sorrisi che serbavano antichi rancori, avrei potuto anche permettergli di farsi padre, di creare una famiglia insieme a me.

Mi sentivo seduta sul bordo di un abisso, come se l'intero universo cospirasse contro di me, alle mie spalle, e io, smarrita e affatto lucida, a cercare un varco tra rovi e rami secchi.

Non avevo mai avuto tanto freddo, eppure di inverni gelidi ne avevo passati davvero.

Ero cresciuta sotto lo sguardo attento di mamma e nonno, pura come un fiocco di neve. E ora mi ritrovavo addosso la colpa della morte di una donna.

Sentii il tonfo degli stivali di Guido sulle scale.

Entrò in camera piano e venne verso di me.

Notai una nuova accortezza nei suoi movimenti, alla quale non ero per niente abituata.

«Come ti senti? Va meglio?»

«Non passerà se non chiarisco questa situazione con te.»

«Quale situazione?»

Mi guardava tranquillo, con l'aria innocente di un bambino.

«Ti ricordi della signora Palmina Anzini?»

«Sì certo, la prima donna che andasti a visitare con Elisabetta.»

«Sì, giusto... Che cosa le hai fatto?»

Guido rise, come se stessi dicendo qualcosa di divertente.

«Pensi che abbia qualcosa a che fare con la sua morte?» e rise ancora.

«Ma come puoi ridere su un fatto così sconcertante?»

«Tu piuttosto, come puoi chiedermi una cosa del genere... Mi conosci!»

«Perché, guarda caso, lei cadde dalle scale subito dopo la visita mia e di Elisabetta.»

«E cosa ti fa pensare che sia stato io a farle del male?»

«Il fatto che nessuno poteva sapere della nostra visita tranne te.»

«È soltanto caduta. È stato il dottore a mettermi al corrente della sua morte. Pensi sia necessario interpellarlo?»

Mi prese la mano.

«Francesca, sono pronto a giurare sulla mia innocenza, e lo farà anche il dottore. Mi credi adesso?»

Disse quell'ultima frase guardandomi negli occhi, sorridendo pacato.

Le sue parole caddero di colpo, il suo discorso precipitò, tutto intorno a noi franò.

Stava mentendo. Nel sorriso vidi la prova: aveva ragione De Santis.

Purtroppo non avevo altro modo che chiedere a lui della morte di Palmina. Qualsiasi altra persona, compreso il dottore, sarebbe stata dalla sua parte e quindi avrebbe mentito di conseguenza.

«Sì, ti credo.»

Bugia per bugia, decisi di mentire e di non parlargli del bambino.

Non ero serena e la fiducia che ponevo nei suoi riguardi aveva ricevuto un duro colpo.

Forse per la prima volta da quando conoscevo il podestà non sapevo se credergli.

Ed eccola, sentivo arrivare a grandi falcate la delusione.

Pensavo di essere felice nonostante le brutalità di Guido, e di vivere dei giorni sereni, tutto sommato.

Ma quando si insinua la delusione niente è più lo stesso. Così fu per Guido.

Intuii che non avrei mai più avuto il coraggio di amarlo, di guardarlo negli occhi estasiata, come davanti a un miracolo.

Tranquillizzato dal mio sì, per niente conscio della situazione, Guido mi diede un bacio sulla fronte.

«Io torno giù a salutare i nostri ospiti. Sta' tranquilla, lo farò anche per te. Resta pure a riposare.»

Di nuovo quell'atteggiamento premuroso... che proprio non gli apparteneva.

Tornò dai suoi ospiti a cuor leggero.

Mi alzai, andai alla finestra.

La certezza dell'amore è tutto.

E io non ero più certa di niente, neanche che m'amasse.

42

Vennero giorni bui, senza un rumore.

La notte mi svegliavo agitata e sudata. Incubi spettrali mi facevano visita e spalancavo gli occhi alle tre, senza sapere che fare.

Avessi potuto sarei uscita per strada, come i gatti, a camminare sui prati e sui tetti, in cerca di equilibrio.

Avrei atteso che si rischiarasse il cielo per rientrare, che venisse il giorno.

In quel grigio, quel crepuscolo dell'anima, stavo male e non sapevo come uscire da una grande tristezza.

Il mio pensiero restava inchiodato a Maria e a De Santis, incastrato a metà strada tra il voler salvare Maria e il dover capire cosa fare di lui.

Ero certa che Maria mai avrebbe cambiato la sua visione delle cose, mai avrebbe rinunciato al suo comunismo e di certo non sarebbe andata da nessuna parte senza quell'uomo. Quindi mi trovavo costretta a tirar fuori da là entrambi.

D'altronde, mi sentivo colma di sensi di colpa per la morte della signora Palmina, figurarsi se fosse successo qualcosa alla mia amica o alla famiglia. Non sarei sopravvissuta alla loro fine.

Nei miei incubi mi capitava di assistere al momento in cui le milizie sfondavano la porta di casa sua, agguantavano Maria per i capelli e la gettavano fuori casa, come un sasso fuori posto, e poi la picchiavano e malmenavano a morte, senza che io potessi fare nulla per evitare quel triste epilogo.

Stavo evitando di accompagnare Elisabetta nelle sue visite a casa delle antifasciste. A lei avevo detto di avere una brutta influenza: eseguiva il suo lavoro ugualmente, senza aspettarmi, e a dir la verità anche con esattezza e precisione.

«Sai Francesca, Elisabetta esegue così speditamente i suoi controlli che ha già terminato la prima pagina di nomi della lista» mi confidò Guido quella mattina mentre si sistemava il colletto della camicia.

Non mi stupiva particolarmente la velocità di Elisabetta, conoscevo bene le sue capacità.

Mi meravigliava più il tono di grande orgoglio nei suoi confronti, un tono che Guido aveva sempre riservato a me, in quanto sua moglie e donna. Forse stavo perdendo il mio primato.

Approfittai di una mattina libera per starmene un po' a casa e liberare la mente dai pensieri, alla ricerca di una possibile soluzione.

E mentre riflettevo sul fatto che non mi rimanesse molto tempo per farmi venire un'idea proprio perché Elisabetta stava portando avanti il suo lavoro instancabilmente, il pensiero si posò su mia madre, su come si sarebbe comportata al mio posto. E su nonno.

Pensai che forse proprio loro avrebbero potuto aiutarmi.

Chi meglio di loro poteva farlo: con le loro idee salde, i loro principi di uguaglianza e reciprocità, il loro coraggio.

L'idea di tenere Guido all'oscuro dei miei propositi non mi entusiasmava, avevo ancora qualche rimorso, sentivo di avere la coscienza sporca. Ero sua moglie, la sua donna: ma era tempo di cambiare le cose.

Capii che l'unico posto in cui nessuna milizia avrebbe mai cercato, insieme alla casa mia e di Guido, era casa di mamma e nonno. Nessuno avrebbe perquisito l'abitazione dei parenti stretti del podestà.

Nessuno si sarebbe spinto a effettuare un controllo. Il mio giorno si illuminò, sapevo cosa fare. Potevo offrire a Maria e a De Santis un nascondiglio, una possibilità di fuga. Maria avrebbe ancora avuto giorni davanti a sé, stagioni, passeggiate e gioie.

Cominciai a saltare in lungo e in largo per la camera a ritmo di una canzone che avevo nella testa, come un valzer veloce.

Ero certa che mia madre e nonno ci avrebbero aiutato.

La carità cristiana era per loro imprescindibile. Mai avrebbero lasciato chicchessia in mezzo a una strada.

Mi bloccai di scatto e smisi di ballare.

Avrei messo in pericolo la mia famiglia, così. Non c'era dubbio in proposito.

Bastava una distrazione e tutto sarebbe andato in fumo.

Ma non potevo fare altrimenti. Sì, era deciso, avrei fatto visita a mia madre quel pomeriggio stesso. Le avrei chiesto di aiutarmi.

«E lei accetterà» lo ripetevo dentro di me per farne una certezza, ma era più una preghiera.

Mamma avrebbe tenuto nascosti quei due per qualche giorno, non per molto, e poi...

E poi avrei trovato una soluzione per farli fuggire via.

Fortunatamente Guido era molto occupato. Durante il pranzo profuse ancora elogi a Elisabetta per il gran lavoro che stava portando avanti da sola, senza curarsi di me. Si era recata a casa di altre tre donne, quella mattina, e aveva ottenuto l'iscrizione alle liste femminili del fascio seduta stante in tutti e tre i casi.

«Una donna estremamente convincente!»

Così la definì Guido.

Sfido io, pensai. Con una minaccia di morte, imbellettata e poi offerta su un piatto d'argento, chi avrebbe avuto il coraggio di rifiutare l'invito all'iscrizione!

Sorvolai sulle lodi a Elisabetta.

In quel momento avevo altro a cui pensare.

Non avevo le idee chiare su come sarebbero fuggiti i miei due protetti.

Ma mia madre e nonno avrebbero senza dubbio trovato una soluzione al problema.

TERZA PARTE

Sentivo l'odore del mare e non c'ero mai stata

Avezzano, 1935

43

Erano anni che non vedevo mamma.

Lei e nonno non avevano piacere di imbattersi nel podestà e di sicuro a me non piaceva l'idea di dover ammettere che mamma aveva avuto ragione su ogni singolo avvertimento.

Mia madre... nonostante le incomprensioni, masticavo dolcezza pronunciando il suo nome.

Chissà se sarebbe stata felice vedendomi, quanto avesse da raccontare, e chissà se nonno m'avrebbe parlato, se riusciva a occuparsi dell'orto... chissà quanto erano stanchi.

Una madre è un'estate calda, un tepore che avverti costantemente.

Guido uscì di casa e io approfittai della tranquillità della controra in paese, momento in cui la gran parte dei contadini era a riposare o a lavorare nei campi, per prendere la strada verso casa.

La strada verso casa. Avevo dimenticato il gusto che provavo nel farla.

La cattedrale in costruzione e la strada del centro coi marciapiedi. La casa della comare Nannina, la casa di «je guercie», la casa di Elisabetta, il negozio di Giulia. Sembrava non fosse passato neanche un giorno.

Anche l'odore non era diverso.

Più mi avvicinavo a casa e più aumentava l'odore della legna bruciata dei camini: l'odore di casa. Un altro anno era trascorso, un altro inverno, un'altra primavera e l'estate era da poco finita. Eravamo alla fine di settembre 1935.

I pini che lambivano l'arrivo, il profumo della rugiada sui prati, l'edera sui muretti, gli steli delle rose che speravano di sopravvivere all'inverno che stava per sopraggiungere, le foglie reticenti, ancora attaccate agli alberi in attesa del sole buono. Un gatto bianco che attraversava veloce la strada, spaventato dal mio passaggio.

Casa.

Il cortile col muretto e i fiori secchi, la stalla in fondo e il suono dello scalpitio degli animali ferrati.

Mi accorsi che nel pollaio non c'erano più galline.

Ero giunta davanti alla porta e non sapevo che fare.

Ebbi paura tutt'a un tratto che mamma non gradisse la sorpresa. Ma valeva la pena provare.

Bussai forte.

«Eccomi, arrivo, un attimo. Ci metto tempo io, eh!»

La voce di mamma, sempre un po' severa, scocciata.

Aprì la porta.

Rimase ferma, con una strana espressione negli occhi, tra il sorpreso e il felice.

Mi prese per un braccio e mi spinse dentro.

«Ma quanto tempo ci hai messo per venire?»

L'abbracciai, non vedevo l'ora, piccolezze che al momento opportuno non fai e poi t'accorgi con la solitudine del tempo che passa, che in fondo tanto piccole non erano.

«Ma quanto tempo ci hai messo per venire.» M'aspettava da sempre. Quell'attesa slacciò gli ultimi blocchi dentro me e piansi, stringendola ancora più forte.

Lei che sempre era stata di ghiaccio, la sentivo ingoiare in continuazione le lacrime che si impediva di piangere. Era così, mamma, la brace sotto un cumulo di cenere, annerita da una legna che non arde.

«Nonno dov'è?»

«Nell'orto, ma sta per tornare. Si stanca facilmente, va solo a controllare che i contadini facciano un buon lavoro.»

Strinsi ancora mamma, così forte che lei capì all'istante che qualcosa non andava.

«Ehi, così va a finire che mi rompi qualche costola!» cercò di slacciarsi dall'abbraccio dolcemente. «Dimmi che hai.»

Ci sedemmo ed ebbi l'impressione che le parole avessero aspettato quiete per poi riversarsi su mamma. Mentre le raccontavo tutte le varie angherie del podestà, mi resi conto che ero stata una nomade, una vagabonda, sempre in cerca di un posto migliore in cui abitare, pure con il desiderio malinconico in fondo al cuore di tornare e il timore di non essere accolta. Una zingara con una sacca di pensieri inespressi appesa alla spalla, in attesa di qualcuno che l'aprisse.

E le parole rotolarono giù come dalla cima di una montagna.

All'inizio cercavo di sceglierle, come facevo da piccola con le lenticchie sparse sul tavolo, per non crearle imbarazzo e dolore. Poi seguirono la loro strada, fino a valle, dove terminarono la loro corsa.

Dopo il racconto del podestà, le parlai anche di Maria, della sua famiglia e di De Santis nascosto in casa loro.

Mi resi conto solo in quel momento che la sua vicinanza mi stava sciogliendo le parole nel cuore, che venivano fuori da sole, fluide, calde e stavo beneficiando di tutto quel calore che mi allontanava sempre più dal mio inverno.

Mamma rimase zitta ad ascoltare tutto il tempo.

Dopo quell'ultimo racconto, stette immobile a guardarmi le mani e poi guardò le sue.

Sapevo cosa stesse pensando.

La conoscevo da una vita, sapevo che stava pensando a quanto avesse ragione.

Taceva e le ero grata di quel silenzio perché l'ultima cosa di cui avevo bisogno in quel momento era una ramanzina.

«Francesca, tu sai che queste cose le so già, purtroppo. Ora dimmi, cosa ti ha spinto davvero a tornare a casa?»

Mamma ci vedeva lungo. Era sempre stata una persona schietta.

«Vorrei che m'aiutassi a nascondere Maria e De Santis, solo per qualche giorno, fino a quando riuscirò a trovare un via di fuga definitiva per loro. Lo so che ti sto chiedendo praticamente di mettere in pericolo te e il nonno, ma...»

Non mi fece terminare nemmeno la frase.

«Certo che ti aiuterò. E mi sento di parlare anche per il nonno.»

Mamma sorrideva.

Sapeva quanto fosse pericoloso nascondere in casa due comunisti ma forse, per la prima volta dopo tanto tanto tempo, si sentì orgogliosa di me, delle mie azioni e del mio comportamento.

Io stessa stentavo quasi a riconoscermi.

Mia madre, che sapeva molte più cose di me, disse che lo spostamento andava fatto di notte, e in una notte senza luna. Conoscendo perfettamente le fasi lunari, stabilì che il novilunio sarebbe caduto sei giorni dopo, di lunedì. Quindi entro la domenica della settimana successiva tutto doveva essere pronto.

Quanto mi era mancata quella complicità con mamma.

Non mi ero accorta di quanto fosse importante e appagante fino a quel momento.

44

Tornai dal podestà con il cuore che scoppiava di paure ed emozioni.

Lungo la strada avrei desiderato correre a perdifiato e urlare, urlare a squarciagola una felicità appena conquistata, ma tenni le braccia conserte e camminai veloce.

Una volta a casa tirai un gran sospiro di sollievo.

Avevo risolto parte del problema.

Sapevo dove nascondere Maria e De Santis per un po', per il tempo necessario a creare un piano di fuga.

Non riuscivo a smettere di pensare a mamma.

Non aveva detto una parola circa il podestà.

Forse non era stata capace di essere la mamma che desideravo: affettuosa, amorevole, premurosa e dolcissima. Ma sapeva esserci, dimostrare il suo amore materialmente, e sapeva usare le mani e la testa.

Non un nodo avevo perso dei vestiti rammendati da lei, non una piega era stata rovinata dal tempo.

Per lei c'erano l'ordine, la cura e l'attenzione su ogni lavoro. E così faceva con le persone. Con rigore e severità.

Ebbi l'impressione di averla conosciuta davvero da poco. Una nuova me, una nuova lei.

Soprattutto mi sembrava di aver vissuto il matrimonio con il podestà in un altro luogo, in un'altra terra lontana.

Forse l'intervento di mamma non era stato un caso, era arrivata a cambiare i miei giorni. E a trasformare il grigio in azzurro, dove possibile.

Nel tepore di casa, pure in un luogo ormai ostile, stavo quasi per chiudere gli occhi e riposare... quando realizzai che non avevo parlato del bambino a mia madre.

Il bimbo volevo che fosse mio, solo mio, in un momento in cui non sapevo neanche se valeva la pena offrirgli quel mondo di guerra inzaccherato di fango e sangue, popolato di persone che sorridono e poi sbranano.

Cosa dovessi fare di quella creatura innocente... era ancora tutto da vedere.

Il pensiero che potesse avere un padre del genere e una madre che stentava ad alzar la testa, mi faceva riflettere molto su quanto valesse la pena farlo vivere.

Dopo essermi riposata un po', pensai che nonostante il tempo trascorso, non avevo mai risolto davvero la diatriba che avevo avuto con Elisabetta a causa della signora Anzini e a mente fresca decisi che dovevo assolutamente spiegare. E sì che lei era tornata col sorriso, facendo finta di nulla, come se avesse superato la discussione avuta saltandola a piè pari, senza bisogno di delucidazioni in merito, ma io ero certa che non avrebbe dimenticato proprio niente, neanche se fossero passati cent'anni.

Sapevo che era fondamentale chiarire, perché era meglio avere Elisabetta tra gli alleati, dalla mia parte. Così l'indomani di buon'ora mi recai all'associazione femminile. Elisabetta era già a lavoro. Era solita preparare il programma della giornata prima di andare a scuola.

Entrai in stanza piano. Lei mi lanciò uno sguardo, sorridendomi, poi continuò a scrivere.

«Che fai?» le chiesi stupidamente per tagliare l'aria pesante che percepivo.

«Lo sai cosa faccio. Il programma della giornata.»

«Mi fa piacere vederti.»

«Anche a me.» Era sincera, glielo leggevo negli occhi.

«Elisabetta, pensi che potremo superare la discussione che avemmo a causa della signora Anzini senza che ne rimanga traccia?»

Lei poggiò il pennino nell'inchiostro e incrociò le braccia davanti a sé:

Non mi sembrò un buon segnale.

«Francesca, vuoi sapere davvero quello che penso?»

«Certamente.»

«Penso che tu volessi proteggere quella donna dalla fine che avrebbe inevitabilmente fatto se non avesse cambiato le sue opinioni politiche. Ho percepito quasi un cambio di rotta.»

Trasalii.

Elisabetta aveva lo stesso sguardo di mia madre... quello di una che ci vedeva lungo.

In un attimo la mia mente passò al setaccio ogni eventuale risposta da darle, alla ricerca della risposta giusta. Decisi.

«Posso assicurarti che nulla è cambiato. Forse il matrimonio e il desiderio di maternità mi hanno resa per un po' vulnerabile, tutto qui. Ora è passato.»

Elisabetta sorrise mostrando tutti i denti.

Pareva credermi, grazie al cielo.

«Ma sì, hai ragione, scusami per non aver avuto delicatezza nei tuoi riguardi. Facciamo una cosa, prendiamoci qualche giorno di tregua da questo branco di comuniste e antifasciste. Visiteremo altre tre famiglie la settimana prossima, che te ne pare?»

«Mi sembra un'ottima idea.»

Ci abbracciammo come amiche fidate.

Mentire era una necessità, un'esigenza per una futura tranquillità.

Mi piacque molto la sua idea di riposare qualche giorno. Avrei avuto il tempo di organizzare lo spostamento.

Tornai a casa respirando più leggera.

Avevo poggiato temporaneamente a terra diversi massi che non mi pesavano più sulla schiena.

Mi sentivo di buonumore e decisi di preparare il pranzo al podestà. Il sugo di carne che a lui piaceva con le tagliatelle preparate da Annetta, la quale un giorno sì e uno no, impastava un uovo con la farina per lui.

Neanche m'accorsi quando rientrò Guido.

Me lo trovai di colpo alle spalle, quasi mi fece urlare per lo spavento.

«Hai sentito la novità, Francesca? Mussolini ha invaso l'Etiopia. Siamo in guerra. La conseguenza è la condanna della Società delle Nazioni, la quale ci sanziona economicamente. Cinquantadue Paesi hanno organizzato un blocco commerciale lungo l'intero mar Mediterraneo. Per attraversare lo stretto dei Dardanelli è necessario pagare in metalli preziosi.»

Serviva oro quindi.

«I vertici del partito sono concordi nell'organizzare un'operazione chiamata "Oro alla Patria". Tutte le coppie saranno invitate a conferire la fede nuziale e qualsiasi altro eventuale gioiello, durante una pubblica manifestazione patriottica fissata per il 18 dicembre.»

Ci mancava solo la guerra, pensai con la testa poggiata allo stipite.

Mentre ci sistemavamo a tavola, mi chiese come stavo e mi fece i complimenti per la pasta.

Non ero certa che volesse essere un complimento... Lo sapeva che la pasta la preparava Annetta.

Dopo il pranzo mi disse che desiderava riposare con me in camera.

Accettai di buon grado le sue attenzioni, d'altronde le centellinava. Rimasi comunque perplessa, il suo modo di essere non contemplava l'affettuosità, né alcun contatto amorevole.

Mi domandavo quindi il motivo di quel calore improvviso e riflettevo sul fatto che non riuscivo più a fidarmi come prima.

45

Nel tardo pomeriggio, approfittando dell'oscurità, andai da Maria, facendo attenzione a non essere notata.

Lei mi accolse con il calore di sempre, mi schioccò un bacio su una guancia e mi spinse dentro casa.

Non le diedi neanche il tempo per i convenevoli. Le annunciai subito che avevo qualcosa di importante da dire a lei e a De Santis.

Maria si rabbuiò pensando forse a qualche cattiva notizia.

Quasi a malincuore prese la lampada e mi accompagnò in soffitta. Bussò e aprì la porta annunciandoci.

«Manfredi, siamo noi.»

Non feci in tempo a vedere dove riposava. La stanza si illuminò subito di giallo, rischiarata dalla lampada.

Entrammo e lui era là, in piedi davanti a noi.

Dovevo comunicare loro qualcosa di davvero importante, eppure la mia mente si fermò a riflettere su quell'uomo. La barba era sempre più lunga e ispida, le unghie nere e i vestiti sporchi avrebbero dovuto degradarlo. Invece c'era una sorta di nobiltà inscalfibile in lui, un talento, una luce che spegneva il buio. Sembrava una falena, un animale affascinante ma meno presuntuoso della farfalla, con i colori spenti di un ottobre che sta cedendo il passo all'inverno.

Mi sorrise con quel viso annerito, per metà coperto dai peli della barba. Il biancore dei denti mi sorprese tutt'a un tratto, e pensai che aveva un sorriso bello, contagioso.

«Signora Di Matteo, cosa la porta qui a quest'ora?»

«Ebbene, credo di aver trovato una buona soluzione per voi. Vorrei trasferirvi a casa di mia madre e di mio nonno. Nessuna milizia andrà mai a controllare l'abitazione dei suoceri del podestà di Avezzano, a differenza di questa casa, che sarà presto visitata dai fascisti.»

Spiegai loro che per far sì che nessuno li scoprisse sul carretto era necessario nascondere non più di due persone. Mia madre stessa non avrebbe potuto occuparsi di un numero maggiore di fuggitivi. Questo stava a significare che non avrei potuto badare anche ai genitori di Maria. Dovevano restare e piegarsi all'iscrizione al partito.

Continuai specificando che sarebbero rimasti nascosti da mia madre solo per qualche giorno, giusto il tempo necessario per trovare una buona via di fuga.

Maria si rattristò tutt'a un tratto, di sicuro perché capì che avrebbe dovuto lasciare soli i genitori.

«Grazie. Ti giuro, ti sono grata dal profondo del mio cuore. Stai cercando di salvare la vita a tutti, mettendo la tua in pericolo e quella dei tuoi genitori.»

Mi prese la mano e la strinse forte. In quel momento anche De Santis si avvicinò, accennando di nuovo un sorriso.

«Signora Di Matteo, so di non meritare tanto, soprattutto da chi dovrebbe farmi arrestare seduta stante. Riconosco lo sforzo che compie per aiutarmi e la difficoltà della situazione. Si è messa in testa di salvare Maria e me nascondendoci da chi lei ama.» Fece un passo in avanti, i nostri visi erano vicini. «Francesca, sappia che apprezzo di cuore il suo coraggio, le prometto che farò ogni cosa in mio potere per proteggere chi m'aiuta e per sdebitarmi in qualche modo.»

Averlo a un passo mi destabilizzava. La sua voce con un timbro delicato, il suo viso a pochi centimetri dal mio, il calore del suo fiato mentre mi parlava... tutto contribuì a farmi rabbrividire di tenerezza.

«Signor De Santis...»

«Mi chiami Manfredi, per favore!»

«Manfredi, lei non ha alcun potere adesso e io me la cavo egregiamente da sola. Deve solo promettermi che proteggerà Maria a costo della sua vita.»

«Croce sul cuore, signora Di Matteo. Posso chiamarla solo Francesca?»

Accennai un sì con la testa.

«Ora è meglio che vada.»

«Francesca, un'ultima cosa.» Prese fiato come per farsi coraggio.

«So che la vita di un malvivente non è gran cosa per lei, ma sappia che da questo momento la mia vita le appartiene.»

Deglutii, più volte, facevo fatica a parlare ancora e scelsi di tacere.

Maria richiuse la porta dietro di sé e scendemmo in cucina.

«Francesca siediti, rimani un altro po' con me. Posso offrirti qualcosa?»

«No Maria, sei gentile ma devo proprio andare. Però è importante che tu parli con tuo padre di questa cosa, di quanto abbiamo organizzato. Domenica sera vi porterà con il carretto da mia madre, nascosti tra i sacchi della farina. Non temere, non ci sarà pericolo per lui, ci sarà movimento a causa dell'evento a cui tutti devono partecipare, lo sai come funziona.»

«Sì, certo, ho capito. Ne parlerò a mio padre questa sera. Vedrai, ne sarà felice, ne sono sicura. E anche lui ti ringrazierà a vita.»

Abbracciai Maria con amore.

Non sapevo neanche quando l'avrei rivista. E se l'avrei rivista.

Non volevo lasciarla. La sentivo mia di nuovo. Una lacrima rigò la mia guancia, perdendosi tra i capelli.

Era la mia amica del cuore.

Mi staccai a forza, come lo zucchero sciolto in pentola, che si raschia dal fondo.

Poi uscii di casa assicurandomi che per strada non ci fosse nessuno.

La mia amica del cuore.

Mi ero confidata mille volte con lei. E lei si era confidata con me. Avevamo riso fino alle lacrime, da bambine, e ci eravamo chieste scusa a vicenda così tante volte.

Mai avrei immaginato di provare tanto dispiacere per come stavano andando le cose.

I controlli delle milizie, la fuga forzata di Maria e De Santis. Mi consolava solo il pensiero della loro libertà, della loro salvezza, della vita che nonostante tutto sarebbe proseguita.

Si sentiva aria di guerra.

46

Tornata a casa sentii il podestà, era nello studio impegnato a scrivere.

Parlava da solo.

Si accorse che ero rientrata.

«Francesca, menomale che sei tornata! Ma dove sei stata? Vieni qui per favore, devi aiutarmi con questo manifesto. Ascolta e dimmi se ti sembra corretto.»

Senza neanche rispondere mi avvicinai a lui e sedetti.

Cominciò a leggere.

COMUNE DI AVEZZANO

Cittadini!

Il giorno XI - XII - MCMXXXV, anno XIII dell'era fascista, alle ore 21 un'altra compagnia di Camicie Nere della nostra gloriosa Legione Monte Velino è mobilitata per partire in tre distinti scaglioni, per l'Africa Orientale, al servizio della Patria e del Fascismo che colà, contrariamente alle affermazioni societarie a base di intrighi e di falsificazioni, compiono opere di redenzione, di pace e di giustizia.

Ai generosi volontari parenti, il saluto augurale ed entusiasta nostro e della cittadinanza, sicuri che Autorità, Associazioni, Sodalizi e cittadini tutti, si recheranno alla stazio-

ne ferroviaria per esprimere ai gagliardi Camerati la propria gratitudine, devozione e ammirazione.

Viva l'Italia, Viva il Re, Viva il Duce.

Dal Palazzo Comunale

Il Podestà
Di Matteo Guido

Ebbi un sussulto d'orgoglio per quell'uomo che con determinazione era riuscito a guadagnarsi un ruolo prezioso e ambito da tutti.

«Complimenti Guido! Sei stato bravissimo!»

«È corretto? Si capisce bene?»

«Assolutamente sì, è chiaro, scritto bene, con precisione e sentimento. Ma quando andremo a salutare questi eroi?»

«Domenica sera. E la prossima domenica ci sarà anche la raccolta dell'Oro alla Patria, ma ho avuto ordine di far partire la truppa appena possibile.»

Sbiancai, lo sentii dal freddo che arrivò improvviso a gelarmi la faccia.

Avevo il timore di aver sbagliato tutto, non informandomi prima degli eventi della città.

Rimasi lì seduta, vicino al podestà che scriveva, tronfio del capolavoro appena redatto.

Speravo solo che un ulteriore incontro in stazione non avrebbe creato problemi al padre di Maria. Di certo la polizia fascista sarebbe stata ovunque, per proteggere le truppe ed evitare tafferugli. Magari un carretto ancora in giro a quell'ora non avrebbe destato curiosità.

Una fitta mi strinse forte lo stomaco. Sentii la necessità di vomitare.

Chiesi scusa al podestà e mi allontanai. Lui era a conoscenza di questi miei dolori e mi lasciò andare senza ribattere.

Mi chiusi in bagno e mi gettai ginocchioni davanti al water.

I conati si fecero fortissimi.

Vomitai l'amore che non sentivo più, la scomparsa felicità per quel bimbo che aspettavo e di cui ancora non sapevo che fare, la fiducia per Guido e per il fascio, ormai sparita, e il terrore che potessero scoprire e uccidere Maria e Manfredi.

Come le foglie ingialliscono all'improvviso all'arrivo dell'autunno, all'improvviso m'accorsi di quanto fossi cambiata. Ero sul pavimento del bagno, stremata.

Forse mai come in quel momento, paradossalmente, desiderai il bambino.

Sarei stata una buona madre e l'avrei difeso dal padre. Avrei combattuto per lui, lo avrei protetto dalle brutture del mondo.

Buttata per terra come un tappeto vecchio, non vedevo l'ora di guardare quella faccetta, di tenere tra le dita i suoi fini capelli d'oro, così li immaginavo.

Sentii i passi di Guido sulle scale.

Mi ricomposi, mi tirai su malamente, issandomi su braccia e ginocchia.

Mi trovò fuori dal bagno, nel traballante tentativo di arrivare alla camera, nel letto.

Avevo gli occhi neri di un pugile.

«Francesca, ma cos'hai? Ora vado a cercare il dottore, questa storia dei dolori allo stomaco deve finire.»

«No Guido, lascia stare il dottore» risposi con la voce rauca e lontana. «Mi ha già visitato. Sa di cosa si tratta.»

«E non mi dici niente? Dimmi cos'hai allora!»

Mi resi conto che era impossibile tenere nascosta una cosa così grande stando così male.

E decisi di non mentirgli.

«Aspetto un bambino, Guido.»

Lui mi fissò in un modo nuovo.

Il suo sguardo da preoccupato si fece tenerissimo.

Stava cercando le parole. Si vedeva che le cercava. Cercava tra mille parole quelle più giuste da dire.

Ma non le trovò.

Visibilmente commosso, rimase in silenzio e mi strinse a sé, con un calore e un trasporto che mai mi aveva riservato. Erano per il bambino.

«Un bambino, Francesca.»

Fu tutto ciò che disse. Nascose il viso nell'incavo del mio collo, con una mano poggiata sull'addome. Non l'avevo mai visto così felice e premuroso.

Sapevo che quelle cure non erano rivolte a me, ma un Guido così attento me lo sarei meritato, pensai.

Quando si riebbe cominciò tutta una serie di «attenzione a».

Praticamente non dovevo più uscire, né far nulla, né stancarmi in alcun modo.

Invece avevo tanto da fare e tanto da organizzare.

Certo, il più era fatto.

Con la dolcezza che mi si scioglieva nel cuore realizzai che eravamo in due a doverci occupare di tutto.

47

Guido mi salutò poco dopo per farmi riposare.

Accovacciata sotto le coperte, col viso immerso tra due cuscini, mi dicevo che la festa organizzata in onore dei soldati non andava del tutto a discapito dello spostamento di Maria e di Guido.

Anzi, forse il caos e la confusione avrebbero potuto essere un ottimo diversivo.

Chi avrebbe fatto caso a un carretto pieno di patate e farina che andava nella direzione opposta?

Questo mi dicevo e cercavo di convincermene.

Avevo il terrore di aver sbagliato giorno, di dover aspettare un'altra settimana per farli fuggire da lì.

Sapevo che Elisabetta non avrebbe aspettato oltre per far visita a Maria e sapevo che avrebbero messo la casa a ferro e fuoco per scovare qualche ultimo comunista renitente.

Se avessero trovato De Santis, Maria e i genitori sarebbero stati giustiziati all'istante con un colpo alla testa. Di De Santis non immaginavo la fine. Ma conoscendo il podestà, l'avrebbe probabilmente messo alla gogna in pubblica piazza e oltraggiato davanti a tutti i presenti, infliggendogli poi una morte feroce che potesse servire come esempio per i delinquenti in circolo.

Bussarono alla porta e, curiosa, andai ad aprire.

Il podestà m'avrebbe senz'altro ripreso per essermi alzata, ma avevo riposato abbastanza e mi sentivo meglio.

Era Elisabetta. Desiderava conferire col podestà.

«Elisabetta, puoi stare con me cinque minuti? Voglio darti una notizia importante.»

Diedi istintivamente un morso al labbro inferiore.

Avrei preferito fosse mia madre a sapere del bambino per prima, o Maria.

Forse avrei dovuto tenere per me la notizia, almeno ancora per un po'.

Ma la felicità per la scelta definitiva di tenerlo era incontenibile.

Elisabetta, poi, aveva rivestito da sempre un ruolo di seconda madre o sorella. E io non stavo nella pelle di gridare al mondo che aspettavo un bambino.

«Certamente, tutto il tempo che vuoi. Dimmi pure, cara.»

«Elisabetta... ho un bambino in arrivo.»

La sua reazione mi sconcertò non poco.

Avevo immaginato un gran sorriso, invece quello appena accennato che mi regalò si spense di colpo, come succede con una delusione.

Mi abbracciò subito dopo, appena riavutasi da quell'impaccio.

Tornò felice, come se niente fosse successo.

Eppure qualcosa era successo.

«Francesca, congratulazioni, sono davvero contenta.»

Poteva anche giurare, ma qualcosa non quadrava, e non riuscivo a capire che cosa fosse.

«Ti rendi conto di che donna fortunata sei, ad avere un uomo come il podestà al tuo fianco e aspettare un bambino da lui?»

«Sì, certo.»

Risi e mi abbracciò ancora. Conoscevo l'adorazione che aveva per Guido e la ringraziai per gli abbracci.

«Non vedo l'ora di congratularmi con lui, sarà entusiasta immagino.»

«Sì, felice come non mai. Prima di accompagnarti da lui, però, desidero che tu sappia la cattiva notizia: non potrò più venire con te per i nostri controlli, ne sono desolata.»

Elisabetta mi guardò lungamente negli occhi, come a scovare chissà che, eppure non sapeva nulla della mia amicizia con Maria. Cosa poteva mai sospettare?

Presi un respiro profondo per cercar di calmare quell'atmosfera dubbiosa e incerta che si stava creando tra noi.

In fondo era stata la mia insegnante, il mio supporto in mille occasioni del passato. La nostra amicizia era salda.

La tolsi io da quell'imbarazzo.

«So che ne sei dispiaciuta, cercherò comunque di aiutarti nel lavoro.»

Lo sguardo di Elisabetta si addolcì.

«Sta' tranquilla, prendi tutto il tempo che ti occorre per guarire a dovere dai tuoi spasmi e poi parlerò col podestà. Se riterrà opportuno che tu continui a lavorare ti aspetterò, felice di fare i controlli con te.»

Accompagnai Elisabetta nello studio del podestà.

Lui si alzò come lei disse «permesso» e le andò incontro come avesse visto una cosa bella. Elisabetta non perse tempo a congratularsi per il bimbo e offrì la mano al podestà che la prese con entrambe le sue.

«La ringrazio di cuore per tanta cortesia.»

Ma quale cuore, pensai.

Chiusi la porta e li lasciai soli alle loro felicitazioni.

Ero come frastornata, confusa dagli strani atteggiamenti di Elisabetta.

Era sempre stata di natura sospettosa e diffidente, sì. Ma non con me, mai mi aveva guardato in quel modo.

Mentre riflettevo sulle stranezze di Elisabetta pensai che il bimbo mi avesse salvato dai controlli. Quel compito era pesantissimo.

Non sarei stata capace di assistere a qualche altra sfuriata di Elisabetta. Non avrei resistito alla notizia di altre donne malmenate, picchiate o uccise, per poi sentirmi dire che ero io quella sbagliata, io che ancora credevo nel perdono, nella misericordia e nel rispetto delle altrui convinzioni.

48

La domenica arrivò in fretta, con il suo carico di ansia e di felicità.

In quella settimana la mia testa era altrove. A volte avevo l'impressione che il mio cuore fosse diviso a metà: colmo d'inquietudine per la difficoltà dello spostamento di Maria e di Manfredi e parimenti della gioia, che già pregustavo, di poter vedere la loro salvezza.

Col senno di poi mi dispiaceva un po' non aver messo al corrente mia madre sulla mia gravidanza. Ma avevo la testa piena di incubi e paure.

E a dire il vero non avevo la benché minima idea di come l'avrebbero presa mamma e nonno.

Non sapevo se la felicità di diventare nonna e bisnonno potesse superare l'odio verso il podestà.

Forse avrei comunque dovuto attendere la risoluzione del problema dei miei amici prima di mettere altra carne sul fuoco.

Per la cerimonia, Guido scelse di indossare la divisa da generale e mi chiese di prepararla. La tolsi dall'armadio e la sistemai sul letto.

Amavo quella divisa. Mi sembrava elegante, di classe, raffinata, adatta alle grandi occasioni.

Riflettei su quanto fossero importanti la fiducia e il rispetto, la stima che prima era totale nei confronti di Guido e che mi faceva amare e apprezzare ogni singolo aspetto di lui.

Mi sembrava che tutto fosse cambiato, io prima di tutto.

Scelsi un abito sobrio, non volevo dare nell'occhio. Optai per un tailleur blu con camicia bianca e l'immancabile fiocco nero.

Se credessi in Dio ora pregherei, mi dissi.

Il concetto di Dio era per me astratto, ancora non ben definito. Ma così era per molti.

Conoscevo fascisti che al posto della croce appesa in casa avevano la foto del Duce.

Elisabetta era tra loro, e lo stesso podestà aveva seri dubbi sull'esistenza di Dio. Mio nonno invece diceva che era da matti non crederci, che nessuno si sarebbe preso la briga di creare il mondo e di avere a che fare con noi uomini se non Dio. «E poi una vita senza futuro che senso ha? Fine a sé stessa, morire e basta, sarebbe da matti»: questo diceva.

Io un po' gli credevo, ma ero confusa.

Avevo il cervello in fiamme ed era ora di uscire. Ne avrei fatto davvero a meno, mi sentivo stanca, mi dolevano le gambe e la schiena, e avevo sempre quello strano malessere allo stomaco.

Uscimmo di casa dopo aver cenato.

Fuori era buio pesto. Solo la luce di qualche lampada e di qualche casa sulla strada rischiaravano il nostro cammino.

Si sentivano ben scanditi i passi delle persone che si affrettavano e le ruote sbilenche dei carretti orientati verso la cerimonia.

Pensai che quello fosse il momento perfetto per nascondere i due nei sacchi di farina sul carretto e poi correre verso casa di mamma. In cuor mio speravo che il padre di Maria cogliesse l'occasione.

La stazione era colma di gente, il podestà e io ci inoltrammo tra la folla sotto gli applausi dei concittadini e prendemmo posto su un piccolo palco sistemato dagli uomini del partito.

E finalmente ecco arrivare i soldati che dalla piazza si distanziarono e sfilarono lungo tutto il corso fino alla stazione gremita di gente.

Il podestà prese la parola.

«Cittadini, siamo qui per festeggiare degnamente questi valorosi ragazzi, questi eroi, che con spirito di abnegazione e rispetto della patria combatteranno contro i nostri nemici. Niente li fermerà, né le intemperie, né la paura. Sono uomini nobili che hanno a cuore la nostra terra e il nostro bene.»

Gli applausi divennero fragore, uno strepito assordante, un boato che tuonò nella stazione.

«Coraggio cittadini, riempiamo le sacche di fiori e di cibo per questi intrepidi soldati.»

Il saluto ai soldati fu un momento memorabile, la folla non smetteva di battere le mani e di riempire le loro sacche di cibo, sigarette, fiori e coperte.

E il podestà fece il suo discorso acclamato dalla folla e dai militari.

Io al suo fianco feci quello che potevo per mostrarmi interessata e felice, quando in verità dentro tremavo al pensiero che Maria e De Santis potessero essere scovati e uccisi.

Il podestà leggeva il suo discorso mentre io immaginavo scena per scena ciò che stava succedendo in quei minuti.

E immaginai anche ciò che mai avrei voluto che accadesse.

Mi costringevo a pensare ai soldati.

Quei visetti puliti e pallidi. Il podestà li chiamava impavidi, ma erano pieni di paura. Tremavano come foglie che il vento si ostinava a portar via da un albero tanto amato.

E non volevano fare la guerra, non volevano uccidere né morire.

Eppure si faceva festa per loro, venivano osannati quei ragazzi che stavano andando a combattere contro altri ragazzi come loro, e mi veniva da chiedere solo «perché».

Tra i mille visi che avevo davanti, mi si presentò alla mente quello di Maria.

Speravo solo che fosse andato tutto bene.

Volevo già che fosse giorno per correre da mia madre e constatare che i due erano salvi.

Di certo quello era solo l'inizio dell'avventura, e da quel momento in poi ogni sforzo doveva servire a organizzare la fuga definitiva dalla casa dei miei.

D'altronde non era certo possibile nasconderli per molto tempo.

E prima o poi avrebbero controllato anche in casa di mamma e nonno e nella stalla.

Dovevo evitare a ogni costo che arrivasse quel giorno.

49

L'indomani mattina mi svegliai di buon'ora. Dovevo assolutamente sapere com'era andato lo spostamento.

Non avevo fatto altro che pensare a quanto il padre di Maria avesse rischiato quella notte.

Se l'avessero fermato per un controllo, incuriositi dalla tarda ora e dalla direzione in senso opposto alla festa in onore dei soldati, avrebbero ucciso tutti seduta stante, saltando a piè pari il confronto col podestà.

Mi vestii veloce, con gli abiti delle donne comuni, senza fronzoli, e uscii.

Mi faceva sempre lo stesso effetto la strada verso casa.

Un'immensa dolcezza, dallo stomaco al cuore.

Comare Nannina stendeva i panni su un filo annodato dal pino davanti alla casa fino all'angolo di una finestra.

La salutai festosa, era da tanto che non la vedevo.

«Francesca, che piacere vederti, vai a trovare i tuoi?»

«Sì, comare, vado a sincerarmi che stiano entrambi bene.»

«Brava Francesca, sentono molto la tua mancanza ora che hai mille impegni.»

Quella frase mi rattristò: come avevo potuto lasciare che passasse tanto tempo prima di rivederli!

Casa era vicina e io cominciavo a sentirmi in colpa per

esser tornata per una necessità e non per uno slancio di affetto.

Bussai.

Mamma venne ad aprirmi, mi prese per un braccio e mi spinse dentro.

Lei rimase sull'uscio qualche secondo ancora a guardare a destra e sinistra prima di rientrare.

«Ma come ti viene in mente di venire?»

«Sono stata attenta, mamma!»

«Non è questione di attenzione, è che potresti destare sospetti, lo capisci? Non sei mai venuta in quattro anni e ora ti presenti e ti ripresenti nel giro di qualche giorno. Qualcuno potrebbe mangiare la foglia. Devi evitare il più possibile di venire qui, soprattutto ora, con la presenza dei tuoi amici.»

Sorrisi.

Istintivamente abbracciai mamma.

C'erano quindi, salvi e al sicuro. Non stavo nella pelle dalla contentezza.

«È andato tutto bene allora?»

«Sì, certo. Il padre di Maria ci ha messo un po', tanto che cominciavo a preoccuparmi, ma poi è arrivato, dicendo che c'erano posti di blocco ovunque e aveva dovuto fare una gincana con il carretto per le vie del paese per non essere fermato.»

Avvertii un senso di calma dentro me, come una pace ritrovata.

Tutti quei giorni vissuti con l'ansia nel respiro e col terrore della morte dei miei amici.

Mamma mi prese la mano.

«Vieni, ti faccio vedere una cosa.»

Ci alzammo e ci dirigemmo verso la stalla.

Era identica a quando l'avevo lasciata. Gli stessi animali, la biada al solito posto, gli attrezzi del mestiere tutti poggiati in un angolo e poi le varie recinzioni per gli animali, la mucca, la capra...

Giù in fondo, in una recinzione di vitellini, trovai Maria e Manfredi, seduti l'uno di fronte all'altro.

«Francesca!»

Maria si alzò di scatto, seguita da De Santis, che sorrideva contento di vedermi.

Mi abbracciò, la mia amica del cuore.

A malincuore, dopo un lungo momento, mi sciolsi dall'allaccio.

«Maria, adesso ascoltami. È importante che voi sappiate: non potete restare a lungo. Nessuno verrà a cercarvi qui, per ora. Ma quando finiranno i controlli nelle abitazioni dei comunisti ogni casa sarà passata al setaccio e questo posto potrebbe diventare pericoloso per voi. Dovrò pensare a un piano di fuga sicuro e veloce.»

Maria e Manfredi annuirono. Poi Manfredi prese la parola.

«Francesca, non so se può servire, ma sono a conoscenza di un punto di ritrovo per civili, ex militari, prigionieri fuggiti e antifascisti ricercati, nel folto della foresta appenninica del bosco Martese, tra le asperità dei Monti della Laga, in provincia di Teramo. Lì saranno raggruppati e poi smistati in luoghi sicuri.»

Capii che ormai si fidava totalmente di me. Osò rivelarmi un'informazione così preziosa.

«Quindi sarà necessario trovare i collegamenti adatti per arrivare fino a Teramo!» dissi.

Abbassai gli occhi in cerca di una soluzione.

Mi stavo assumendo un impegno per niente sicuro. Ma ormai ero immersa fino al collo in quell'avventura, non avrebbe fatto differenza un pericolo in più.

Manfredi si avvicinò e mi prese la mano, stringendola come per darmi forza.

«Francesca, lei ha già fatto tanto per noi. Se non se la sente di continuare noi capiremo. Maria e io ne abbiamo già parlato. Non saremmo capaci di chiederle di più di quanto ha già fatto finora, mettendo a repentaglio la sua vita e quella dei suoi cari.»

Il tepore della sua mano che teneva la mia mi metteva in imbarazzo.

La sensazione di protezione e cura che provavo con la sua stretta era piacevole e tenera.

Non avrei mai potuto lasciarli in mezzo a una strada.

«Manfredi, lei mi conosce poco. Io sono una caparbia, una testarda. Quando prendo a cuore una causa sono disposta anche a spenderci la vita. E Maria lo sa. Ho a cuore voi due adesso e non ho alcuna intenzione di abbandonarvi.»

«Francesca... ora è meglio che tu vada.»

Mamma aveva ragione. Ero rimasta fin troppo e non potevo destare sospetti

Mamma mi disse di non tornare se non per assoluta necessità o per una soluzione definitiva.

La salutai col cuore in mano.

50

Mentre rientravo mi sentivo preoccupata, certo, ma anche fiera, orgogliosa di me.

Avevo il destino di due persone nelle mie mani. Certo, sentivo un'ansia che certe volte mi bloccava il respiro, quando il timore raggiungeva l'apice, ma non paura.

Non ero mai stata codarda, non conoscevo l'incertezza né la viltà.

Mamma e nonno più di tutti sapevano che quando sceglievo una strada da prendere, andavo dritta come un treno fino alla meta.

Avevo appena messo piede in casa quando sentii una fitta fortissima, che mi fece piegare in due dal dolore. La fitta fu seguita dalla nausea: mi trovai con il viso a terra

Dovevo stare più attenta, forse mi stavo strapazzando e certo l'agitazione di quei giorni non aiutava il bambino.

Avevo il terrore di averlo reso vulnerabile.

Avrei anche potuto perderlo.

Scappai in bagno. C'era Annetta sulle scale che mi vide in quelle condizioni e mi seguì.

«Signora Francesca, cos'ha? Devo chiamare il dottore?»

Non riuscii a risponderle, mi buttai per terra, in ginocchio, abbracciai il water e chiusi gli occhi.

Annetta entrò in bagno e con fare amorevole mi venne vicino, reggendomi.

Poi mi accompagnò in camera e mi mise a letto.

«Si sta stancando troppo, signora, e non deve. Non fa bene al bambino.»

Formalizzò le mie paure. Ma non potevo rimanere a letto.

«Vado a prepararle una camomilla.»

Annetta faceva le veci di mia madre e le ero grata. Avevo bisogno di tutto il suo supporto.

In quel momento, pensando alla necessità di non poter star sola, realizzai che avevo davvero bisogno di aiuto, di un complice, di una persona fidatissima con la quale discutere e organizzare la fuga di Maria e Manfredi.

Annetta fece capolino dalla porta, pensava dormissi.

«Vieni Annetta, grazie, sei un vero tesoro. Dov'è il podestà?»

«Giù in sala signora, chiuso dentro da un paio d'ore con i membri del partito e la signora Elisabetta.»

Di sicuro l'ennesimo incontro.

Poco dopo sentii confusione, i camerati si stavano salutando.

Mi ricomposi, dovevo mostrarmi forte e in salute.

Furono tutti molto felici di vedermi. Il segretario mi trovò un po' smagrita, gli altri sembravano d'accordo. Li tranquillizzai dicendo che non c'era nulla di particolare e guardai il podestà che sorrideva soddisfatto.

In paese l'usanza era di comunicare la gravidanza solo dopo qualche mese. Così ancora serbavamo il nostro segreto, ma ero certa che Guido fosse in fervida attesa. Voleva comunicare la novità il prima possibile.

Fu il turno di Elisabetta. Mi salutò con un abbraccio e mi sussurrò un «come stai?» all'orecchio.

Quella notte non fu per niente serena, non avevo fatto altro che pensare a Elisabetta.

Ero certa della sua amicizia, e anche che non mi avrebbe mai tradito. Poteva essere lei ad aiutarmi, forse.

Dovevo prima parlarne con De Santis, però, e dovevo quindi tornare da mamma.

Il podestà uscì di buon'ora e ne approfittai per prepararmi.

Sapevo che mamma non avrebbe per nulla gradito la mia visita. Mi aveva specificamente ordinato di non tornare da lei se non per questioni di vita o di morte.

Stabilii che si trattasse di uno di quei casi.

Uscii a testa bassa, senza badare a chi poteva vedermi o a chi potessi incontrare.

Fui forse un po' avventata, ma sentivo la necessità di parlare della mia idea.

Mia madre appena mi vide si preoccupò. Pensava fosse successo qualcosa di grave.

Le spiegai quindi il motivo della mia visita incauta, forse sconsiderata.

Lei sobbalzò.

«Davvero pensi che una come Elisabetta, una che ha sposato la causa fascista e ha in casa il busto di Benito Mussolini, una che seguirebbe il tuo podestà anche in capo al mondo, pensi davvero che anteporrebbe la vostra amicizia al fascio? Tu devi essere impazzita!»

«Ma mamma... è stata la mia insegnante, la mia amica da anni! Come potrebbe tradirmi?»

«In nome di un affetto più forte di quello che nutre per te.»

Anche se totalmente contraria, mamma mi accompagnò nella stalla.

«Ecco i tuoi amici» disse mamma sorridendo. Sembrava contenta di avere quei due nascosti in casa.

Maria e Manfredi stavano discutendo chissà di cosa e smisero di parlare dopo avermi notata.

«Francesca, come mai qui? Che succede?»

Manfredi si alzò di scatto, preoccupato dalla mia visita.

Aveva tagliato la barba e aveva un aspetto più curato. Senza dubbio è opera del nonno, pensai.

Forse notavo solo in quell'istante quanto interessante fosse quell'uomo. Non solo aveva una bell'anima e un modo educato di porsi, ma anche un bel viso.

Spiegai agli amici la mia idea. Domenica sarebbero fuggiti con l'aiuto di Elisabetta.

Maria s'incupì di colpo e trasalì.

«Non sono affatto d'accordo, io dico che è impossibile che lei tradisca il suo credo e men che meno il tuo podestà.»

Maria sembrava determinata a rifiutare, la pensava esattamente come mamma. Però volevo provare a insistere.

A far cessare le nostre discussioni intervenne Manfredi.

«Francesca, in città c'è un altro attivo antifascista, un certo Quirino Viola. Lui senza dubbio potrà metterla al corrente dei punti di ritrovo sparsi per la Marsica e delle novità sui raggruppamenti. Pensa di poter rintracciare Viola?»

Quirino Viola: non mi era nuovo quel nome. L'avevo senz'altro sentito in una delle riunioni col podestà.

Rimasi a riflettere, cercando di ricordare in quale occasione avessi sentito quel nome.

«Francesca... Sappiamo tutti che il podestà non perdonerebbe mai un tradimento di tale portata. Se ha intenzione di lasciare ora il progetto di fuga, noi lo capiremo.»

In realtà a quello non avevo mai pensato. Avevo immaginato tante volte nei miei incubi peggiori la fine di Maria e Manfredi, ma non la mia.

Pensai in effetti che Guido non mi avrebbe mai perdonata. Ma feci finta di non aver nemmeno ascoltato e saltai la risposta a piè pari.

Manfredi d'altronde sapeva quanto fossi determinata a portarli via di là.

E nessuno avrebbe potuto farmi cambiare idea, né lui, né Maria, né mamma e nemmeno il timore per il podestà.

«Allora è deciso. Tornerò appena trovato il Viola.»

Mi girai con l'intenzione di imboccare l'uscita.

«Francesca... rifletta!»

Neanche mi voltai a rispondere.

Accennai un sorriso.

Mi faceva piacere che Manfredi avesse a cuore la mia vita.

51

Sulla strada del ritorno mi convinsi sempre più di aver sentito quel nome da qualche altra parte. Dovevo assolutamente fare una capatina in sede e controllare.

Le liste che avevamo Elisabetta e io riguardavano l'universo femminile. Eppure ricordavo un elenco inviato dalla Procura dell'Aquila con i nomi dei più noti antifascisti.

Decisi di non perdere tempo, anche perché tempo ormai non ne avevamo: la domenica era sempre più vicina.

Allungai il passo e arrivai in sede.

C'era il segretario. Appena entrai si alzò, felice di vedermi.

«Francesca, sai che è sempre un piacere. Cosa posso fare per te?»

«Niente di importante segretario, pensavo che il podestà fosse qui.»

«È in Comune, ma dovrebbe arrivare a momenti, voleva parlarmi di qualcosa.»

«Bene, allora se non ti dispiace vado in sala ad aspettarlo, così non infastidisco il tuo lavoro.»

Il segretario rise.

«Ma che dici, tu non potresti mai dar fastidio. Comunque vai, così ti accomodi sulla sedia del tuo podestà.»

Entrai in sala riunioni e accostai di poco la porta.

Forse avevo qualche minuto per rintracciare quei documenti.

Nell'armadio c'erano diversi fascicoli tutti accatastati l'uno sull'altro.

Cominciai da lì.

Niente, del fascicolo degli antifascisti nemmeno l'ombra.

Cercai sui mobili intorno, pieni di carte. Nulla.

Cominciavo a scoraggiarmi e mi sedetti sulla sedia del podestà a pensare.

Notai quasi per caso una cassettiera in basso, proprio a fianco della sedia.

Provai ad aprire il primo cassetto in alto ma era chiuso, come gli altri, del resto. Presi un tagliacarte e cercai di forzare un pochino, evitando di rovinare il mobile.

Si aprì.

Avevo il cuore a mille e cominciai subito a sbirciare tra quelle carte.

Sentii i passi degli stivali di Guido sbattere e strusciare sul nettascarpe al di fuori della sede. Poco dopo il podestà entrò e salutò il segretario.

Non avevo più tempo per cercare... ma mentre approfittavo di quegli ultimi istanti di solitudine mi imbattei nell'elenco. Non mi sembrava vero, tremavo per l'emozione e per la paura che Guido potesse beccarmi a rovistare tra le sue carte.

Accartocciai il foglio nella tasca del cappotto e chiusi in fretta il cassetto proprio mentre lui entrava in sala.

«Mia cara, che sorpresa!»

Guido si avvicinò e mi diede un bacio sulla guancia.

«Son venuta a farti una piccola visita... Volevo dirti che mi sento meglio.»

«Ne sono molto felice. Ora però va' a casa a distenderti, lo sai che non puoi stancarti.»

«Sì, hai ragione, vado subito.»

«Grazie della visita!»

Guido era di buonumore e si dimostrò davvero lieto di vedermi.

Cercai di allontanarmi dalla sede allungando il passo il più possibile e quando fui sufficientemente distante tirai fuori il foglio. Trovai quasi subito il nome che cercavo.

Quirino Viola, via Paganini.

Una strada fuori mano, ma non isolata e piuttosto vicina a quella di mia madre.

Avevo circa un'ora e mezza prima del pranzo. Senza stare tanto a riflettere, presi la via che portava verso la casa di mamma e nonno. Arrivata al passaggio a livello, non lo attraversai e girai a destra. Sapevo che una di quelle stradine doveva essere via Paganini.

E la trovai.

Circa a metà via, nell'orto antistante la casa, vidi un uomo intento a spaccare legna.

«È lei Quirino Viola?»

L'uomo non si scompose.

Riprovai.

«Signore, mi scusi, è lei Quirino Viola?»

L'uomo abbandonò l'ascia per terra e si girò.

Ce l'aveva scritto sul viso che aveva lavorato nei campi da sempre, come nonno. Le intemperie, il freddo, la neve e le gelate gli avevano rigato il viso.

Poteva avere circa sessant'anni, un tipo atletico e con una gran forza.

«Chi lo cerca?»

«Ho bisogno di parlarle, signor Viola, di un argomento importante.»

«Io non parlo con nessuno. Se ne vada.»

Il Viola era parecchio diffidente, e a ragione.

«Signor Viola, per favore, mi creda se le dico che è davvero importante. Le porto i saluti di Manfredi!»

Viola, che aveva ripreso in mano la sua ascia, si bloccò di scatto.

Si girò piano e venne all'entrata.

Aprì il cancello in legno.

«Come conosce Manfredi? Chi è lei?»

«Mi faccia entrare, per favore.»

Mi introdusse in una casa piena di muffa alle pareti, scarna. Non aveva oggetti, né tende, nessun ninnolo d'arredo. Si percepiva l'assenza di una figura femminile.

C'erano una madia per il pane, una credenza tutta impolverata, un camino nero pece nel fondo della stanza e un lavatoio. Al centro un lungo tavolo senza sedie.

Probabilmente le aveva bruciate per scaldarsi.

Viola uscì, prese due sgabelli di legno e li portò all'interno.

Non era facile far capire la situazione a quell'uomo, né spiegargli chi io fossi.

Comunque ci provai.

Gli raccontai della prima volta in cui ero andata a casa di Maria e lei mi aveva portato a conoscere Manfredi.

Gli parlai del mio dramma, gli dissi chi ero e gli raccontai delle mie paure. La paura che Maria morisse, che lo stesso accadesse a Manfredi.

Gli spiegai che la loro vita da allora era il mio cruccio, l'unico pensiero che mi tormentava.

E poi dissi di mamma, del suo sì immediato ad accogliere sia Maria che De Santis.

Infine dissi che era stato proprio Manfredi a farmi il suo nome, in quanto lo riteneva l'unico capace di organizzare una fuga per loro, scovando un punto di ritrovo con altri come lui.

Viola rimase immobile ad ascoltare, senza dire una parola.

«Mi crede, signor Viola?»

«Ebbene sì, signora Di Matteo, d'altronde lei ha da perdere in questa storia più di tutti. Ma immagino che di questo sia cosciente. Vede, signora, siamo solo piccoli gruppi adesso, ma cresceremo, saremo sempre più numerosi. Io in quei gruppi mi sento a casa, perché nonostante l'eterogeneità delle forze, siamo uniti dal comune obiettivo di lotta contro il fascismo per la liberazione del Paese.»

Parlava e aveva una luce particolare negli occhi che non mi sfuggì. Mi spiegava dell'organizzazione dei gruppi con uno sguardo d'amore e di speranza nel futuro.

Si percepiva che i suoi compagni valevano tutto il suo tempo e la sua vita.

Lo sentivo dal tono perentorio della voce, dalla determinazione.

Provai invidia, sincera invidia.

Viola sapeva quale fosse il suo destino e non si curava di poter morire per una nobile causa.

Riprese a parlare. «Tante sono le cellule antifasciste sparse per l'Italia. Alcune si trovano nell'Appennino Centrale, quindi Manfredi e la sua amica non dovrebbero aver problemi a trovare un aggancio sui Monti Gemelli, in provincia di Teramo. Penserò io a individuare il contatto.»

Gli riferii della mia idea di farli fuggire quella domenica.

Lui fu d'accordo, i tempi stretti non lo spaventavano, bisognava solo mettere al corrente Maria e De Santis di quanto organizzato.

Rimanemmo così in parola, ci scambiammo un saluto stringendoci forte la mano.

«Grazie signor Viola, se Manfredi sarà d'accordo non servirà ulteriore conferma. Anche se non avrò più modo di incontrarla, sono felice di averla conosciuta.»

Uscii da quella casa a malincuore, con un groppo alla gola, avrei voluto parlare ancora con lui e farmi raccontare le avventure della sua vita. Respirai a pieni polmoni l'aria gelida. Era uno di quei giorni invernali in cui il cielo non sa che fare e riposa in un pallido grigiore.

Chiusi il cancelletto dietro di me e mi avviai per la strada del ritorno.

Mi girai e mi trovai davanti il dottore.

Non avevo proprio idea di cosa ci facesse in quella stradina fuori mano.

Venne verso di me con aria incuriosita.

«Francesca, cosa ci fai da queste parti? Tu non dovresti nemmeno essere in giro, il podestà mi ha raccontato quanto sei stata male.»

«Stai tranquillo dottore, tutto bene. Quando mi sento meglio continuo il mio lavoro.»

«Chi hai visitato? Quel testone del Viola?»

«Sì...»

«Se me ne parlavi prima t'avrei detto io di lasciar perdere. Non ha alcuna intenzione di cambiar rotta.»

«Ho voluto comunque provare, dottore, ma con scarsi risultati.»

Il dottore era a conoscenza delle liste nere dei rivoltosi, e sapeva delle visite alle donne antifasciste nella speranza di convincerle a cambiar partito. Sapeva anche che in caso di diniego la sorte della donna e dei suoi familiari non sarebbe stata buona.

Fortunatamente non ebbi alcun problema con il dottore, aveva creduto nel mio tentativo di redimere Viola. Ci salutammo cordialmente, e lui tenne a raccomandarsi circa il mio stato, di stare attenta ai movimenti bruschi. Soprattutto dovevo evitare di stancarmi.

Mi disse che stava andando a casa De Angelis per visitare la signora con la polmonite. La signora De Angelis abitava tre case più giù del Viola.

Io presi la direzione opposta.

Mentre passeggiavo tranquillamente verso casa, sorrisi.

Mi sentii soddisfatta per come avevo affrontato il dottore e per averla fatta franca in qualche modo, evitando un fiume di domande.

Mi sentivo terribilmente stanca, avevo gironzolato per un'intera mattinata.

Non era il caso di andare da mia madre nel pomeriggio, avrei rischiato di stancarmi troppo.

Rimandai la visita al giorno dopo, ormai era tutto sistemato.

Mancava solo il benestare di De Santis.

52

Il mattino seguente, notai che Guido era un po' strano. Aveva un'aria nervosa.

Gli chiesi se si sentisse bene, se avesse qualche problema. Lui rispose che andava tutto bene, come lui si aspettava.

Potevo star tranquilla quindi, eppure il mio sesto senso si mise in allarme.

Mi ripetevo che non c'era motivo di stare in ansia, il dottore mi aveva creduto e senza che ci fosse qualche sospetto non avrebbe parlato al podestà del nostro incontro.

Rincuorata, uscii e tornai da mamma.

Per l'ennesima volta mi prese, mi tirò dentro di malagrazia e mi chiese se fossi impazzita. Ma quel giorno c'era qualcosa di più ad attendermi.

Nonno.

Da tempo immemore non lo vedevo.

Era ancora lo stesso. Preciso e ordinato con la sua camicia e col panciotto, il suo bel viso profumato di barba appena fatta. Quella mattina non era andato al lavoro.

Aveva giusto qualche anno in più, ma il tempo davanti a lui si vergognava e si nascondeva.

Era seduto a tavola, al suo posto, e aveva tra le mani un pezzetto di pane.

Mi guardò.

Quante cose m'aveva insegnato nonno.

Incapace di ogni carezza, di ogni gesto di tenerezza, dimostrava il suo amore con la presenza e con la cura.

Accennò un sorriso abbassando il capo.

Corsi da lui e mi inginocchiai per essere alla sua altezza.

«Perdonami, nonno.»

«Figurati, una persona deve commettere tutta una serie di sciocchezze per crescere e capire. Grazie a Dio tu hai capito e sei cresciuta abbastanza per cambiare rotta e passare da un lato all'altro della barricata. Ora sono fiero di te.»

L'emozione fu talmente forte che mi strinse la gola e cominciai a piangere a singhiozzi. Mi carezzava la testa, come si fa con i cuccioli spauriti.

La sua mano calmò i miei sconquassi e cominciai a raccontargli gli ultimi sviluppi.

Gli parlai della mia visita a Viola, del suo impegno nel trovare un collegamento che aiutasse Maria e Manfredi a fuggire sui monti teramani.

Mi guardò con gli occhi che ridevano.

«Lascia che ti aiuti, Francesca» disse nonno. «Potrei portare il carretto fino ai piedi della montagna.»

Avevo pensato a quell'ipotesi, ma l'avevo anche scartata seduta stante.

Se qualcosa fosse andato storto, nonno avrebbe pagato per primo con la sua vita. Con me alla guida del carro probabilmente il podestà avrebbe potuto mostrare magnanimità, in caso di una retata.

«No nonno, devo far da sola per il bene di tutti.»

Alla domanda: «Come sei riuscita a trovare la casa di Viola?» preferii soprassedere e divagare. Non volevo che nonno si mettesse in ansia per me.

Come potevo raccontargli di aver rubato il foglio dei nomi dei rivoltosi in sede e di averlo fatto esattamente due secondi prima che il podestà entrasse nella sala in cui ero!

M'avrebbe preso per una sciagurata, un'incosciente, capace di mettere a repentaglio la mia vita.

«Bene, allora ci siamo!» disse mamma, che era rimasta in silenzio ad ascoltare col viso rosso dall'emozione. «Andiamo a comunicarlo a De Santis?»

«Certamente, non vedo l'ora!»

Entrammo nella stalla.

Maria e Manfredi subito si alzarono sentendo le nostre voci.

Li salutai e il loro atteggiamento mi intenerì.

Sembravano due uccellini che stavano aspettando il cibo dalla mamma a becco aperto.

Desideravano novità, un destino clemente, un punto fermo da cui ricominciare a vivere.

Così spiegai loro che sarebbero fuggiti domenica grazie all'aiuto di Viola, il quale si era impegnato a trovare un contatto che potesse scortarli fino ai monti di Teramo, verso la libertà. Un'ora prima del crepuscolo circa, durante la raccolta dell'oro alla Patria, avrei finto un malore, e il podestà si sarebbe preoccupato a tal punto da farmi riportare a casa. Una volta lì mi sarei cambiata e travestita da vecchia viandante per non destar sospetti e avrei raggiunto casa di mamma e nonno. Avrei sistemato il carretto davanti la stalla, loro sarebbero usciti e li avrei portati via, nel punto dove i campi diventano boscaglia, proprio ai piedi della montagna.

I due sorrisero entusiasti.

Il piano era perfetto.

Maria mi gettò le braccia al collo e mi baciò mille volte le guance.

Manfredi non sapeva che fare, ma se avesse potuto m'avrebbe abbracciato come e più di Maria. Lo si percepiva.

«Francesca... non so proprio come ringraziarti!» Maria aveva gli occhi umidi per l'emozione.

«Non dire sciocchezze Maria, anche tu avresti fatto lo stesso per me.»

«Io non ne sono così sicuro!» scherzò Manfredi e stette al gioco, prendendosi gli schiaffetti da Maria.

«A parte gli scherzi. Grazie Francesca, per tutto ciò che hai fatto per noi, dal profondo del mio cuore!» Anche Manfredi aveva gli occhi umidi, ma le sue mani, che strinsero le mie, erano bollenti. La nostra amicizia stava diventando più intima, confidenziale.

Con una mano portò le mie dita a sfiorare le sue labbra.

«Mille volte grazie, principessa!» e mimò un inchino. Ridemmo tutti di gusto.

«Smettila di fare il buffone, Manfredi, ora vi aspetta la parte più dura, la fuga. Ricordati ciò che mi hai promesso.»

«Croce sul cuore, Francesca!»

Abbracciai ancora Maria, forte, chissà quando l'avrei rivista, e le augurai una splendida vita.

Fu il turno di De Santis, che tentò un debole abbraccio, per pudore, vergogna, o per paura di farmi male.

«Non mi rompo Manfredi, stai tranquillo.»

Fui io a stringerlo un po' di più, per fargli sentire un affetto cresciuto col tempo.

A malincuore mi slacciai dagli abbracci.

La mia presenza in quella casa metteva tutti in pericolo. Era meglio tornare dal podestà.

Salutai nonno, che aspettava fuori dalla porta, e mamma, alla quale schioccai un bacio.

Fuori dalla proprietà, appena presa la strada principale, incontrai Elisabetta.

Cercai di far di tutto per apparire naturale, come sempre.

Eppure non riuscivo a contenere l'agitazione.

Chiusi i pugni nel cappotto, serrati, come per farmi forza.

Ma la voce mi tremava.

La salutai con il solito affetto e le raccontai di un recente malore che aveva avuto nonno, di quanto fossi preoccupata per lui.

Elisabetta strinse gli occhi e mi inquietai, l'ansia salì a mille. Sentivo il cuore battermi sulle tempie.

Quel suo gesto involontario mi creò scompiglio dentro.

Avevo riconosciuto il suo sospetto. Quella visita non la convinceva, il mio atteggiamento soprattutto.

Mi aveva preso alla sprovvista. Proprio non immaginavo di trovarmela davanti e non ero riuscita a mantenermi serena.

Le chiesi come mai fosse da quelle parti e lei mi parlò di un controllo in quella zona: diversi contadini si erano lamentati di alcuni piccoli furti.

La conversazione proseguì serena.

In fondo non avevo motivo per preoccuparmi.

Era lì per un controllo a casa dei contadini che avevano subito furti, mi ripetei.

Potevo star tranquilla. Eppure le mie mani non cessavano di tremare, come tutto il corpo, che sentivo scosso da brividi, come di freddo.

Ci salutammo con affetto, abbracciandoci, poi proseguimmo in direzioni opposte.

Avevo il terrore di aver innescato qualcosa, qualche strano meccanismo.

Mi diedi della sciocca mille volte.

Come avevo potuto tradirmi in quel modo, proprio davanti a lei per giunta, che era nata sospettosa, lo era sempre stata. Lei alle persone non credeva, nonostante si dimostrassero leali. Forse per questo non era riuscita a trovare un uomo e forse per questo, infine, mi ero ripromessa di non coinvolgerla nel piano di fuga.

Tremavo come una foglia.

E mi sentivo in trappola.

Le avevo letto qualcosa negli occhi. Si erano mossi con sospetto, con una certa rabbia. Ne ero certa, aveva dubitato di me.

Poteva quel singolo gesto valere più dell'intera conversazione avuta?

L'avevo lasciata serena, mi aveva abbracciato come sempre.

Si era informata sul nonno, sul suo malore, su mia madre.

Mi voleva bene.

Mi voleva bene.

Mi voleva bene?

53

Chiesi ad Annetta di aiutarmi a preparare la zuppa di patate che piaceva tanto a me e al podestà.

Cucinare mi rilassava, e avevo davvero bisogno di rilassarmi in quel momento.

Annetta prese tutto l'occorrente e sbucciò le patate. Poi la liberai, volevo cucinare da sola il pranzo per Guido.

Mi sentivo meglio, più calma, forse perché per strada mi ero ripetuta mille volte che Elisabetta non m'avrebbe mai fatto del male e me ne ero convinta.

Ripensai a tutte le volte che avevamo combattuto insieme, sempre in prima fila nella militanza di partito.

Io che mi sentivo superiore, coraggiosa oltre l'inverosimile, come un uomo e più di un uomo. Io che avevo la certezza di valere quanto loro, con una forza che aveva sempre fatto invidia alle altre. Io provavo paura.

Mi tornò in mente il giorno in cui rubammo la bandiera comunista consegnandola a lei, che era la nostra professoressa, il nostro faro luminoso.

Riflettei su quanto importante era stato il suo ruolo per la mia iscrizione alle liste del fascio. Era stata lei a sollecitare la visita delle milizie a casa di nonno e mamma.

Quello fu il giorno in cui persi nonno.

Anche mamma subì un duro colpo, certo, ma lei era capace di perdonare più in fretta.

Il terremoto le aveva insegnato il dolore e l'importanza di dimenticare le cose. Il terremoto che seppellì tutto, quella gigantesca tomba che risucchiò persone, abitazioni, strade, orti, animali.

I miei pensieri erano neri, torbidi, anche se ero appena riuscita a tranquillizzarmi.

La zuppa aveva appena cominciato a bollire quando sentii il podestà rientrare.

Lo accolsi con un affetto da brava moglie che avevo dimenticato da tempo.

Guido era di buonumore, ricambiò il mio affetto con un bacio sulla guancia e poi si mise subito a tavola. Non ragionava a digiuno.

A tavola, finito il primo piatto di zuppa, cominciò a parlarmi della mattinata. Mi raccontò entusiasta di come avesse comandato un gran lavoro, sistemando in piazza una sorta di passerella che i cittadini dovevano percorrere, consegnare l'oro al segretario del partito e poi uscire dal quadrato. Quel quadrato aveva il massimo grado di sorveglianza, continua e sempre nuova, ma la polizia sarebbe stata ovunque intorno all'isolato della piazza, posti di blocco erano stati posizionati strategicamente per eventuali traditori o per i ladri che avevano intenzione di rimetterci la vita.

Soddisfatto di sé mi disse che l'evento sarebbe stato praticamente blindato, data la grande mole di gendarmi posizionati in ogni dove in quel giorno.

Guido mangiò tutto ciò che gli proposi, tanta era la fame. La zuppa, il pane, il formaggio e la verdura.

Non mangiava molto di norma, ma esagerava in particolari periodi di stress o di maggior lavoro. Eppure riusciva a mantenere la sua splendida forma.

Concluse il suo discorso dicendo che mai Avezzano sarebbe stata più protetta come in quella domenica.

In quell'istante mi tornarono in mente le parole di Elisabetta sui furti in paese.

«Guido, ho sentito di alcuni furti ai danni dei contadini in via Marcantonio Colonna e nella zona vicino casa di mia madre. Tu ne sai qualcosa?»

«Ma chi t'ha raccontato una sciocchezza del genere, Francesca? Da quando io sono podestà i furti sono diminuiti drasticamente e la criminalità è quasi pari a zero!»

Evitai di rispondere, tanto lui era preso dal finire la verdura, e cominciai a sparecchiare.

Non volevo che notasse il mio stato di agitazione.

Mi resi conto di quanto avesse ragione il mio sesto senso e anche di quanto conoscessi Elisabetta.

Non era lì per caso quindi, né di certo per i furti.

Ma per me.

Con le mani immerse nell'acqua del lavatoio, riflettei sull'incontro col dottore, che evidentemente non era passato inosservato.

L'unica spiegazione che riuscivo a darmi era che Elisabetta e il dottore si fossero incontrati e avessero deciso di tenermi d'occhio.

Elisabetta andava avanti a pane e sospetti e si era certamente messa subito in allarme.

Mi misi un po' a riposare per cercare di calmare l'ansia.

Non avevo alcuna intenzione di far scontare al mio bambino tutta l'agitazione che stavo provando. Pensando a lui, riuscii a addormentarmi.

Più tardi, nel pomeriggio, cercai di ragionare a mente lucida.

Ciò che mi sembrava più strano era che nessuno ne avesse parlato ancora con Guido. Non era cosa da sottovalutare. Davanti a un fatto così grave, se davvero Elisabetta avesse intuito qualcosa, avrebbe dovuto parlarne subito con lui.

Invece no. Guido sembrava non sapere nulla.

Quindi lei sospettava, dubitava di me, ma non avendo ancora prove sulla mia colpevolezza, stava temporeggiando.

Dovevo anticipare le sue mosse.

54

Arrivò la domenica, con il suo carico di ansia e di paure.

Il podestà indossò di nuovo la sua divisa da generale, come in tutte le occasioni importanti. Io scelsi un completo grigio con una giacca piuttosto ampia, morbida in vita, e il solito immancabile foulard.

Mi dissi che finalmente era arrivato il giorno in cui avrei portato Maria e Manfredi lontano dalla paura e dal pericolo.

Certo, dovevamo fidarci di Viola e del suo aggancio.

Dovevo dare il meglio di me da lì a poco, entro fine giornata avremmo conosciuto la sorte di tutti.

Uscimmo, io allacciata al braccio di Guido.

Lui era l'immagine della spavalderia, audace, temerario. Si atteggiava come uno smargiasso insolente. Dopotutto era il podestà e poteva farlo.

Lo guardavo e lo vedevo enorme, altissimo e gonfio. Tronfio del suo risultato.

Vedemmo guardie in ogni vicolo, in ogni traversa e angolo. Nel tragitto dalla casa alla piazza ne avevo contate già una decina.

Arrivammo in piazza e fummo subito salutati dai compagni di partito e osannati dalla folla che già la gremiva.

Senza perdere tempo il podestà mi fece strada fino alla passerella.

Depositammo le nostre fedi e il podestà anche un orologio d'oro e un bracciale, che non avevo mai visto, in realtà.

Di sicuro voleva dare un esempio per i più indecisi.

Tutti applaudirono al gesto del podestà, d'altronde godeva di rispetto e considerazione, veniva stimato profondamente dalla maggioranza dei cittadini.

Quella piccola minoranza che lo odiava taceva ovviamente, non aveva intenzione in fondo di spendere la vita per un insulto.

L'avviso diceva che tutti i cittadini erano invitati a partecipare alla raccolta dell'oro, ma in verità erano obbligati, costretti dalle esigenze della patria. Sapevo che i cittadini che non avevano intenzione di consegnare l'oro sarebbero stati raggiunti dalla polizia, che avrebbe trovato facilmente il modo di convincerli.

Ma la piazza era gremita, di sicuro nessuno desiderava perdere l'uso delle mani per un anello non consegnato.

Rimanemmo in piazza fino all'ora di pranzo, a controllare l'affluenza alla raccolta e a presenziare un evento preparato e organizzato fin nei minimi particolari da mesi.

Tornammo poi nel pomeriggio. Il cielo in quella domenica fu clemente, non piovve, salvo qualche minaccia e nuvole nere gonfie d'acqua. Sembrava un animale in travaglio, che stava lì lì per partorire. Qualche raggio di sole ogni tanto bucava il grigio e ci regalava un leggero tepore che scaldava le mani nonostante fosse dicembre.

Il podestà espresse tutto il suo orgoglio per quella popolazione così povera eppure così generosa, tanto da rinunciare al più grande degli affetti in nome della patria.

La raccolta stava andando bene e il segretario pronosticò che nel pomeriggio l'affluenza sarebbe raddoppiata perché sarebbero arrivati i contadini che non avevano voluto rinunciare al lavoro nei campi di mattina.

«Il mattino ha l'oro in bocca» dicevano.
Che beffa, pensai.

Si stava facendo scuro, il buio non avrebbe tardato ad arrivare, dovevo agire.

Mentre il podestà mi indicava i posti di blocco, argomento assai interessante, visto quello che m'aspettava, finsi un malore.

Mi appoggiai al braccio di Guido, piegandomi in due.

«Francesca... che ti succede?»

Guido era profondamente preoccupato, tanto da prendermi in braccio e portarmi alla più vicina panchina della piazza, gridando: «Fate largo! Fate largo! Allontanatevi da lì!»

Poi mi fece allungare sulla panchina, si sfilò il cappotto e lo sistemò sotto la mia testa.

«Francesca, vuoi che chiami il dottore? Lo faccio chiamare?»

«No Guido, sta passando.»

Anche Elisabetta corse da me, chiese che cosa mi fosse accaduto.

«Sto bene Elisabetta, non preoccuparti. Si è trattato di un mancamento improvviso, ma ora è passato.»

«Francesca, forse è meglio che torni a casa» disse Guido.

Tutto stava andando per il verso giusto.

«Ma non c'è bisogno Guido, mi sento meglio.»

«Non discutere con me. Elisabetta, vuoi essere così gentile da accompagnare Francesca a casa e sincerarti che si metta a letto?»

«Certamente, podestà!» Figuriamoci, avrebbe ubbidito anche se le avesse chiesto di schiantarsi col carretto.

Così ci avviammo verso casa.

L'impressione che mi diede fu di una persona preoccupata sul serio.

Ma avevo imparato che con Elisabetta tutto poteva essere il contrario di tutto.

Una volta a casa mi disse che sarebbe restata e mi avrebbe messo personalmente a letto. D'altronde l'aveva promesso al podestà.

Così ubbidii e lei mi sistemò nel letto.

«Elisabetta, stai tranquilla, il capogiro è passato, sto bene adesso.»

«Sono felice che tu stia bene, ma devo assicurarmi che tu stia al caldo e serena.»

«È così, sto meglio.»

«Vuoi che resti a farti compagnia?»

«No, scherzi, tu hai altro da fare. C'è un lavoro che ti aspetta. »

Inizialmente titubò. Poi si convinse ad andare via, dopotutto voleva tornare in piazza con gli altri membri del partito.

Tirai un sospiro di sollievo sentendo la porta chiudersi. Pensavo che non se ne sarebbe più andata.

Così mi tirai giù dal letto, avevo poco tempo a disposizione. D'altronde il podestà, preoccupato com'era, poteva far ritorno in qualsiasi momento.

Mi cambiai, indossando gli abiti più vecchi e logori che avessi.

55

La strada verso casa di mamma e nonno non fu mai più estenuante.

Non vedevo l'ora di arrivare, ma in parte non volevo che quell'avventura finisse.

Mai nella mia vita mi ero sentita più viva e più utile. Erano momenti che sarebbero rimasti indelebili, che avevano tracciato un solco dentro al mio cuore.

A passo svelto non impiegai neanche una decina di minuti, le strade erano vuote e la gente che non era in piazza se ne stava rintanata in casa.

Mi orientai subito verso il cortile, presi il carretto del nonno, già pieno a metà di sacchi di patate, e lo posizionai davanti la porta della stalla.

Entrai poi furtivamente.

«Maria, Manfredi dove siete?»

«Siamo qui!»

Uscirono dalla recinzione e mi vennero incontro.

«Ti aspettiamo da un secolo!» disse Maria con la voce trepidante d'emozione.

«Ho fatto prima che ho potuto! Siete pronti?»

«Sì, certo. Non vedevamo l'ora» La voce sottile di Manfredi mi parve una musica dolce.

«Su andiamo, non perdiamo altro tempo.»

I due salirono sul carro e cercarono di coprirsi il più

possibile con i sacchi delle patate che erano all'interno della stalla.

Tutto avvenne nel silenzio più assoluto. Poi pensai ad avvolgerli con una coperta, assicurandomi che nessuno potesse vederli.

Salii sul carro, direzione Gran Sasso.

Non c'erano molte strade.

Cercai di allontanarmi velocemente dal centro abitato.

Lungo il tragitto non incontrai anima viva, il che fu una sorpresa. I compaesani preferivano stare a casa se non in piazza, certo, ma il podestà mi aveva parlato di infiniti posti di blocco... in realtà inesistenti.

Solo case, abitazioni lontane in mezzo al nulla, sperdute.

Campi e campi, infinita terra arata in attesa della bella stagione.

Ombre lunghe si stagliavano sul costone delle montagne che avevo di fronte, come enormi gendarmi che proteggevano il mio cammino.

Una vipera passò davanti al carro e il cavallo nitrì e mi spaventò, quasi perdevo le redini.

Ma le tenni forte, salde a me.

Dovevo solo accompagnare due persone speciali per me al punto stabilito.

Due persone che valevano più dell'oro, più del nome che avevo assunto da sposata, più dell'agiatezza e del prestigio ottenuto.

C'era un'immensa quiete e solo gli zoccoli di Nino, il cavallo di nonno, scandivano lo scorrere del tempo.

Dopo circa mezz'ora di viaggio raggiunsi il punto di maggior distanza da Avezzano, luogo in cui si poteva facilmente inoltrarsi nella boscaglia e far perdere ogni traccia.

La luce del pomeriggio divenne calda e tenue, cominciava a farsi sera e ci si vedeva pochissimo, se non con il lume sul carretto. Dovevo assolutamente sbrigarmi e tornare.

«Maria, Manfredi, siamo arrivati. Scendete!»

I due scostarono la coperta che avevano addosso e saltarono giù dal carro.

Presi la sacca con le provviste che mamma aveva preparato e la sistemai sulla spalla di Maria, abbracciandola. La strinsi forte, non volevo staccarmene, era il momento che temevo dall'inizio di quella storia. Maria la sentivo parte di me, come potevo lasciarla andar via!

Ma certo, la sua salvezza era più importante di qualsiasi cosa, anche della mia nostalgia.

Non era ancora andata via che già mi mancava.

Consegnai a Manfredi la sua sacca e poi mi abbracciò.

«Croce sul cuore» mi sussurrò in un orecchio.

Avevo imparato a voler bene a quell'uomo, ad aver rispetto di lui e delle sue idee.

Si spostarono dalla strada al campo che la costeggiava e cominciarono a inoltrarsi girandosi di tanto in tanto a mandarmi un bacio con la mano.

Mentre li guardavo allontanarsi sentii un fruscio forte, come un vento che si alzava.

Il fruscio si trasformò in passi, quasi un plotone che si avvicinava correndo.

Sentivo gli stivali battere sulla strada sterrata.

Una nuvola di polvere si alzò dall'incrocio, e si spostava veloce verso di me.

Avvertii il pericolo, ma ancora non capivo di chi si trattasse.

Infine... li vidi con gli ultimi bagliori tenui del crepuscolo.

Gli uomini dell'Ovra.

Li vidi avvicinarsi imbracciando fucili. Dopo il manipolo di gendarmi, veniva Elisabetta.

Ci sono attimi che durano ore.

Avevo consumato le scarpe, il cuore e la mente per star dietro al sogno di libertà di Maria e Manfredi. Invano.

«No, no, no! Prendete me, vi prego!» gridai.

Ma non era me che volevano, il podestà non se ne faceva niente di me.

Le guardie mi oltrepassarono come fossi un fantasma, trasparente, e si prepararono per colpire i due bersagli nel prato.

«Fermatevi o spariamo!» intimarono gli uomini a Maria e Manfredi.

I due mi guardavano attoniti e sconvolti, come se avessi organizzato io l'agguato. Ma io ero sconvolta più di loro.

«Rimanete immobili e con le mani in alto!» ordinarono a squarciagola le guardie.

Poi successe tutto così in fretta che non riuscii a farmene capace.

Manfredi prese Maria per mano.

«Maria, andiamo!» urlò Manfredi sotto il fuoco aperto dei fucili dell'Ovra.

La trascinava per un braccio, le gambe strusciavano sugli sterpi, ma Maria non riusciva a mantenere il passo veloce di Manfredi tra i rovi.

E si girò.

Quell'attimo di esitazione le costò la vita.

I fucili continuarono a sparare incessantemente, un colpo la colse in pieno alla schiena e cadde a terra sotto i miei occhi, ancora con la mano in quella di Manfredi.

«Maria!» gridai disperata. Il mio viso si inondò di lacrime.

Manfredi continuò a trascinarla e con la forza di due uomini la prese tra le braccia e la sollevò.

Continuò a correre, con tutto il peso di Maria tra le braccia.

Ma i fucili riuscirono a colpire anche lui e cadde a terra. Fortunatamente il colpo non lo fermò.

Vidi Manfredi scuotere Maria, cercando di svegliarla.

«Svegliati Maria, svegliati!» le gridava.

«Svegliati Maria, svegliati!» sussurravo io tra i denti.

Manfredi si trascinò sulle braccia. Continuò a trascinare con sé Maria, continuando a chiamarla.

Ma Maria non rispondeva più.

Manfredi provò ancora e ancora, fino a quando dovette arrendersi alla realtà delle cose.

Il cuore di Maria aveva cessato di battere, quel suo cuore indomito e forte capitolò, la sua anima impetuosa e tenace fu costretta ad abbandonare la vita, i suoi occhi color del cielo d'agosto si spensero nel buio di quella terra fangosa.

Manfredi mi guardò un'ultima volta prima di inoltrarsi nella boscaglia zoppicando malamente.

Nel suo sguardo tutto il dolore per non aver portato in salvo Maria.

L'aveva promesso.

Non riuscivo a credere a ciò che stava accadendo.

Lei che era il mio buonumore, le mie giornate serene, l'allegria, la festa, era stesa a terra immobile, come una bambola rotta.

Era lì per terra, uccisa.

Non avevo più bisogno di niente, neanche di me stessa.

Girai appena lo sguardo e vidi Elisabetta mettersi a un lato della strada con le braccia conserte e un atteggiamento tranquillo, quasi di soddisfazione.

In quell'attimo mi fu tutto chiaro.

Capii perfettamente che ero stata seguita e tradita.

Feci per raggiungere Maria. Gli uomini mi fermarono, mi tennero per le braccia e mi fecero salire su una camionetta appena arrivata.

Seduta nell'auto, guardando dietro di me vidi alcuni uomini inseguire De Santis.

Elisabetta toccò con un piede il corpo di Maria ormai esanime, sprezzante, come fosse un cencio sporco da scostare.

56

Rientrando in paese la mia mente si era come placata, solo poco prima i pensieri si accavallavano l'un l'altro come facevano le zolle dopo il passaggio dell'aratro di nonno.

Avevo in mente solo l'immagine di Maria a terra, col viso nel pantano e le braccia aperte.

Voleva la pace, il rispetto, e aveva ricevuto in cambio la morte.

Del mio destino non mi importava affatto.

Avevo tradito la mia migliore amica, dovevo badare a lei, dovevo proteggerla. E invece non ero stata nemmeno capace di offrirle quello che desiderava di più, la libertà.

Non ero stata in grado di organizzare le cose prevedendo che sarei stata tradita, camminando qualche passo avanti a Elisabetta e presagendo le sue mosse.

Aveva vinto lei, anticipandomi su ogni movimento.

La camionetta proseguiva lentamente a causa delle buche, la strada era sterrata.

Sapevo già cosa mi aspettava, avrei dovuto subire l'onta degli insulti di Guido, prima di ascoltare il suo verdetto su di me.

In fondo ero pronta a tutto, anche alla morte.

Istintivamente poggiai una mano sulla pancia.

Per il bimbo, un'anima innocente che non avrebbe dovuto pensare alla morte prima che alla vita, solo per lui mi dispiaceva.

Giungemmo all'ingresso della casa che non sarebbe stata più la mia.

Gli uomini scesero per primi dalla camionetta e poi fecero scendere me, scortandomi sottobraccio.

Ero certa che avessero ricevuto un apposito ordine.

Venne ad aprire proprio il podestà.

Mi guardò con disprezzo, puntando i suoi occhi su di me come due lance.

Avevo l'impressione di avere davanti un'altra persona, una persona crudele.

Mai nella mia vita avevo visto uno sguardo più atroce, capace di incutere terrore.

«Portatela in sala riunioni!» ordinò il podestà.

Gli uomini mi spinsero nella sala e mi fecero sedere su una sedia del tavolo centrale.

Avevo le mie cose intorno e non mi sembrava neanche più casa mia.

«Ora uscite! Lasciatemi solo con lei!»

I gendarmi uscirono in fretta dalla stanza.

Rimanemmo soli.

Cominciò il suo massacro psicologico, al quale mi ero preparata.

«Francesca... io non so bene da dove cominciare. Maledizione, non riesco nemmeno più a guardarti! Come hai potuto farmi questo, come? Non eri che una poveretta, una morta di fame, a te piccola ignorante ho dato lustro, ti ho dato una casa, del cibo, abiti nuovi per ogni giorno, dimmi come hai potuto farmi questo?»

La voce di Guido sembrava un uragano.

«Lo sai tu chi hai sposato? Lo sai? Il podestà di Avezzano, un generale di corpo d'armata al servizio del Duce. Ti ho offerto protezione, ti ho dato la mia più completa fiducia, ti ho fatto crescere intellettualmente e politicamente, ti ho dato un figlio! Maledetta tu! Come hai potuto?»

La sua rabbia montava come le nubi nere gonfie d'acqua che si allacciano l'un l'altra per trasformarsi in tempesta.

«Mai avrei immaginato un tradimento di tale proporzione, importanza e valore da te! Ma cosa sei diventata? Una bamboletta comunista alla mercé del primo delinquente assassino rivoluzionario? Ma non provi vergogna per te stessa, per quello che sei stata capace di organizzare contro di me, contro i tuoi camerati, contro Elisabetta, contro il Duce?»

«Se vuoi posso provare a spiegarti...» cercai di dire. Ma a momenti veniva giù pure il cielo.

«Sta' zitta, solo zitta devi stare, non voglio sentire le tue scuse da quattro soldi.»

Già, Elisabetta.

Sarei stata io a tradire la sua amicizia, con il suo visetto d'angelo e il sangue di fiele.

«Vergognati, dovresti metterti in ginocchio e chiedere perdono e baciarmi le scarpe e la terra dove cammino.»

Guido stava in piedi davanti a me, rosso in faccia e con gli occhi che a momenti scoppiavano, gonfi di rabbia. Aveva le braccia lungo i fianchi e i pugni chiusi per cercare di darsi un contegno. Non si scatenò con la violenza contro di me solo perché la casa era piena di gente e lui rimaneva sempre il podestà di Avezzano, altrimenti m'avrebbe massacrato, pensai.

«Comunque sappi che la tua morte non avverrà per un colpo di pistola, dovrai soffrire lentamente e lenta sarà la mia vendetta, dolce e lenta.»

Non sapevo cosa intendesse ma quelle furono le sue ultime parole.

Guido uscì dalla stanza e disse qualcosa sottovoce ai suoi uomini.

Poi prese le scale e scomparve senza rivolgermi più neanche uno sguardo.

Le guardie entrarono e mi portarono di nuovo nella camionetta.

Poi partimmo.

Non sapevo nemmeno dove mi stessero portando.

Ma il gelo che provavo mi fu di grande aiuto.

Fu un viaggio lungo verso una destinazione sconosciuta.

Dopo forse più di un'ora di viaggio arrivammo.

Mi obbligarono a scendere e mi accompagnarono all'interno di un'enorme struttura.

Una donna vestita come un'infermiera mi strattonò.

«Chi sei tu? Dove sono?» chiesi. Ma nessuno mi teneva in considerazione.

La donna mi spinse fino ad arrivare in una stanza.

«Ecco la tua camera, principessa!»

Mi prendeva in giro, di sicuro sapeva chi io fossi.

Chiuse la porta dietro di sé, che mi sembrò più un cancello.

Non era una prigione, non ne aveva l'aspetto esteriormente e le stanze erano troppo grandi. Ma non si trattava neanche di un ospedale.

Il buio mi avvolse, nella stanza non c'erano lampade né candele, solo la luce che veniva da una finestra alta.

Faceva freddo. Mi avvicinai al letto, vidi solo una tavola con sopra un materasso lercio e una coperta ispida.

Mi rannicchiai all'angolo tra il muro e il materasso, la coperta sulle spalle e le mani tra i capelli.

Ero sola.

Mi sentivo un cencio inutile, chiusa dentro quello stanzone buio e gelido.

Senza quasi che me ne accorgessi piansi.

Un pianto asciutto, senza lacrime, un pianto desolato, di sola disperazione.

Sapevo di avere la colpa di tutto, di Maria principalmente – chissà se Manfredi aveva trovato una via di scampo – la colpa di aver tradito Guido, Elisabetta, e i miei amici camerati. Mi sentivo in colpa anche nei confronti di mamma e nonno perché non sapevo cosa il podestà avesse in serbo per loro.

Piansi, più forte.

Il pianto si trasformò in angoscia.

Avevo paura di restare sola, di morire abbandonata.

Il mio pensiero andò al bimbo, alla mia creatura che non avrei mai avuto, che non avrei visto crescere. Morto d'innocenza prima di aver visto la luce.

Chissà quale sarebbe stato il mio destino, e cosa avrebbe riservato per me il podestà.

Sapevo di averlo molto ferito, di aver tradito la sua immagine pura di uomo integro davanti a tutto il paese.

Nessuno sconto di pena avrei avuto, anzi, la più esemplare che servisse come monito alla popolazione.

La sua integrità l'avrebbe ricucita con la vendetta, lenta e dolce aveva detto.

Asciugai le lacrime, con la pace nel cuore ristabilita. Il domani sarebbe stato di sicuro un giorno migliore di quello appena vissuto.

57

Il giorno dopo mi svegliai con un odore acre, nauseante, che mi prendeva alla gola.

Mi guardai un po' intorno, cercando di capire in che diavolo di posto fossi capitata.

La stanza era grande, senza luci, senza tavolo o sedie, nessun mobile, solo due tavole ancorate saldamente su due muretti ai due angoli opposti della camera.

Oltre la stanza si vedeva un grande corridoio e altre quattro stanze come la mia, immaginavo.

«Ehi c'è nessuno? C'è nessuno?»

Gridai forte.

«Sta' zitta! Zitta! Non ti conviene far casino, gli infermieri ti puniranno.»

La voce che sentivo proveniva da uno degli stanzoni avanti. Non capivo quale.

Mi parlava sussurando e sforzandosi di farsi sentire, ma capivo a malapena.

«Ehi, dove siamo?»

«Sei capitata nel posto peggiore in cui potessi capitare, cara mia.»

Il luogo era freddo, tetro, opprimente.

La stanza aveva due materassi, due coperte e una finestra alta con la grata di ferro.

Due letti, ma non c'era traccia di una compagna di stanza che sinceramente, visto l'ambiente, un po' desideravo, ma un po' temevo.

Un'ora dopo l'alba circa entrarono nella stanza due infermieri, una donna e un uomo.

«Buongiorno, principessina!»

Il tono era palesemente sarcastico.

«Allora principessina, com'è che sei qui? Che hai combinato di così grave? Adesso sei sola, cara mia.»

Ciò che era accaduto il giorno prima mi sembrava di averlo vissuto in un sogno.

Avevo negli occhi l'immagine di Maria stesa a terra e di Elisabetta che le si avvicinava per accertarsi che fosse morta. Un gesto sprezzante, di odio profondo, di repulsione quasi.

Certo, avrei voluto difendermi col podestà, più che altro spiegare.

Non mi aveva dato neanche la possibilità di parola, ma da lui me l'aspettavo.

Elisabetta, era stata lei a sconvolgermi più di tutti.

Aveva tramato alle mie spalle, aveva agito in sordina senza mai parlarne con me, senza chiedermi spiegazioni.

Aveva giocato d'anticipo, dando per scontato che io mi fossi trasformata in una delinquente, in una rivoltosa.

Magari, se m'avesse dato l'occasione, le avrei spiegato che agivo solo per amore di Maria. L'unico errore della sua vita, se di errore si trattava, era stato voler proteggere Manfredi.

E pensare che avrei desiderato chiedere a Elisabetta, sì, proprio a lei l'aiuto per la fuga dei due.

Col senno di poi avrei dovuto farlo: certo, mi avrebbe fermato e fatto arrestare, ma forse Maria e Manfredi così non sarebbero finiti in una sparatoria.

Forse il podestà avrebbe avuto misericordia di loro e avrebbe preso me come capro espiatorio per la sua vendetta. I miei pensieri erano confusi, la mia mente stanca.

I due infermieri mi portarono in bagno.

Il bagno aveva tre latrine. Dietro le porte, dei semplici fori di scarico. C'era poi una doccia con una pompa attaccata al muro, in un ambiente grande.

L'infermiera mi spinse in fondo alla parete e l'infermiere si avvicinò pericolosamente, allungando le mani.

«Toglimi le mani di dosso, animale!»

«Stai ferma, principessa.»

Cercavo di liberarmi dalla morsa dell'infermiere, che mi teneva le braccia dietro la schiena mentre l'infermiera mi toglieva gli abiti.

Gli morsi un braccio, urlò.

«Maledetta... ora ti faccio vedere io!»

Quell'istintivo atto di difesa fruttò due sonori ceffoni in pieno viso e tirate di capelli.

Dal dolore mollai la presa e mi lasciai spogliare interamente.

L'infermiera afferrò la pompa e girò il rubinetto.

Ne uscì un getto d'acqua che direzionò verso di me.

Pensai subito al bambino, a proteggerlo, dovevo coprirmi la pancia.

Stavo lì, in un angolo, nuda, alla mercé di quella coppia di maniaci che si spacciavano per infermieri.

Cercavo di ricacciare le lacrime indietro, non volevo dar loro la soddisfazione di vedermi sconfitta.

Ma la pena, la vergogna, la mia dignità violata furono più forti delle mie buone intenzioni.

E piansi.

Di imbarazzo, di timore, di paura.

Piangevo e allo stesso tempo cercavo di difendermi dal getto della pompa che sentivo fredda, ma non gelida. Mi stavano umiliando.

L'acqua non aveva niente da lavare se non le mie lacrime, il grande senso di colpa e la mia dignità di donna.

Non mi ero mai sentita così impotente, in balia delle

angherie di due criminali che avevano la sola fortuna di essere al di là delle sbarre, dalla parte del potere.

Mi raggomitolai nell'angolo e stetti rannicchiata per tutta la durata di quella violenza.

«Allora, principessa, hai perso la tua boria adesso, vero? Oh, che peccato, ti è caduta la corona. Guardala lì, per terra, è tutta bagnata.»

Si prendevano gioco di me.

«Chiamalo il tuo podestà principessa, chiamalo... magari ti libera.»

Per tutta la durata della doccia non fecero altro che insultarmi, denigrarmi e prendermi in giro.

«Forza urla, chiedi aiuto, vediamo chi viene a soccorrerti!»

Doveva essere una loro pratica abituale, una punizione a cui erano abituati.

Si stancarono, infine, e fermarono il getto.

58

Tutta bagnata, ancora gocciolante, mi portarono in un'altra stanza dove mi infilarono un camice beige lungo fino ai polpacci e largo che mi stava due volte.

«Siediti qui!» mi ordinò l'infermiera.

Indicò uno sgabello quadrato di legno.

Prese delle forbici e si avvicinò a me con fare minaccioso.

«Tranquilla, non ho intenzione di sgozzarti!» rise, come fosse divertente tutta quella messa in scena.

«Che vuoi fare?»

Non immaginavo proprio che cosa volesse fare, ero paralizzata.

«Ora lo vedrai, principessa.»

Passò dietro di me e prese una ciocca di capelli in una mano.

«Di' addio alla tua bella chioma, signora Di Matteo!»

Tagliò di netto la ciocca, a un centimetro dalla cute.

Sentivo le forbici sfiorarmi la testa e i miei bei capelli lunghi atterrare sul pavimento, come una bandiera strappata dal vento.

Trattenevo le lacrime a stento. Continuavo a deglutire, cercando di mandar giù i singhiozzi che non riuscivo a fermare.

Sapevano come ridurti a niente, quale fosse la strada per la resa totale.

Poi mi fecero alzare, tenendomi per un braccio.

Tornammo nella mia cella seguendo un tragitto diverso.

Percorremmo un corridoio più stretto, angusto, tetro, come ricavato nella roccia.

A destra e a sinistra si trovavano celle da cui provenivano lamenti, urla soffocate, piagnucolii.

Due donne che intravidi oltre le sbarre indossavano la camicia di forza.

Un'altra girovagava per la cella con le mani in alto.

Mi resi conto solo allora di dove fossi finita.

Ero in un manicomio.

Quello più vicino ad Avezzano era a L'Aquila. Doveva trattarsi quindi del Santa Maria di Collemaggio. D'altronde la camionetta aveva impiegato più di un'ora per arrivare a destinazione.

Mi riportarono nello stanzone, che era come una cella, e dopo uno spintone che mi fece ruzzolare per terra chiusero i cancelli dietro di loro così forte che mi fecero sobbalzare.

Mi resi conto di non essere sola.

Prima di vederla, percepii un odore di stantio, di pelle rovinata, di panni bagnati di urina.

Mentre mi alzavo, sentivo dietro di me una presenza.

Era una donna vecchia, magra e piccola che indossava il mio stesso camicione beige.

Era girata verso la finestra alta e con le unghie grattava come per arrivare alla grata.

Poi disse qualcosa bisbigliando. Si era voltata, mi stava guardando.

Non capii le sue parole, così mi avvicinai un po'.

«Scusa, non capisco quello che dici.»

«Non badare a ciò che faccio, i miei gesti potrebbero sembrarti senza senso. Devono credere che sono un po' matta, mi aiuta a sopravvivere.»

Poi il suo sguardo cambiò. Puntò gli occhi nei miei.

«Io so chi sei.»

La sentivo a malapena, così mi allungai per terra avvicinandomi al suo letto e cominciai a fare gli stessi giochi con le mani.

«Come fai a conoscermi?»

«Gli infermieri parlano molto tra loro, sapevo del tuo arrivo.»

«Ma chi sei?»

«Palmina Anzini.»

Sgranai gli occhi. Ebbi un momento di confusione. Ero così felice di vederla, di saperla viva, che mi venne istintivamente il desiderio di abbracciarla.

«No, Francesca, no. Non sono ammessi i contatti tra le detenute, di nessun genere.»

Si tirò subito indietro, come avesse ricevuto una scossa.

Aveva chiaramente paura degli infermieri. Delle loro punizioni.

Era così cambiata.

Me la ricordavo sporca di terra, sì, e vestita di stracci rimediati, ma altera, col viso tranquillo e gli occhi limpidi.

Ora a vederla sembrava una tartaruga con il carapace rotto.

«Ma raccontami, come può essere? Mi avevano assicurato che fossi morta. Avevo parlato di te al podestà, mi aveva promesso che ti avrebbe aiutata. Poi mi disse che eri caduta dalle scale...»

«Parlando al podestà hai decretato la mia fine.»

«Ma io...»

«So che non l'hai fatto intenzionalmente. Ho una certa età, capisco molte cose. Avevo anche compreso la pericolosità della tua amica, purtroppo. Eri in minoranza.»

«Dimmi cos'è successo veramente.»

Cessò di suonare con le mani la sua tastiera immaginaria e si accovacciò nel suo angolo tra muro e materasso.

«Due giorni dopo la vostra visita vennero da me quattro

uomini della milizia fascista. Mi hanno schernita e riempita di botte. Poi, sanguinante, mi hanno portata qui. Credo di essere rinchiusa da circa tre anni... ma non è facile calcolare il tempo che passa qui dentro.»

Cominciai così a raccogliere i capi delle mie matasse e a sbrogliarle.

Molte volte ero rimasta a riflettere su cose che accadevano intorno a me, cose apparentemente senza senso e in verità manovrate da una mano esperta.

«Ora basta, meglio star zitte, perché stanno arrivando gli infermieri per il pranzo. Se ci sentono parlare ci puniscono. Non t'aspettare granché dal pranzo. Minestra di patate tutti i giorni.»

Mi raggomitolai sul materasso con la coperta addosso, cercando di riscaldarmi. Ne avevo bisogno, la doccia fredda mi aveva sconvolto. Sentivo il freddo nelle ossa. Cercavo di scaldare la pancia, pensavo al bimbo e mi chiedevo se anche lui patisse quel freddo.

Serrata in me stessa, con il cuore calpestato mille volte, cercavo un varco tra i miei orribili pensieri. Volevo soltanto chiudere gli occhi.

59

Di notte era difficile prendere sonno, la mattina era impossibile dormire. Mi svegliavo spesso nella notte, preda di tremendi incubi.

Continuavo a pensare alla morte di Maria e a Palmina. Quella notte, in particolare, proprio non riuscivo a chiudere occhio, mi muovevo e rigiravo smaniosa, come in preda a una febbre. Il senso di colpa mi divorava dall'interno.

Anche Palmina quella notte non riusciva a dormire, la sentivo sbuffare e agitarsi, come accade prima di un viaggio.

Poi d'un tratto mi venne vicino.

«Francesca, Francesca... svegliati!»

«Sono già sveglia, Palmina, che c'è?»

«Devi stare all'erta.»

«Perché? Che succede?»

«La tua salvezza è vicina.»

Preferii non insistere con le domande.

Sorrisi.

Palmina doveva in fin dei conti essere un po' matta. Forse lo era diventata.

Non sapevo nemmeno se Manfredi fosse riuscito a sopravvivere all'imboscata. Pensando a lui il mio cuore mancò un battito.

Avrei desiderato aver trascorso più tempo con lui.

La sua purezza d'animo, il suo coraggio indomito mi avevano conquistato.

«Croce sul cuore» aveva detto. Una promessa che aveva cercato di mantenere fino alla fine, a costo della sua stessa vita.

Palmina continuò a delirare.

«Ascoltami. Io di notte non dormo mai. Conosco i rumori del buio, i movimenti degli infermieri, che sono sempre gli stessi, e anche il silenzio dei prati vicini. Riconosco lo scalpitio degli animali, la pioggia che arriva, il frullare delle ali delle falene. Nelle notti in cui non c'è la ronda degli infermieri, riesco anche ad avvicinarmi alla grata e guardare fuori.»

Palmina raccontava sussurrando, usando un tono dolce che riuscì a calmare la mia ansia.

Con le mani mimava gli zoccoli degli animali che sentiva, l'arrivo della tempesta, il battito d'ali delle farfalle.

«Sento cose nuove da un paio di notti. C'è fermento fuori, di sicuro i tuoi amici ribelli non hanno alcuna intenzione di lasciarti marcire qui.»

Il mio corpo fu scosso da brividi.

Istintivamente mi abbracciai la pancia.

Forse quelle di Palmina erano davvero le parole di una matta, ma in un manicomio una minuta speranza è preziosa.

«Sapessi quante cose sento dagli infermieri... tutto ciò che succede tra Avezzano e L'Aquila. Mi credono matta e non badano a me. Si raccontano le cose in mia presenza come fossero soli e io ascolto, mi informo. Conosco il nome di tutte le donne che nei prossimi giorni rinchiuderanno. Essendo tu diventata un pezzo forte della cittadinanza avezzanese, sei uno degli argomenti principali di questi ultimi tempi. So che hanno organizzato un'imboscata alle tue spalle perché volevi aiutare a far scappare una tua amica e il famoso De Santis. So che lui non son riusciti a trovarlo.»

Ero come rapita dal racconto di Palmina, ma in quel momento tirai un sospiro di sollievo.

Era vivo, Manfredi era vivo.

Col cuore spalancato ringraziai il cielo per la salvezza di Manfredi e per aver trovato Palmina in quel luogo squallido.

E ricordai le parole di nonno su Dio. Ero d'accordo con lui, un Dio esisteva davvero.

«So che il podestà ha voluto parlarti in disparte e immagino quante maledizioni ti avrà gettato addosso. So che lui ha decretato il tuo confinamento qui dentro.»

Sentivo tutti i muscoli stringersi tra loro, come avviluppati in una morsa.

Mi meravigliai di quanto ancora poca considerazione avessi sulle capacità del podestà, sulla sua insensibilità e freddezza d'animo, sulla sua meschina cattiveria.

Forse Palmina intuì i miei pensieri, perché si avvicinò a me di soppiatto, cercando di non farsi vedere.

«Francesca, conosco la cattiveria del tuo podestà. Dopo la nascita del bimbo, vorrà liberarsi di te in qualche modo. C'è la possibilità che ti tenga rinchiusa per tutto il resto della tua vita, ma potrebbe anche decidere diversamente e trovare un modo per ucciderti. Ma sta' tranquilla... il De Santis non permetterà che succeda.»

Tornò nel suo angolo.

Io rimasi con i miei pensieri che si annidavano come un uccello tra gli alberi.

L'indomani mi svegliai con i soliti dolori alla pancia, solo più forti. Di certo dormire sopra un materasso sgangherato poggiato su una rigida tavola non aiutava le contrazioni. Così evitai la mezz'ora d'aria e mangiai poco. Palmina quel giorno mi rimase accanto, chiedendomi in continuazione come mi sentivo. Percepivo la sua preoccupazione, aveva un atteggiamento molto materno.

Il pomeriggio arrivò in fretta come il buio dell'inverno.

Nelle ore in cui gli infermieri erano occupati, Palmina si allungava il più possibile verso la grata della finestra in cerca di buone nuove, come se potesse avvertire davvero qualcosa.

Dopo la minestra serale, cercai una posizione comoda sul materasso, che mi facesse sentire meno i crampi.

«Francesca, piccola mia, non t'addormentare. Dobbiamo restare all'erta, c'è movimento fuori... Lo so, lo percepisco e proprio stasera potrebbero venirti a prendere.»

La dolcezza e l'attenzione di Palmina mi commuovevano.

«Palmina, se De Santis verrà a tirarci fuori di qui, tu scapperai con me.»

Palmina sorrise. Mostrò un ghigno triste a denti scuri, rovinati.

«No Francesca, non verrò. Non ti devi dispiacere, ma qui ormai ho trovato il mio posto. Sono sola, non c'è più nessuno della mia famiglia, la mia casa l'avranno bruciata o data a qualcun altro. Dove potrei andare?»

«Con me, rimani con me.»

«Non ci riuscirei mai, mi sentirei sempre di troppo. Qui in manicomio in fondo gli infermieri mi credono totalmente pazza e non mi fanno più male. Non ho niente per cui vivere, là fuori.»

Chiusi un po' gli occhi nel tentativo di riposare la mente.

60

Palmina mi svegliò di soprassalto.

«Svegliati, sento dei rumori. Sono arrivati, sono arrivati!»

Stropicciai gli occhi, non capivo se Palmina stesse sognando, a me sembrava ci fosse il solito silenzio.

Mi tirai un po' su per capire, era notte, non sentivo niente.

«Palmina, è tutto a posto.»

Avevo appena cominciato a spiccicar parole cercando di tranquillizzarla, che sentimmo delle bastonate, delle pedate. Una, due, tre, quattro, poi una porta che si spalancava improvvisamente, sbattendo con forza contro la parete.

«Francesca! Francesca, dove sei?»

Cercavano me, possibile che cercassero proprio me?

«Francesca!»

La voce intanto si faceva più vicina.

«Sono qui! In fondo al corridoio, sono qui!» urlai con tutto il fiato che avevo dentro.

Il vento stava arrivando.

L'avevo cercata tanto la mia libertà, la cercavo da una vita.

In quel momento mi sentii un uccello che si prepara a spiccare il volo.

Dentro di me già pregustavo la planata.

«Francesca, stai bene?»

Riconobbi la voce.

E mai come in quel momento mi sembrò il più bel suono che avessi mai sentito in vita mia.

La sua voce sapeva di libertà, di indipendenza, di riscatto.

Era Manfredi.

Era lui, proprio lui, fuori la cancellata della cella. Cercava di scardinarla, smuovendola il più possibile sperando di aprirla.

«Dimmi che è vero, dimmi che è vero» avrei desiderato gridargli. Stentavo a crederci.

Era venuto a cercarmi.

Era venuto per me.

«Dimmi, come stai, ti senti bene?»

Manfredi allungò il braccio attraverso la cancellata per avvicinarsi a me.

E mi avvicinai.

Mi prese la mano e la tenne saldamente.

«Sto bene.»

Avevo il terrore che quel sogno svanisse come fanno le nubi con la luna.

La mia mano era nella sua.

Si avvicinò in fretta un suo amico, imbracciava un'ascia.

«Lui è Diego. Ora ti tiriamo fuori di qui. Allontanati dal cancello.»

Mi ordinò e ubbidii. Non vedevo l'ora di uscire.

Manfredi e Diego colpirono la cancellata con l'ascia più e più volte, fino a quando la chiusura cedette e il cancello si aprì.

Manfredi si precipitò verso me e mi prese entrambe le mani.

«Non sai quanto sono felice di vederti, è tutto a posto?»

«Sì, ora sì» bisbigliai. Avrei voluto abbracciarlo e non lasciarlo più.

«Ora ce ne andiamo, stringi forte la mia mano e non mollare!»

Prima di andar via mi accostai a Palmina, che era rimasta seduta sul materasso, si abbracciava le gambe.

«Sicura di non voler venire con me?»

Aveva gli occhi lucidi. Avrebbe voluto piangere.

«Vedi di andar via alla svelta, piccola mia.»

Mi disse quella frase con la voce rotta dall'emozione.

L'abbracciai forte.

Le diedi un bacio sulla guancia, poi un altro ancora.

«Vai, su, non perder tempo con me.»

Palmina mi scostò. Aveva gli occhi tristi, colmi di nostalgia.

Anche Manfredi tenne a salutare Palmina.

«Grazie di essersi occupata di Francesca, signora!»

«È stato un piacere per me, signor De Santis. Faccia attenzione a Francesca d'ora in poi.»

«Non si preoccupi signora, lo prometto.»

Manfredi venne verso di me e mi prese per mano.

Gli uomini che stavano a guardia del corridoio intanto cominciavano a innervosirsi.

«Manfredi, dobbiamo andare» incalzò Diego.

«Sei pronta?» mi chiese Manfredi.

Gli sorrisi. Avevo tutto in quella mano.

Uscimmo in fretta dall'edificio e ci inoltrammo nei prati attigui.

C'era solo buio e freddo, ma ero libera, il cielo era vestito di stelle e mi sembrò la cosa più bella che avessi mai visto.

Non mi voltai.

Riuscivo a scorgere il verde dei pini in lontananza.

Il silenzio tutt'intorno era rotto dal susseguirsi dei nostri passi veloci verso un domani tutto da costruire.

Davanti ai miei occhi c'era l'alba di un giorno nuovo. Un futuro nuovo, per me... per me.

Ringraziamenti

Ringrazio Giovanbattista Pitoni, memoria storica di Avezzano. Tra le pagine dei suoi libri è nata questa storia.

Ringrazio gli amici Luca Pantanetti, Rita Perna e Raffaella D'Elia per avermi sostenuto durante il lungo percorso della stesura del libro con fermezza e premura.

Un ringraziamento speciale va a Maria Cristina Guerra, agente letterario di Grandi & Associati, e ad Ambrogio Arienti, editor di Piemme, per avermi notata tra mille.

Finito di stampare nel mese di maggio 2025
su carta holmen
con fibra vergine proveniente da foreste sostenibili holmen.com/paper
presso Grafica Veneta S.p.A.
Via Malcanton, 2 – Trebaseleghe (PD)
Printed in Italy

Certificato PEFC
Questo prodotto è realizzato con materia prima da foreste gestite in maniera sostenibile e da fonti controllate
PEFC/18-31-226
www.pefc.it

GRAFICA VENETA
CARBON NEUTRAL

Questo libro è fabbricato da Grafica Veneta S.p.A.
con un processo di stampa e rilegatura certificato 100% carbon neutral
in accordo con PAS 2060 BSI